U0087583

# 巴別塔之夢

青稞——著

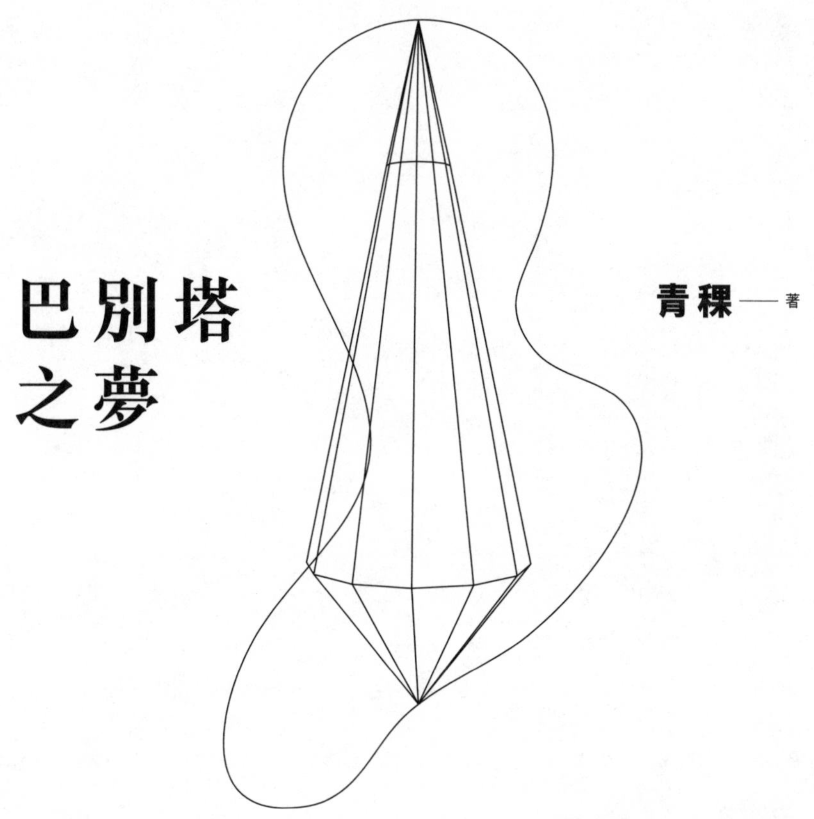

# 關於【金車・島田莊司推理小說獎】

華文世界近年來掀起了一股推理小說的閱讀風潮，大量日本、歐美的推理作品被譯介出版，也深受讀者喜愛。金車教育基金會為了鼓勵華文推理創作、發掘年輕一代深具潛力的推理作家，加深一般大眾對推理文學的討論與重視，獲得日本本格派推理大師島田莊司首肯，舉辦兩年一屆【金車・島田莊司推理小說獎】。

誠如島田老師的期待：「向來以日本人才為中心推理小說文學領域，勢必交棒給華文的才能之士，我可以感覺到這個時代已經來臨！」期盼透過這個獎項讓更多人投入推理文學之創作，帶給讀者嶄新的閱讀時代。

這項跨國合作的小說獎已邁入第五屆，在島田先生和皇冠文化集團支持下，將致力華文推理創作推廣到世界各個角落，讓此一獎項不僅是華文推理界的重要指標，更是亞洲推理文壇的空前盛事，期盼未來華文推理作家能躍上世界推理文壇。

[推薦序]

# 巴別塔之夢的多重設計

（本文涉及部分情節設定，請自行斟酌閱讀）

推理評論家／張國立

以經典的暴風雨山莊為背景，設定的地點是四周皆海的小島，和島上的一座塔，所有的人物在島上、在島內，為糾葛人生的過去做徹底的解決。

九層樓的塔，每人住一層，而一樓則為餐廳和交誼處所，不料陸續有人被殺，不僅孤島孤塔，甚至現場是間以膠帶由內貼住窗戶的密室。

作者顯然以三重密室考驗人物與讀者的智慧。

連續的死亡，死法都來自於《聖經》，於是破案的最初線索來自《聖經》，再增添神秘性。

有了密室，就不能不說美國推理小說黃金時期的大師約翰·狄克森·卡爾（John Dickson Carr），他在《三口棺材》裡透過菲爾博士的嘴講出密室的發展：

- 大部分的人喜歡上鎖的房間。
- 兇手未從屋內逃出的原因是他根本不在房裡。

- 受害人根本是兇手，殺死自己而使警方懷疑另一個人，使其身敗名裂。
- 透過房間人已裝置好的隱藏機關殺人，如冰錐。「長距離犯罪」或「冰柱犯罪」。
- 秘書是小說中最常見的兇手。
- 以陽光殺人，例如透過放大鏡聚焦，使陽光燃燒密室裡的書頁，燒死被害者。
- 其實被害人未死，只是習慣性服用安眠藥或其他方式，兇手刻意造成被害人已死在密室內的假象，大家衝破房門進入屋內時他跑第一個，趁其他人還未留意，殺死被害人。現場因此一片混亂。
- 打破玻璃離開密室後，再安裝上新的玻璃。

到了近二十年，由於科技的日常生活化，遙控殺人或隱藏機關殺人使密室更加複雜也更加趣味。例如家庭電器以手機啟動，回家前按出設定的號碼，電鍋便自動煮飯，真是方便——殺人更方便。

某個颱風夜，我待在家裡鎖起每扇門窗，忽然想到在國外的老婆，她會不會以手機遙控某樣電器？

我檢查電鍋，看樣子頂多燜燒鍋，殺不了人。檢查電視，還沒發展出超立體影象，馮．迪索不會從螢幕伸出手掌掐死我。檢查手機，放在床頭，聽說輻射有傷身體，但一時三刻我還死不了。

忽然見到床頭天花板上吊著的偌大玻璃燈，當初是她堅持裝的，裡面會不會有什麼收信器？如果收到手機信號，燈鍊斷裂，那盞價值不菲的燈的確可以像砸西瓜似地砸爛我腦袋。

密室可發展的空間原來比起五〇、六〇年代更大，也更炫。

我想作者不僅想賦予密室新的生命，也同時向幾位密室大師致敬吧。

關於颱風夜那晚我一人處於密室，幸好沒被老婆謀殺，但她回來之後打開冰箱便一直抱怨：

「下次一定要買個有遙控鎖的冰箱，看看你，一個晚上把整盒紅豆冰棒全吃光，颱風讓你緊張成這樣嗎？」

果然，密室經歷一個世紀，依然有無窮的可能性。

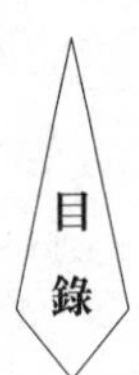

到底怎麼了？

這是我醒過來想到的第一件事。周圍一片火海，大火吞噬了一切，並且迅速向我這裡蔓延過來。我已經感覺到了緊貼著臉頰的那股熱浪，而且似乎聞到了蛋白質燒焦的味道，我試著挪動了一下身體，可是右臂傳來的劇痛瞬間就抽乾了我僅餘的力氣。我扭頭看了一眼，右臂上血淋淋的，而且似乎有一道比我手指還長的傷口，我這裡稍微扭動了一下身子，那裡又劇烈疼痛了起來。我不敢再亂動了。

這時我才注意到，此時我的姿勢就像是翻倒在地的一隻烏龜，由於右臂的傷勢，我根本就爬不起來。可是大火並不會因為憐憫我而停下它的腳步，很快，我就被重重熱浪包圍住了。就在我以為我馬上要在烈火的炙烤下變成焦炭的時候，在熱浪灼燒形成的噼啪聲中我似乎聽到了呼喊聲。可這聲音很不真切，隔著重重火海，我眼裡只有被煙燻得不斷溢出的淚水，以及淚眼中扭曲的黃色的火光。那聲音似乎又走遠了，看來我果然還是要死了嗎？我終於放棄了掙扎，躺倒在地，感受著身下的土地帶給我的最後一絲清涼。意識也漸漸模糊了，就在我已經分不清眼前那一抹黃色究竟是什麼的時候，我雙臂被人一把挾了起來，右臂的疼痛已經沒有了，或者說我已經麻木了。就這樣恍恍惚惚的，雙腳感受著大地的重量，雙臂似乎有某種支撐，我就這樣被拖行著，周圍的熱量漸漸散去了。我這才放下了心，沉沉地睡了下去。

等我睜開眼，右臂的疼痛頓時就讓我清醒了過來，不過此時上面已經被簡單地包紮了一下，白色的繃帶上面結著一塊塊小血痂，之前還流出那麼多血液的傷口出血量已經不大了。看來在這段時間，傷口確實得到了很好的處置。我用仍然完好的左手撐起了身子，視線移到了唯一的明亮處，那裡坐著一個人，準確地說是個女人。她上身穿著亮黃的罩衫，下身是白色的長裙，上面點綴著一朵朵淡藍色的小花，和我身上的斑斑血漬形成了鮮明的對比。我挪動著受傷的身體，爬下了床，朝門前那個端坐著的女人走了過去。我走得極為緩慢，甚至說是向前挪動也不為過，左邊的一處矮桌被我倚得吱呀作響。那女人似乎聽到了我這邊的動靜，她站了起來，可是並沒有朝我這邊看，而是徑直向前走了，隱沒在一片我還未能完全適應的光亮裡。

怎麼走了，難道她不想見我？我心裡突然湧出了這樣的想法。為了尋求答案，我加緊了前進的步伐，顧不得右臂才剛剛結痂的傷口，我手臂前後大幅度擺動，踉蹌著跑了出去。在一片刺眼的光亮中，我的眼睛被弄得生疼，就像突然來了一種莫名的傷心，我的眼淚奪眶而下。可我心裡此時只想著一件事情，她在哪裡，還有發生在我身上的這一切，又究竟是怎麼一回事。

過了一會，我已經漸漸適應了周圍的環境，我擦了擦四溢臉頰的淚水，重新睜開了雙眼。不過接下來我所看到的，卻完全超出了我的想像。我竟然站在水面上，光滑的水面如鏡子般倒映出了我那幾近殘破的身軀。回頭四顧，身後的房子也消失了，那女人坐的凳子也消失了，甚至連我腳下的地面也消失了。而我，此時正站在一個沒有邊際的豎梯上，梯子上端高聳如雲，下端也看不到邊際。我竟就這樣孤零零地被置於空中，唯有手腳上的這幾處支點能讓我感到稍許安心。我開始向下爬去，不知過了多久，突然，腳下有了著力點。

我看了一眼腳下，竟出現了另一個我。準確地說是我在水中的倒影。而我現在就這樣站在水面上，水面十分平靜，連一絲波紋也沒有。我試探著抬起了一隻腳，頓時有一圈圈波紋從我的腳下蕩漾了出去，可是我並沒有感受到絲毫搖晃，甚至連一絲波動也沒感覺到。我把腳輕輕地放了下去，同樣的波紋再次產生，很快便和之前的波紋交疊在了一起，向四周擴散了開去。這時我才放下了心，雖然不知道這種有悖物理學常識的事究竟是怎麼發生的，但我此時至少知道，我並不會輕易地就掉下去，或者說被淹死。

我繼續走下去，一圈圈波紋以我為中心蕩漾開去。就這樣走在水面上，很快我便適應了過來，竟一點也不感覺到生疏，就像走在平地上一樣，甚至連滑倒摔跤也不必擔心。可很快我便發現了一個問題，如果就這樣走下去，何時會到盡頭呢？四周除了水還是水，一望無際。水裡有碧藍的天空，有我的倒影，可除此之外，就什麼都沒有了。剛剛救了我的那個女人也不見了，或者說就這麼平空消失了，連帶著原本的整個世界，都消失得無影無蹤了。正當我快要對這種脫離實際的世界感到絕望的時候，那抹亮黃色再次出現在我的眼中。

是那個女人嗎？我在心裡暗自發問著。她此時躺在離我不遠的水面上，可是因為背對著我，我還是不能看清她的面容。她怎麼了，是死了麼……不知怎地，我的心裡突然產生了這樣的想法，而我本身也對產生這樣想法的我感到了不可思議。她的身上沒有一點傷痕，也沒有一絲血液流出，可不知怎地，我還是覺得她已經死了，儘管我知道我的這種想法有些離奇。從她的身上我沒有感覺到一絲生機，甚至有些冰冷，不是人死後體溫降低的那種現象，而是一種來自於人類心靈深處的寒冷。我走到她的身後，徑直蹲了下來，伸出手去，扭過了她的臉龐。

然而，那是一張沒有五官的臉。

# 第一章——海島

## 1

「所以說，這就是你的夢，是嗎？」

眼前的年輕人點了點頭，隨後又小心翼翼地打量了我們一眼。的確，在他的眼裡，恐怕我們這裡要比最髒亂的地下室還要差好幾倍吧。他鬆了鬆領口，隨即大口呼吸了幾口新鮮空氣，可這貌似「新鮮」的空氣似乎並沒能緩解他的胸悶。他大口咳嗽了好幾聲，等咳嗽停止了，他好像才發現，陽光在透過一個狹窄的玻璃窗後，照射在房間裡，空氣中彌漫著粉塵一樣的細小顆粒。這種令人駭然的發現使他瞪大了雙眼，屏住了呼吸，活脫脫像個瀕死的肺癌晚期患者，在不安中垂死掙扎著。

「放鬆一點，不就是環境差了一點嗎，死不了人的！」

叮咚一聲，是冰塊入水的聲音，隨之傳來的是冰塊混著水聲撞擊杯壁的嘩啦聲，腳步聲響起，並且越來越近。黑暗中，一道人影漸漸顯露了出來。此人看起來很年輕，光潔的皮膚配上俊朗的外形，應該很受女孩子喜愛，但他的眼神看起來十分銳利，這恐怕就沒有幾個女孩子能忍受得了吧。正是這樣一個具有兩面性的男人，此時正穿著睡袍，端著一個玻璃杯，杯子裡盛放著褐色的液體。他把鼻子湊近聞了聞，繼而露出了滿意的微笑，隨著喉嚨的蠕動，那杯酒已經有一小半進入了那人的胃裡。

那人把酒杯往年輕人面前搖了搖，示意他要不要也來一杯，年輕人想也沒想，立即搖了搖頭。恐怕在他的眼裡，在這樣髒亂的環境裡，那種酒，不喝也罷。被拒絕後，男人也不氣惱，他鬆了鬆睡袍的腰帶，彎身坐在了年輕人對面的沙發裡。

「可惜啦，九〇年的波爾多，被我這種不懂酒的人喝了，除了好喝之外，和普通的紅酒也並沒有什麼不同嘛！」

男人晃了晃玻璃杯，冰塊再次發出了輕盈的碰撞聲。緊接著，他舉起酒杯，將剩下的酒一飲而盡，啪的一聲，酒杯被放在了面前的茶几上。年輕人看了一眼空空如也的玻璃杯，喉結微微動了一下，可神情並沒有太大的變化。

男人喝完咂了咂嘴，嘴角抽搐了一下，似乎剛才冰水的刺激讓他的牙齒有些不適應。他摸了摸嘴角，這種撫摸對他的疼痛似乎大有幫助，很快他便恢復了原先的樣子。

「所以說，阿宇，你把他帶過來，究竟有什麼事呢？」他盯著我的目光像是在質問，但更多的，則是一種久別重逢之後的喜悅。

我叫陸宇，而面前這位外形邋遢的奇怪男子則叫陳默思，是我的大學同學，同時也是我大學期間的室友，當然，我們的關係好得出奇。大三時，為了向他喜歡的一個女生道歉，我們甚至違背了學校的禁令，在學校的足球場上用蠟燭擺成了一個大大的心形圖案，甚至為了讓對面宿舍的那個女孩看到，我們還放了煙火。當然，結果是慘重的，我們被學校記大過一次，要是再犯這種錯誤，就要直接開除了。畢業後，我選擇了留校讀研究所，默思他也留在了本市工作，可似乎沒幹多久，就辭職了，之後就開了這家心理診療所。雖然說是心理診療所，可也要知道默思在大學期間學的根本就和這個毫無關聯啊，所以剛開始得知此事的我對此感到十分詫異。直到後來我才知道，原來心理診療只是表面上的招牌，他真正在背地裡幹的，其實是各種調查業務，聽說他現在還和警方有一些合作。

看著眼前這個仍留有當年模樣的男子，我的心裡就充滿了感慨。當時的我只是一個喜歡看推理小說的普通大學生，就是因為有了這樣一個與眾不同的室友，才經歷了那麼多奇奇怪怪的案件，甚至還曾因此差點丟掉了性命。陳默思就像是一個天生的狩獵者，他那靈敏的嗅覺總是能帶著他接近一個又一個案件，而他那似乎與普通人不一樣的腦回路，則讓他輕鬆解決了這些案件。所以說，他畢業後還能繼續從事這樣的工作，我並沒有感到十分奇怪，反而有一種興奮。因為我想看到，默思這傢伙，還能創造什麼樣的奇蹟。

「喂！問你話呢，阿宇！發什麼呆！你不知道我這裡雖然掛著心理診療所的牌子，可我幹的可是偵探工作啊！剛剛這人只說了他的這個夢，難道你帶他來就是想讓我幫他解夢？」陳默思啐了我一口，緊接著又瞥了一眼那個自從說完他那個夢境後就一直一言不發的年輕人。

「你別著急啊，我這不是還沒說完嗎？實際上今天我帶他來這裡，主要是因為另一件事。」

「另一件事？」陳默思似乎終於有了點興趣，他蹺起了二郎腿，手臂架在腦後，往身後的沙發上一靠，「不會又是什麼外遇之類的事吧？我看他年紀輕輕的，恐怕還沒結婚吧，不像是有外遇啊……對了，你不會是把人家女生的肚子搞大了吧！」

最後一句顯然是對那個年輕人說的，年輕人此時的臉像水蜜桃一樣紅通通的，嘴裡支支吾吾地，只是一個勁地說著：「沒……沒，這位先生你真誤會了，我……」

「好了好了！」我打斷了年輕人，轉而把臉轉向了陳默思，「默思你說你也真是的，方遠好歹也是我的學弟，你開這種玩笑，有點過了吧！」

陳默思笑了一下，很快就正色道：「行，那我們就來說正事吧。你剛才說，你帶他來是為了另一件事，什麼事？」

我看了一眼埋著頭的方遠，說道：「其實是因為一份請柬。」

「請柬？你沒開玩笑吧，請客這種好事……你們為什麼還一副愁眉苦臉的樣子。」陳默思再次笑了起來，拿起玻璃杯站了起來，想要去再倒一些紅酒。

「那是因為這份請柬的內容，實在是太過奇怪了。」

「怎麼奇怪了？」陳默思走到了架子旁，拿起了一瓶紅酒，褐色的液體再次灌滿了玻璃杯，他又十分嫻熟地從冰箱裡取出了幾顆冰塊，放了進去。

我向方遠示意了一下，他頓了一下才似乎明白了什麼，然後伸手把旁邊的背包拿到了膝上，從側包裡小心地取出了一張像是賀卡的卡片。卡片是棕黃色的，四周有很精緻的雕花紋路，正中間有一座塔的圖案。

陳默思接過了卡片，仔細看了看，並沒有發現什麼特殊之處。接著他把折好的卡片翻了開來，裡面出現了這樣幾行字：

請方遠先生於本月十二日光臨本島，特此附上支票一張，是為旅費。

後面緊跟著巴別塔塔主幾個大字，再往下看，是幾行小字，寫著到達剛剛提到的那座島的具體路線。而且裡面確實夾著一張支票，不過支票上的金額卻讓人大吃一驚，整整十萬元。

「十萬元……」陳默思嘟囔了一聲，看來就算是以他的心性，在面對如此大的金額時，也是感到了十分吃驚。

「是的，方遠當時看到這個的時候，也是嚇得不輕，他也不知道怎麼決斷，所以很快就來找我了。畢竟我之前幫了他很多忙，而且或多或少也沾一些親戚。可我也不知道怎麼辦啊，這不，就來找你商量了。」我擺了擺手，實話實說道。

「你們去銀行問了嗎，這個支票是真的？」

「是真的，整整十萬元人民幣，而且隨時都能取出來。」

「這樣啊……」陳默思也嘆了一口氣，放下了手中一直端著的玻璃杯，「所以，你們是想讓我來談談對這件事的看法，是不是？」

「是的。」我和方遠都點了點頭，不過方遠看似更為緊張，他舔了舔有點發乾的嘴唇。

陳默思看我們這樣，也大致明白了我們是認真的。於是他想了一會兒，接著說道：「既然送這份請柬的主人已經附上了金額這麼巨大的支票做為旅費，那麼首先這看起來並不像是惡作劇，因為沒有誰會無聊到拿這麼多錢來開玩笑。除非他真的嫌自己的錢多了，可這世界上又有誰會嫌自己的錢多呢？所以說這種可能可以排除了。那麼現在情況很明顯了，這份請柬是真的，是真的有人想要請方遠到那座島上去，而請他的那個人，就是那個所謂的巴別塔塔主。」

一聽到陳默思說這個請柬是真的，方遠的眼睛似乎亮了一下，可馬上又黯淡了下來，是啊，這種來歷不明的錢財，真的是這麼好拿的嗎？

陳默思可能也是看出了方遠心裡的想法，說道：「所以，現在的問題是，這個巴別塔塔主，為什麼要請方遠，而他請方遠去這個島的目的，又是什麼。方遠，關於這個，你有一些什麼頭緒嗎？」

被陳默思突然問道，方遠愣了一下，緊接著便搖了搖頭，顯出了十分苦惱的樣子。

「其實呢，默思……」我這時說了一句，「方遠他似乎……似乎對某段時間內的事情記得不是很清楚。」

「你是說他曾經失憶過？」陳默思突然有了興趣。

「是的，可以這麼說吧。」我點了點頭，「方遠對他十歲以前的事都不記得了，唯一記得的，就是最開始對你說的那個夢。」

陳默思若有所思地點了一下頭，沒有說話，身體向後靠了過去，完全陷進了沙發裡。我拿起杯子，喝了一口水，潤了潤早已口乾舌燥的喉嚨。不僅是因為說話的緣故，更多的原因來自於空氣中彌漫的粉塵，喉嚨癢癢的。陳默思這傢伙是不是從來都沒給房間通風過，空氣中還有一種酸腐的味道。

我走到了窗戶邊，想要看看窗外的景色，可是一看之下讓我大失所望，窗戶外面竟然就是一座垃圾處理場。成堆的垃圾就堆放在外面的土地上，旁邊高大的煙囪正冒著白煙，周圍一個人也沒有。難怪這個房間的窗戶一年到頭都似乎沒打開過，原來外面是一個垃圾處理場，外面的味道弄不好比裡面還重。想到這裡，我對陳默思的處境不禁產生了一絲同情。

「我覺得，你應該去一趟。」陳默思突然說道，他看向了方遠，似乎在給出他的答案。

「為什麼？」我轉過了身，看著陳默思說道，「這個巴別塔塔主，也不知道是什麼人，萬一他想對方遠有什麼不利，那要真是去了，這不是害了方遠麼！」

「你別急，我自有我的打算。你想想，如果這個巴別塔塔主，真的想害方遠，那麼他大可以採取其他的手段啊，比如跟蹤下毒什麼的，以他隨隨便便就能拿出十萬元的雄厚資金實力，我想做到這件事並不難。但實際上，他卻採取了這種辦法，邀請方遠去一座島，而且給了十萬元，這就說明他其實並不想就這麼簡單地害方遠，肯定另有所圖。而且你看請柬上的這個地方。」

順著陳默思手指指向的地方，我們在請柬的左上角，看到了一個阿拉伯數字3。

「這個地方出現的數字3，說明了被邀請去這座島上的很可能並不只是方遠一個人。」

「你是說，還會有其他人？」

陳默思點了點頭，我看向了方遠，發現他的雙眼緊緊地盯著3這個數字。

「我覺得，為了這十萬元，就要冒這個險，還是有點不值得……」看著方遠的內心已經因陳默思剛剛的那番話而有所動搖了，我提出了明確的反對意見。

「誰說就是為了這個十萬元了，區區十萬塊而已，我還看不上呢！我的意思是，方遠失憶的原因，很有可能也和這座島有關。」

陳默思說完，深深地看了方遠一眼，接著又說道：「夢境，往往就和人在現實中發生過的事有關，雖然我不是一個學心理的，但好歹我也開著這樣一個心理診所，總不能一點心理學的知識都不知道吧。在方遠的夢裡，最為離奇的，莫過於他出現在水面上的那一段，雖然具體的情節有些荒誕，但從中我們也能得到一些有用的資訊。我們人類，往往容易將我們恐懼的東西神秘化放大化，比如對死亡的恐懼引申出了地獄這種產物，將某些未知的現象當作陰鬼作祟之類的隱秘。而方遠的夢也是一樣，他在潛意識裡，將對水的恐懼無限擴大化了，變成了夢中的無限水域。」

「那在夢中他還能在水上行走，這又是怎麼一回事？」

「那是因為他本來就能行走啊。不過，當然不是在水上了，就算是在鹽度最大的死海，人也是不能在水面上行走的。所以，他其實是在陸上行走的。可是因為這片土地太小了，相對而言海面又是那麼寬廣，所以在他的夢裡，他將陸地無限縮小最後消失，剩餘的自然就完全是水面了，但是他行走的記憶卻留下來了，最終成了他在水面行走這一夢境。」

「原來是這樣啊，你的意思是……」

「沒錯，我的意思是方遠在夢境中所在的這個地方，很可能就是這個巴別塔塔主邀請方遠去的那個島。你還記得嗎，方遠的夢裡還出現了一個豎梯，你能想到什麼？」陳默思突然向我問道。

「豎梯？」

「其實這就是塔在方遠夢中的異化。塔和豎梯其實還有很多類似的地方的，比如它們都是一節節的，都能供人爬上去。而在方遠的夢裡，由於他對回憶的恐懼，將塔異化成了一個無限長的豎梯。」

陳默思這麼一說，倒還真像這麼回事。

「所以你的意思是，可能正是由於在這座島上發生的某件事，對當時年紀還小的方遠產生了極大的刺激，所以才導致了他的失憶？」

「對，如果方遠真的去了這座島，說不定就能想起以前的事了。」陳默思解釋道。

「好是好……但是，我覺得就因為這個，讓方遠一個人跑去那座島，還是太危險了……」我提出了我的看法，畢竟方遠還是一個大一的學生，社會經歷又不多，而那個邀請方遠的人顯然還有著其他什麼企圖，如果就這麼讓方遠去了，豈不是羊入虎口一般，所以我還是有所疑慮的。

「我要去！」

一直沉默著的方遠突然站了起來，他看起來十分堅定，剛才唯唯諾諾的樣子早已不見了蹤影，取而代之的是一臉的興奮與堅毅的表情。我知道我已經勸不了他了，可是心裡還是很擔心。

「而且誰說就讓方遠一個人去了，我們兩個不是人嗎？」陳默思突然笑著說道，「那個請柬上面可沒說方遠只能一個人去啊，而且他給的十萬元都夠十個人去了。」

說完，默思走向衣帽架取下了他的那件大衣，拍了拍上面的灰塵，房間裡的氣流再次紊亂了起來，無數細小的顆粒在擁擠的空間裡不斷飛舞。

「怎麼，你現在就要走？」我問道。

「現在還不走什麼時候走，十二號可就是後天啦！還有，你們想就在這看著我換衣服嗎？」

說完，陳默思饒有趣味地看了我們一眼，方遠倒是很乾脆地立馬拎起包就走，看來他也是急著回去收拾東西馬上出發。

「默思，你對這次旅行把握究竟有多少？」走到房門前，我轉身對著正解開衣服的陳默思問了這樣一句話。

「零。」

「零？」我頓了一下，看了一眼陳默思，他還在專心致志地理他的領口，見他並沒有再說的意思，我打開了房門，走了出去。

「想要解決問題，總是需要犧牲的。」

在房門關上的前一刻，屋裡響起了陳默思的聲音。

「犧牲嗎……」我重複了一下，關上了身後的房門。

## 2

海風吹拂著，大海的空氣果然是濕潤的，我站在船頭，深深吸了一口氣，有種只有在雨季才會有的溫潤感。一隻海鳥從頭頂掠了過去，很快便變成了一個點消失了。

在決定要去這個島後，我們便馬上就動身了。按照請柬上的指示，我們必須先到一個海港，然後坐船才能到那座島。不過等我們趕到港口的時候才發現，果然如陳默思所說，被邀請的人並不只有方遠一個人。

在港口簡單交流了幾句後，我們就出發了。船一開出港口，方遠就馬上有了暈船的反應，沒想到他這樣都要堅持去那座島，我不禁為他的勇氣感到佩服。於是我們只好讓他待在船艙裡，我和陳默思一起來到了甲板上。陳默思對周遭的一切似乎並不怎麼感興趣，他只是拿了一個酒杯，趴在一邊的船舷上，靜靜地品嘗著杯中的紅色液體。

我扭頭看了看站在不遠處的幾個人，除了船員以外，另外幾個這次同樣被邀請的人，我們都只在剛剛上船的時候打過照面。在我身後站著的身材魁梧的中年男人名叫戴虎，他自稱菸草交易商，此時正抽著雪茄吞雲吐霧。不知是抽菸的緣故，還是因為他臉上那道斜跨著整個右側臉頰的刀疤，周圍人都離他有一段距離，頗有些敬而遠之的意思。離船舷較遠的地方站著兩個人，是一對夫妻，男的叫杜松，女的叫李敏。女人身高不高，即使有腳下高跟鞋的幫襯，她也只能夠到身邊愛人的肩膀處。不過此時的她可完全沒有小鳥依人的曖昧感，她那不時瞥向身邊男人的目光只能說是一種想要吃人的衝動。女人身邊的男人此時則一臉悠閒地在甲板上踱著步，對旁邊那如刀子般的目光似乎一點也不為所動。他不時眺望著大海，但很顯然的是，男人想看的並不是什麼大海，而他目光的聚集點則是在前面的某一處，簡單來說，是某個人。

沿著男人的視線，有一道趴在船舷上的背影，同樣也是在眺望著大海，可是女孩那瘦弱的身影卻和廣闊浩瀚的海面形成了鮮明的對比。這名年輕的女孩名字很好聽，叫郝施然，她個子不高，臉型也只能算是清秀，並不屬於那種特別漂亮的女孩，可她那雙水盈盈的大眼睛，卻完美地彌補了她身上的各種缺點，使得她看起來十分可愛動人。她一出現，眾人的目光便全都聚焦在了她的身上，也難怪李敏一直對她心存嫉妒了，連自己老公的魂都被勾去了，這對於同樣做為女人的李敏來說，不可謂不是一種失敗。

正當我想多打量幾眼跟前的這位美女時，一陣浪打過，船左右顛簸了一下，女孩似乎沒有抓緊船舷，她驚叫了一聲，向右側跌倒了過來，我下意識地伸手過去，可馬上就意識到我現在的距離已經根本趕不上了。正當我心裡想著一朵荷花即將傾倒在淤泥中的畫面時，另一隻手伸了過去，穩穩地扶住了已經失去重心的女孩。女孩再次尖叫了一聲，可當她發現自己安然無恙的時候，立馬就鬆了一口氣，抬眼看了看扶住自己的那個人。

我也看向了扶住女孩的陳默思，對他的敏捷身手不得不表示驚歎，沒想到在那種髒亂的環境中居住那麼長時間，他竟還能有這樣的反應速度。與此同時，我也鬆了一口氣，剛才的那一幕，畢竟是有驚無險，如果真的眼看著一個美女在自己面前摔倒，那可真是讓人捶胸頓足了。不過陳默思他本人倒似乎沒覺得什麼，他只是瞥了一眼懷中這位顯然受驚不小的年輕女子，便很快放開了手，轉過了身，向我這裡走了過來。

「謝謝你，偵探先生。」

陳默思頓住了腳步，回頭看了過去，仔細打量了一番這位看起來十分瘦弱的女生。我心裡其實也很吃驚，因為在之前介紹的時候，我和陳默思是以方遠朋友的名義來介紹的，雖然這也是事實，但總歸來說還是隱瞞了我們的身分以及這次前來的目的。不過這下卻直接就被這位郝施然小姐給道破了，卻頗有點意味了。

「哦？妳為什麼會這麼說？」陳默思的話顯得饒有趣味。

郝施然嘴角微翹，並沒有做過多解釋，而且突然把目光轉向了我，「這麼說，這位就是偵探助手了？」

我愣了一下，下意識地點了點頭，不過很快我便意識了過來，「妳要是這麼說也可以吧，我以前在默思那裡確實或多或少幫過一些忙。不過……妳到底是怎麼看出來的，我覺得我們也不像什麼偵探和助手啊！」

「是嗎？其實也並不難猜。剛才上船的時候，我們都出示了邀請函，而只有你們兩位沒有這樣做，所以你們並不是被邀請的人。你們一直和剛才那位始終不說話的小哥在一起，那會不會是他的朋友呢？可是從剛才對你們的簡單觀察看來，情況又似乎並不是如此。你們似乎並不是很熟悉。」

郝施然看了我們一眼，接著說道：「而且，從剛才的舉動來看，你們三個之中明顯是以這位陳默思先生為核心的，雖然他看起來有些隨興，不過他身上的那種氣質卻是改不了的。」

「氣質？」我隨口問了一句。

「對，就是氣質。」郝施然看起來十分肯定，「雖然這位偵探先生看起來漫不經心，其實他卻是一直在偷偷觀察著我們。」

一聽到這句話，我立馬感到現場的氣氛變得有些微妙了起來。尤其是那個戴虎，看向我們的眼光充滿了警戒。

郝施然卻貌似並沒有意識到這一點，她剛才的那句話在眾人心中到底引起了多大的波瀾，她只是看似平常地繼續說道：「剛剛我差點摔倒，你離我的距離並不是最近的，可最後還是你最先趕到，扶了我一下。我確實很感激你剛才的幫助，不過這也徹底暴露了你的身分，我說得不對嗎，偵探先生？」

陳默思聽完便苦笑了一聲，不過他並沒有直接回答，而是感慨道：「郝施然小姐，沒想到妳不光外表迷人，這推理能力，也著實很不一般啊！」

陳默思這一說完，剛剛還一副偵探味十足的郝施然，臉便騰地一下紅了起來，一時不知說什麼好。

「不過偵探先生你們這次前來，也是很正常的事，畢竟那位小哥看起來還像是學生的樣子，自然是需要有人照顧了。而且，畢竟還有那麼多的錢。不過，事情真的就是這麼簡單嗎？」郝施然笑著說道。

「快說，你們究竟還有什麼目的！我們都是被邀請來的，只有你們兩個！」喊出這句話的是杜松，他的眼神不光是有著警惕，更多的似乎是一種嫉妒的感覺。剛剛默思第一個扶住了郝施然，對他而言，似乎是對女神的一種褻瀆，自然不會給好臉色看了。

陳默思好像也察覺到了這一點，他沒有看向杜松，反而是略顯輕鬆地說道：「自然和你們一樣，是為了更多的錢啦。剛剛郝小姐也說了，光是給我們的旅費就有十萬，等我們去了，說不定還有更多的呢！我總的來說也算是個偵探吧，既然這位小哥找到了我，這麼大的便宜，我為什麼不占？」

「那也得你有命拿才行！」杜松突然啐了一句，不過隨即便住了口，憤憤地往船艙裡走了過去。

李敏很快也跟了過去，不過在轉過去之前，她還不忘狠狠地瞪了郝施然一眼。隨著高跟鞋的啪嗒聲漸遠，甲板上又只剩下了不斷掀起的海浪聲。

「有命拿才行……難道這次的旅行真的這麼危險嗎……」我喃喃道。

「原來你們不知道？我以為這位小哥會告訴你呢。」這時一直在旁邊默默抽著菸的戴虎突然說道。

「我們確實什麼都不知道，我們這次來，主要就是為了弄清楚這件事，其實方遠他……」我本來想把方遠失憶的事情說出來，可卻被陳默思阻止了，他接過了話，衝著戴虎說道：「那你既然知道這麼兇險，為何又要來呢？」

戴虎笑了笑，嘴裡吐出一道菸圈，說道：「我可不像剛走的那兩位那麼貪財，我已經很有錢了，我這次大可以不來，我也有把握，那位所謂的塔主，根本絲毫奈何不了我。但我還是來了，我就是想看看，那個所謂的塔主，到底是什麼人！如果被我知道了他的身分，那他的下場，可就說不好了。」

說完，他將還有半截的雪茄在護欄上用力撚了下去，接著扔進了大海，隨即轉身走向了船艙。不過在經過方遠身邊時，他還是稍稍打量了一下這個到現在也沒怎麼說話的小子，嗔笑了一聲，便離開了。

戴虎走後，甲板上便只剩下了我們四人，郝施然見我們並沒有說話的意思，便開口說道：「我想你們肯定也很想知道我這次來的目的吧，我就實話實說吧，其實我來主要是為了我姊。」郝施然頓了一下，似乎又想起了什麼往事，「我和我姊相差十歲，她在我很小的時候就去世了，至今我也不知道她是怎麼死的，爸媽似乎對姊姊的死也很避諱，在家裡從來都不會提到這個，他們甚至把姊姊留下的東西全都扔了。我唯一留下的姊姊的遺物，就只有一張明信片，那是姊姊剛剛離開家不久時寫給我的，姊姊在上面寫著讓我好好學習，不要貪玩，可根本沒有提到她是去幹什麼，或者說是什麼時候回來。我曾經把這張明信片給父母看過，可他們一看到這個，就像是看到了什麼可怕的東西似的，立馬搶過去撕掉了。我為此還傷心了好一段時間，對父母也不理睬。後來，從上高中後，我就住進了宿舍，除了定期收到生活費以外，就幾乎與家裡沒什麼聯繫。本以為我會漸漸淡忘了姊姊，淡忘了這個家，可沒想到，前幾天，我竟然收到了一封邀請函，在看到邀請函的那一瞬間，我就差點崩潰了。」

郝施然停了下來，此時她的眼眶裡已經浸滿了淚水，往日的記憶似乎再次湧進了她的腦海深處。

「怎麼了嗎？」過了一會，等她稍稍平復了一點之後，我問道。

郝施然深吸了一口氣，想要竭力平復自己的心情，可她的聲音仍在顫抖，「因為那個圖案，邀請函上出現的那個圖案，曾經也出現在我姊唯一留給我的那張明信片上！」

說到這裡，她的淚水再也抑制不住了，隨著胸腹的不斷起伏，在臉上唰地流了下來。

「塔！那座塔！」我忍不住喊了出來。

又是這座塔，看來所有的事情肯定都和這座塔有關了。這座塔到底是什麼，又到底曾經發生了什麼事，郝施然姊姊的去世，方遠的失憶，又究竟和這座塔有什麼聯繫。

「施然，關於這座塔，妳還知道什麼嗎？」我繼續問道。

郝施然只是搖了搖頭，一邊擦著眼淚一邊說道：「其實在姊姊離開前，我們的家庭也只是和普通的家庭一樣，我對於姊姊的記憶，也和普通小女孩對她們姊姊的回憶相差不遠。不過整個家庭在姊姊離開的時候就變了，爸媽對我管得越來越嚴，甚至不准我一個人去同學家玩，上學放學也會一直來接我。我對此感到很是奇怪，因為小學高年級了，其他同學基本都是自己一個人走的，只有我，每天都要在爸媽的車裡來回，為此我還少不了被同學們恥笑。我也因此和爸媽吵過，讓他們不要再來送我，我自己一個人也行，可是他們根本不聽，於是這種生活，一直持續到了姊姊死的那天。姊姊死後，我上了初中，爸媽才終於不再堅持送我了，於是我終於得到了本該屬於我的那份自由。後來上高中，讀大學，我漸漸搬離了那個家。關於那座塔，我唯一的記憶，也只有那張明信片了，而那張明信片也早已變成了碎紙。」說到這，郝施然剛剛止住的淚水又再次流了下來。

我們都沒有說話，只有施然在不斷抽泣著，我也不知道怎麼去安慰她。都怪我，偏偏要勾起施然的回憶，而且還是這麼悲傷的往事。

「施然，妳有沒有一種感覺，妳的姊姊離開後，為什麼妳父母會有那樣的表現？」陳默思突然問道。

我抬頭看了一眼施然，她此時已然緩了過來，「其實我也覺得挺奇怪的，我爸媽一直對我和姊姊都挺好的，就算我姊因為什麼原因離開了家，他們也不應該變成這樣啊……似乎每次一談到姊姊，就像談到了什麼不好的東西一樣……」

陳默思點了點頭，沒有說話。

「塔，島……妳說妳姊是不是有可能就去了這座島啊？」我突然說道。

「可能吧……我也不能確定。不過，我有一種預感，如果我來到了這裡，一定能揭開姊姊去世的真相！」施然突然堅定地說道。

我們沒有說話，這時船艙裡走出了剛剛才進去的戴虎三人，我不知道發生了什麼，可是當我回頭看過去時，才發現在遠處的海平面上，有一個凸點漸漸浮現，那是一座島，一座即將迎來暴風驟雨的孤島。

## 3

原來，真的有一座塔！

此時我們已經靠了岸，呈現在我們眼前的，是一座高達九層的巨塔。塔本身是石質結構，一個個巨大的石塊被鑿成規則的方形，然後鬼斧神工地疊成了眼前的這座九層高塔。眾人還來不及驚歎，身後的渡輪再次響起了汽笛，漸漸駛離了海岸。

「這下我們可真的算是踏進了這個坑了，想要回頭可就難了。」我忍不住苦笑著說道。

「這位小兄弟，這你可就錯了，既然我們都選擇來到了這裡，那就說明我們都有了這個心理準備，要是你還沒準備好的話，我勸你還是趁船沒走遠趕快滾蛋吧！」

看著戴虎那帶有嘲笑的眼神，我心裡一陣不舒服。不過還沒等我反駁，陳默思就說了一句，「走吧！趁天還沒黑。」

確實，此時天色漸晚，在這種荒無人煙的海島上，如果真的到了晚上，還不知道會發生什麼呢。於是我趕快收斂了心神，隨著眾人的步伐快速向高塔的方向靠近。島的地勢很低，與海水接觸的礁石幾乎已經快被海水淹沒了。不過還好由於島本身的地勢就不是平坦的，大部分地方還是足夠安全的。塔所在地方的地勢也不算很高，可能因為整個島上只有那塊地方地勢比較平坦吧，但我們大部分時間都是待在塔裡，也不會擔心晚上睡覺的時候會被淹沒了。走著走著，我才發現，這個島可真的稱得上是寸草不生了，島上基本上全是黑黝黝的礁石，偶爾有幾株尖刺狀的低矮雜草在石縫裡生長出來。高低不平的石塊使得我們的路程也十分艱難，稍不留意，腳就可能卡在石縫裡。

大約過了一刻鐘，我們才來到了高塔的腳下。從此處看著整座高塔，當真是氣勢恢宏，塔身並沒有什麼華麗的裝飾，卻給人一種震懾心神的感覺。整座高塔大致是一個規整的圓柱體，直徑約十五公尺，每層高約四公尺，一想到即將置身於這樣宏偉的建築中，就不由得心生振奮。

正當我們猶豫著該怎樣進去的時候，塔的正門突然打開了，從裡面走出一個身穿禮服的老者。如果按照最經典的劇情，這應該就是塔主的僕人了。

「歡迎諸位客人，接下來的幾天，就由我來招待各位了。」果不其然，老人開口說道，「敝姓張，你們叫我老張就行。快進來吧，天快黑了，這裡晚上外面毒蛇很多，各位晚上沒事請不要隨便出去。」

說完眾人便隨著老者一起走進了高塔，一進門就是一個大廳，一張精緻的長桌，上面鋪著極顯奢華的絲質桌布，長桌兩端分別有四張椅子，加上首座的一張，正好是九張，和塔身的九層正好對應得上，看來也是經過了仔細的考量的。

眾人一進來，做為管家的老者就提議晚餐前各自先回房休息，等晚餐的時候再來通知大家。不過在分配房間的問題上，眾人卻產生了分歧。這裡總共九層，一樓是客廳和廚房，其餘各層都是房間。不過按照塔主的安排，每層只能住一個人，而我們總共七人，加上管家正好是八人，能住滿上面的八層。不過管家年紀大了，爬不了那麼多的樓梯，這裡也沒有電梯，所以塔主安排他住進了二樓。並且二樓的房間也不大，讓我們之中的哪一個去住似乎都不太合適，所以最終我們就都住進了上面的七層。

不過每人住進一層，可真是奇怪的主意，這裡每層都這麼寬敞，但卻只有一個臥室，每人住進一層，真是個奇怪的安排。而且這裡看起來也沒有電梯的樣子，那麼最高的九樓，要爬上去，可不是一般的累，相信沒有幾個人能受得了吧。

李敏想和杜松住在一個房間，因為杜松病了，她肯定是想著在一個房間照顧起來也方便些。李敏現在看起來確實有些著急，再看看站在她身邊的杜松，感覺整個人都有些委靡了，和之前在船上的情形大不一樣。

杜松的情況確實看起來不大好，於是郝施然這時上前問道：「是發燒了嗎？」

李敏點了點頭，她現在眼中有的只是焦急，對面前的施然全然沒有了之前的那份芥蒂，看來她對杜松的關心已經讓她完全忘記了之前船上發生的事了。老者也著實有些為難了起來，他既沒有說可以，也沒有說不可以。當然，眾人自然是支持李敏的想法的，這樣的話，兩人還能互相照應一番。

「敏敏，不了，我還是一個人住吧，我一個人顧得過來。」杜松緩緩說道，他臉色看起來很差，臉上布滿了細密的冷汗。說完，他看了李敏一眼，就拉著行李，兀自往樓梯口走去了。李敏也沒辦法，就只好陪著杜松上去了。

按照分配的規則，李敏住在了三樓，杜松則在四樓，這樣也算接近，方便李敏照顧發燒的杜松。接下來看起來十分瘦弱的施然被分配在五樓，方遠、我和陳默思依次住在六、七、八樓，而身體最為強壯的戴虎，則

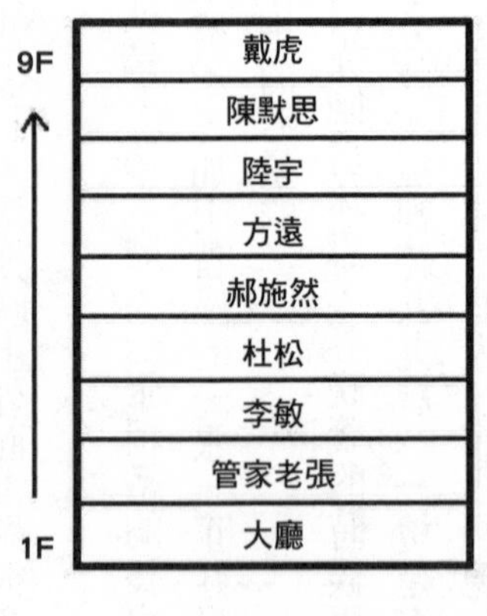

樓層分布圖

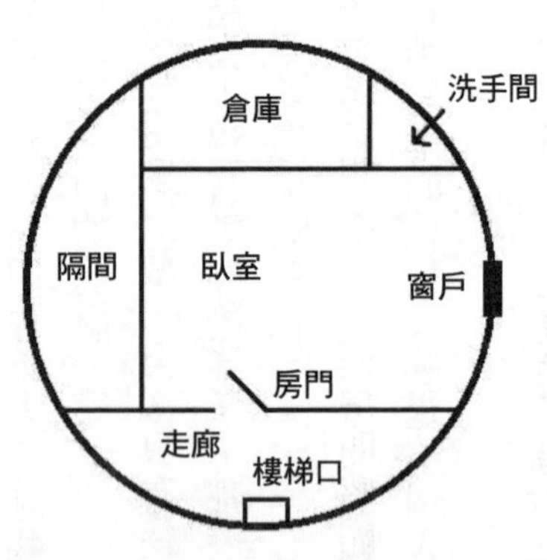

樓層平面圖（9F）

住在最高的九樓。房間分配完畢，眾人很快就住進了自己的房間。這裡的房間分布每層都是一樣的，但較為奇怪的是房間分布的方向不一樣，比如我的房間窗戶就是朝西邊的，最高那層房間的窗戶是朝東的，而且其他房間的朝向也各不相同。不過我也沒想多少，一進入房間，一路的顛簸早已讓我疲憊不堪，在等待晚餐的短暫時間裡，沉重的眼皮倏地就把我拉進了夢鄉。

晚餐時間一到，眾人陸續走了下來，並且精神都顯得還好，看來一段時間的小憩，對大家體力的恢復還是很有幫助的。不過李敏走下來的時候，杜松並沒有跟著出現，看來他因為身體原因只能躺在床上休息了。晚餐是義大利麵加蔬菜沙拉，味道還不錯，看來做為管家的老張也是個不錯的廚師。尤其是戴虎，本來就強壯的身體，再加上旅途的勞累，這一頓吃的東西足足有兩三個人的份量。

「老張，沒想到你手藝不錯嘛！不過為什麼要替這個只會躲躲藏藏的塔主做事，難道只是因為他給了你很高的工資？」戴虎擦了擦嘴，看似不經意間，矛頭卻直指正在收拾餐具的管家。

本來很是融洽的氛圍頓時變得微妙了起來，不過這種時刻的到來也只是時間的早晚而已，眾人表面看起來只是吃東西，其實內心裡早就想知道關於這次旅行的真面目了。

管家放下了已經被眾人吃得空空如也的餐盤，看著戴虎說道：「你們不也是這樣嗎，因為塔主給的巨大的誘惑，才選擇來到了這裡。我和你們一樣，也是收到了這樣一份請柬。不過不一樣的是，我還收到了另一張支票，支票上的金額同樣是十萬元，讓我在接下來的幾天中負責照顧大家的飲食起居，一週後自然便會有船來接大家離開。而我本來就是一個廚師，這樣的高額利潤，不得不讓我心動。」

「原來你也是收到了請柬才來的……這麼說，你也不知道那個所謂的塔主是誰了？」郝施然接著問道。

管家點點頭，「這個塔主十分神秘，而且很有錢。不過關於他召集我們來這裡的目的，想必大家都心知肚明吧。」

說完，管家看了眾人一眼，接著便推著裝滿餐具的餐車離開了這裡，坐在餐桌旁的眾人一下子陷入了思考當中。

「戴虎兄，你說剛剛管家說的是什麼意思啊？」李敏突然細聲問道。

「什麼什麼意思！我怎麼會知道！」話還沒說完，戴虎便急忙地從椅子上站了起來，走上樓梯去了。

李敏笑了笑，對剛剛戴虎的表現似乎並不在意，「好了，我也要上去照顧松哥了，先走了啊！」說完，李敏也離開了大廳。

此時的大廳又只剩下了郝施然和我們三人，顯然，對於管家口中的心知肚明，我們並不清楚，所以自然無從得知了。

「看來除了我們四個，另外幾個人似乎知道些什麼，可很明顯的是他們都不願意說出來。」施然略顯沮喪地說道。

「對了方遠，現在來到了這裡，你有沒有想起什麼啊？」我把頭扭了過去。

不過方遠只是茫然地搖了搖頭，這小子，好像自從知道要來之後，就一直沒怎麼說過話。看來要想從方遠的記憶下手，是毫無辦法了。而我們現在也確實沒有什麼辦法，只要那個塔主不出現，或者說是他沒有進一步的動作，我們根本無從得知他的目的。

「這個塔主可真是神秘啊……把我們全都聚在一起，還好吃好喝地供著，到現在也沒有什麼動作，他這是什麼意思啊？」我感慨道。

「不，阿宇，這個你倒錯了，其實這個塔主一點也不神秘。」陳默思突然說道，他看了眾人一眼，「我想，這個塔主其實一直是在觀察著我們的。」

「什麼！你是說這裡都裝著監視器？」我大吃一驚，而身為女生的施然自然更為緊張了。不過接下來陳默思的一番話總算讓我鬆了一口氣。

「這個倒不一定。我的意思是，從我們出發開始，這個塔主就一直在監視我們了。」

「為什麼要這麼說？」我還是很不明白，既然他要把我們全都引到這裡，又為什麼要費那麼大心思，從一開始就要監視我們呢？

不過陳默思接下來的解釋卻終於讓我理解了他這番話的真正含義。陳默思有這個懷疑，其實還是因為我們的人數。這個塔除了第一層，其他八層都能住人，而我們恰好也有八人，會有這麼巧的事情嗎？而且更為關鍵的是，我和陳默思都不是收到邀請函的人，真正收到邀請函的只有六個人。如果說我們倆的到來只是偶然，恰好湊齊了這八個人，這個解釋並不能令人信服。所以應該是這個塔主從一開始就只是發出了六個邀請函，並且還知道我們兩個會來。不過這也著實令人吃驚，因為我們當時也是臨時才決定要來的。一想到這裡，我不禁對這位塔主更加感到好奇了。

「其實這個也並不奇怪，方遠是收到請柬的六個人之中年紀最小的，可以說還沒有完全的自主行動能力，很可能是需要別人陪同才會來的，這也是他為何在請柬上沒有標明只能獨自前來的原因了。」陳默思解釋道。

竟然想得這麼遠……這麼說的話，他是非常想要請柬上的人都來的了，而且他確實做到了。雖然六個人來的目的並不相同，可確實也都來了。按照目前我們所瞭解的，我們三個是為了找回方遠丟失的那段回憶來的，而施然是為了姊姊，戴虎是為了找出這個塔主，杜松夫妻和管家應該都是為了錢……大家可以說為了不同的目的，可都同時來到了這座島上。我把這個想法告訴了陳默思，可他卻似乎並不是很在意這個。

「你剛剛說的這些目的其實都是表層原因。」陳默思提醒道，「我想更為重要的應該是那個塔主讓我們來這裡的原因。」

「難道是想把我們全都殺掉？」施然突然打趣道。

一聽到這個，方遠突然全身顫抖了起來，他眼球突出，像是看到了什麼可怕的事情一樣，並且嘴中不斷唸叨著，「不要殺我，不要殺我！」

我趕緊跑過去，扶住了方遠，可是遠遠止不住他身體的抖動。

「方遠，你怎麼了！怎麼了！不要嚇我。」施然被方遠的這種突如其來的舉動嚇了一跳。

我從後面緊緊按住了方遠，不過從方遠的眼神中，我能看到深深的驚恐，他的那種眼神，似乎只有從見過死人的人的眼中才能發出，這種來自死亡的恐懼，穿過瞳孔，向四周散發著。

「已經沒事了，沒事了啊！」我不斷安慰著方遠。

漸漸地，方遠的身體安靜了下來。我放開了方遠，累得跌倒在旁邊的椅子上。雖然事情已然過去，可是眾人明顯還有點心有餘悸。

「方遠這是怎麼了嗎？」施然向我們問道，很明顯，對於剛才發生的事，她才是最一頭霧水的。

「方遠失憶了，剛才妳的那番話，可能對他產生了什麼刺激吧。不過妳不必自責，我們這次來，就是為了找回方遠失去的那段記憶的。」我故作輕鬆地向施然解釋道。

「什麼……失憶？這是怎麼一回事？」

面對施然的詢問，我只得將一切都告訴她了。她聽後再次看了呆坐在椅子上的方遠一眼，眼中露出了同情之色。

「其實我們是一樣的，我們都是為了尋找過去，十年前，究竟到底發生了什麼，才導致了這一系列變故。」施然的眼中充滿了悲傷，看著她這麼傷心的樣子，我也有點於心不忍了。

「雖然我們現在並不知道，不過我想，其他四個人，應該或多或少都知道點什麼。」陳默思這時說道。

「可是他們顯然並不想說出來，我覺得這背後肯定隱藏著更大的秘密。」

默思也向我點了點頭，這時管家老張再次推著餐車走了回來，餐車上放著的是一些飯後甜點。

「怎麼？都回去了？」老張邊從餐車上取下點心，邊向我們問道。

我們點了點頭，接過了點心。點心是巧克力蛋糕和布丁，當點心遞到施然面前的時候，她皺了皺眉頭，顯然這種高熱量的食物並不是她所喜歡的。不過她還是接過了點心，但明顯沒有動口的意思。

印象中方遠好像頗喜歡巧克力味的蛋糕，不過當蛋糕遞到他面前的時候，他並沒有什麼反應。我替他接過了蛋糕，放在他的面前，他甚至連看都沒有看，或者說，他的視線並沒有聚焦在某一個具體的事物上。

管家明顯也注意到了方遠的不對勁，於是問道：「他這是怎麼了嗎？」

我本想回答些什麼，可這時陳默思卻搶著說道：「張老先生，請問您是怎麼和塔主聯繫的？」

這位管家似乎也對這種突如其來的問題感到有些措不及防，不過畢竟是上了年紀的人，閱歷不是一般人能比得上的，他很快便平定了心神，把之前發生的一些事情都告訴了我們。原來在我們來之前，老張也收到了那張邀請函，並且後面附了一封信，信上詳細說明了我們來之後安排的細節，包括住宿飲食等問題，都有十分詳盡的安排。然後信上說在島上期間，不需要和他聯繫，等到一週以後，自然有人來接我們走。

「暴風雪山莊啊……」我不禁感慨道。確實，如果這個塔主真的準備殺人的話，這確實是一個很好的舞臺。

客廳陡然變得安靜了下來，眾人都沉默不語，不知在思考著什麼。我拿起一塊布丁，心不在焉地吃著。

「老張。」陳默思放下了勺子，突然向管家問道，「你以前是不是和這座巴別塔有什麼聯繫？」

「這位兄弟何出此言？」老管家笑著說道。

「因為你收到了請柬。」很簡單的回答。

老管家笑了笑，深深地看了陳默思一眼，說：「你說得沒錯，我確實和這座塔，準確地說是和生活在塔周圍的這些人有關。」

「人？」我莫名其妙地看了老管家一眼，「你是說在塔周圍還有別的人生活？可這裡除了我們，完全沒有其他人啊……」

「當然不是這座島，也不是這座塔，而且也是發生在十年前的事情了。」老管家感慨道。

十年前……又是這個時間節點，十年前究竟發生了什麼……果然，還沒等我發問，施然已經激動地站了起來。

「管家先生，請問十年前究竟發生了什麼事呢？」

面對施然的發問，老管家並沒有過多的理會，轉而說道：「你們知道，這座塔為什麼叫做巴別塔嗎？」

巴別塔……對了，為什麼要叫巴別塔呢……剛開始聽到這個名字的時候，並沒有感到特別奇怪，因為以前自己好像聽說過這個名字，可細究起來，好像還真沒有怎麼認真思考過。

「巴別塔，是聖經裡面出現過的那座塔嗎？」施然突然說道。

管家點了點頭，然後給我們介紹了聖經裡有關巴別塔的故事。巴別塔出現在聖經創世紀第十一章，裡面記載著這樣一個故事。大洪水劫後，天上出現了第一道彩虹，上帝走過來說：「我把彩虹放在雲彩中，這就可作我與大地立約的記號，我使雲彩遮蓋大地的時候，必有虹現在雲彩中，我便紀念我與你們和各樣有血肉的活物所立的約；水就不再氾濫，不再毀壞一切有血肉的活物了。」上帝以彩虹與地上的人們訂下約定，不再用大洪水毀滅大地。此後，天下人都講一樣的語言，都有一樣的口音。諾亞的子孫越來越多，遍布地面，於是向東遷移。在示拿地（古巴比倫附近），他們遇見一片平原，定居下來。

有一天，有人提出一個問題：我們怎麼知道不會再有諾亞時代的洪水將我們淹死，就像淹死我們祖先那樣？「這有彩虹為證啊！」有人回答道，「當我們看到彩虹，就會想起上帝的諾言，說祂永遠不會再用洪水毀滅世界。」

「但是沒有理由要把我們的將來以及我們的子孫的前途寄託在彩虹上呀！」另一個人爭辯說，「我們應該做點什麼，以免洪水再發生。」於是，他們彼此商量說：「來吧，我們要做磚，把磚燒透了。」於是他們拿磚當石頭，又拿石漆當灰泥。他們又說：「來吧，我們要建造一座城，和一座塔，塔頂通天，為要傳揚我們的名，免得我們分散在全地上。」由於大家語言相通，同心協力，建成的巴比倫城繁華而美麗，高塔直插雲霄，似乎要與天公一比高低。

沒想到此舉驚動了上帝！上帝發覺自己的誓言受到了懷疑，上帝不允許人類懷疑自己的誓言，就像我們不喜歡別人懷疑自己那樣，上帝決定懲罰這些忘記約定的人們，就像懲罰偷吃了禁果的亞當和夏娃一樣。他看到人們這樣齊心協力，統一強大，心想：如果人類真的修成宏偉的通天塔，那以後還有什麼事幹不成呢？一定得想辦法阻止他們。於是他悄悄地離開天國來到人間，變亂了人類的語言，使他們因為語言不通而分散在各處，那座塔於是半途而廢了。

「語言變亂……沒想到巴別還有這樣的意思，不過歷史上真的有巴別塔這個建築嗎？」

「有的。」老張看了我一眼，「事實上，『巴別』塔第一次出名是因為歷史上著名的『巴比倫之囚』。」

原來早在西元前的巴比倫，巴別塔就已經存在了。當時的新巴比倫在尼布甲尼撒二世的治理下日益強盛，後來滅掉了當時的猶太王國，並且在猶太人的聖城耶路撒冷大肆燒殺搶掠，將聖城裡的近萬名居民擄掠到巴比倫當作奴隸，這就是「巴比倫之囚」的緣來。巴別塔也是這一時期建造的，當時的巴比倫王國國力強盛，擁有大批奴隸和大量資源，所以才能建造出如此壯麗的建築。直到七十年之後，國力扭轉，東邊的波斯開始強盛，波斯的居魯士大帝滅掉了新巴比倫王國，巴別塔也隨之遭到了毀滅。這座被稱之為「神之門」的偉大建築最終還是成為了一堆瓦礫。猶太人怨恨使他們流離失所的巴比倫人，於是便詛咒這座「神之門」，在他們的語言中，巴別塔就有了「變亂」的意思。

原來還有這樣的一段歷史……我不禁感慨了起來，曾經富庶強大的巴比倫王國，轉眼之間就煙消雲散，而那代表著整個強盛王國的巴別塔也隨之變成了瓦礫。這一番境遇，不得不讓人唏噓。

「那我們現在的這座巴別塔和十年前的那件事有什麼聯繫嗎？」我接著問了起來。

管家饒有深意地看了我一眼，接著說道：「十年前，我同樣受邀來到了一座島上，只不過不是這座島，應該是另外一座海島，至於具體方位，我也不是很清楚。這座島上，同樣有一座巴別塔，那座塔和這裡的塔十分相似，也有三十多公尺高。塔位於島的一側，島上居住了很多居民，我來到那座島後，就成了那裡的廚師。」

「廚師？餐廳還是什麼地方的廚師？」

「準確地說應該是食堂，那裡大概有一百來人，吃飯都是在一個地方吃的。」

「他們不是自己做飯嗎？還有，這些人究竟是什麼來歷？」我接連問道。

「起初我也不是很清楚，這些人來到這麼偏僻的海島做什麼，這裡什麼都沒有，連一些基本的生活用品都沒有，生活很是艱難的。後來我才漸漸知道，那裡好像是一個宗教團體。」

「宗教團體？是基督教嗎？」我這樣問道。既然有聖經中記載的巴別塔，自然和基督教脫不了干係了。

老管家搖了搖頭，說道：「和基督教已經相差很遠了。」

「哦？」我疑惑道。

這時陳默思說道：「你們想，上帝毀了巴別塔，而這群人仍然在供奉著這座塔，很難相信他們還是在信基督教了。」

「這位小兄弟你說得很對，其實當時我還不知道他們究竟在做什麼，而且也無從得知。」管家突然說道。

管家的這句話讓我更加疑惑了，為什麼會無從得知，難道這個宗教團體就真的這麼神秘嗎？老管家從我們的眼神裡也看出了這份疑惑，他接著說道：「你們不要覺得這麼奇怪，我之所以很難得知，是因為他們根本不會和我交流。」

「不會和你交流，你的意思是他們很排外嗎？」我猜測道。

老管家再次搖了搖頭，說：「你們理解錯了，我的意思是他們自己之間也從來都不會交流。」

老張一說完，我們就差點驚訝地叫了出來。我還是第一次聽到這麼奇怪的事，這些人不和外面的人來往也就罷了，因為我經常聽到一些小團體，過著與世隔絕、晴耕雨織的生活，這些人都有著各自的目的，但大部分無非就是為了遠離城市的喧囂，想要過一種更加貼近自然的生活。但這次他們竟然相互之間也從來不會交流，這就令人很難相信了。

看著我們吃驚的表情，管家再次笑了笑，說道：「難以置信吧？我當初也是這樣，在我第一次來到這裡的時候，眾人看我的眼光都是那種很奇怪的眼神。起初我也不以為意，因為本來就覺得這個地方很是奇怪，早就有了心理準備了。不過更加奇怪的還在後面，一般的食堂都會準備好些種類的菜品，然後讓客人自己來選，我當時也是準備這麼做的。可是後來被告知每餐只需要做三道菜就行，也就是說每個人都會吃這三道同樣的菜。雖然不是很理解，但畢竟我也只是被雇來的，就照做了。等到吃飯的時候，他們依次排著隊，領了飯菜，就去餐桌吃飯了，在餐桌上也不說話，我本來以為這是他們的什麼規定，比如吃飯時不能說話之類的，也沒怎麼多想。可是後來，一系列的事讓我終於明白，一切都不是這麼簡單的。」

「你的意思是，後來你發現，他們之間根本就一點交流都沒有？」陳默思向管家問道。

管家無奈地點了點頭，說：「這些人主要都是些年輕人，在我看來年輕人都應該很是活潑才對，可平日裡的生活，我發現他們即便是住在一起，互相之間也不會交流，甚至連見面都不會打一聲招呼。這樣的生活持續了幾個月，後來我實在受不了了，於是便離開了那裡。」

「那他們為什麼互相之間從來不交流呢？」我問道。

管家笑了笑，說：「你問得很好，為什麼不交流呢？剛開始我也想不通，也從來沒人告訴我，在我離開後，一次偶然的機會我把這件事告訴了一個朋友，那個朋友給了我一個可能的解釋。」

「什麼解釋？」我繼續問道。

「其實很簡單。」陳默思突然插嘴說道，「他們既然供奉著那個巴別塔，自然也有和巴別塔相關的信仰了。剛才老先生也說了，巴別塔，正是聖經中上帝對人類的警告，並且巴別，有變亂的意思。巴別塔被毀，人類分散四方，有了不同的語言，互相之間不能交流溝通，於是便沒有了再和上帝對抗的力量。那座島上供奉的巴別塔，自然也有著語言變亂的含義，在那裡居住的居民，肯定也會有那樣的信仰。」

「默思你的意思是，就因為這樣，他們之間就不交流了？」我還是很不理解，如果互相之間不交流的話，這還能活下去嗎，或者說活下去有什麼意思？

「這個你就有偏見了，不是因為他們信仰這個，他們才不交流，而是因為他們不想交流，他們才信了的。」陳默思認真地指正道。

「看來這位小兄弟很有見地啊！」管家很是贊同地說道，「沒錯，後來我有一位認識的朋友，他也加入了這個群體，原因其實很簡單，但也很沉重。我的那位朋友他認真努力地在工作，卻一直沒有得到升職的機會，那些只會對領導諂媚的反而步步高升。

之後，他還被騙子騙走了所有的財產，妻子帶著兒子離開了他。他當時對我說，他再也不相信人類的謊言和欺騙，有段時間他甚至不願意說話，我還一直擔心他會自殺。所以當我後來聽說他去了那裡之後，心裡反而變得輕鬆了許多。」

「所以說，有那種信仰，未免不是一種解脫了……」我不由得感慨了起來。

我剛說完，陳默思突然笑了起來，「阿宇，你難道真的以為這是一種解脫的方法嗎？如果真的是這樣的，那後來為什麼會發生那種意外？」

一談到這個話題，現場的氣氛就有所變化了，我看了看施然，發現她並沒有過多的表情，於是說道：「這麼說，施然的姊姊當時很可能就是去了那座島了，所以現在我們必須搞清當時發生了什麼？」

我把目光轉向了管家老張，他只是苦笑了一聲，搖了搖頭，說道：「我也只是去過那個島，至於後面發生了什麼，我也並不清楚了。」

「你那個朋友呢？他不是去了那座島嗎？」我問道。

老張嘆了口氣，說道：「他去世了。」

「去世了？什麼時候？」

「就在他去那裡不久，我從其他認識他的朋友那裡得到他的死訊的。」

雖然已經過去了這麼多年，可是一提起這個，老張看起來還是有些悲傷的，我決定不再提起這個話題。我看了一眼手錶，發現時間已然很晚，於是大家很快就各自回房休息了。可對於我們來說，這只是暴風驟雨來臨的前夜。

「爸爸媽媽，我們這是要去哪兒？」恍然間，傳來一個小男孩的聲音。

「小遠啊，爸爸媽媽呢，這是要帶你去海島上玩，好不好呢？」男人的聲音很是祥和，但又不缺少一絲厚重。

「海島？這是什麼地方啊，好玩嗎？」

「好玩啊！那裡有碧藍的天空，一望無際的大海，還有一群和你一樣大的小朋友哦！」

「海啊……我還沒見過呢！真的嗎？還有很多很多小朋友啊……」男孩的聲音裡充滿了喜悅。

「是啊，你不是一直說找不到小朋友一起玩嗎？去了之後就有了。」

「好，那我去我去！」男孩的眼裡似乎已經被藍色的大海給占滿了，他歡呼雀躍了起來，一溜煙跑回了自己位於樓梯間拐角的小房間。

我的視線也跟著進去了，房間不大，唯一的一張小巧的木質床被放置在窗戶的一旁。小男孩此時正認真地趴在床上，兩隻腳蹺了起來，不知在翻弄著什麼。很快，他從床上跳了起來，手裡拿著一張照片，照片上的他正在海洋館的玻璃通道裡遊覽，一頭海豚從他旁邊的水牆裡穿過，而照片剛好捕捉到了海豚對他微笑的那一幕。小男孩看著照片，開心地笑了。

看著小男孩，我的內心似乎也被同化了，暖洋洋的，有一種說不出來的舒服。可是突然，這種感覺就被一陣亂哄哄的嘈雜聲音給打斷了，緊接著傳來了小孩的哭泣聲。視野漸漸變亮，我仔細看了過去，原來還是剛才的那個小男孩。

「為什麼不讓我和小朋友一起玩……」小男孩抹著眼睛，哭著說道。

「小遠啊，乖！不是爸媽不讓你玩，這段時間呢大人都很忙，沒時間管你們了。所以你們呢，最好都待在家裡，不要給大人添亂好不好？」女人的聲音很是溫柔，她的手一直在小男孩的頭上不斷撫摸。

小男孩聽了之後，哭聲漸小，可還是在不斷抽泣著，嘴裡嚷嚷著要出去玩。男人和女人對視了一眼，相繼嘆了一口氣，眼裡的無奈之色甚濃。

光影再次轉換，這次我的視線定格在沙灘上，海風習習，不過不知為何，我卻聞不到海水的味道。小男孩從遠處的沙灘走了過來，身後留下了一排排的小腳印，不過這些痕跡立刻就被湧上來的海水撫平了。小男孩手裡拿著一把綠色的玩具水槍，他將水槍指向了天空，一注水流嗞地就滑出了一條弧線，落入了大海裡。整個海灘只有小男孩一個人的身影，太陽不是很大，卻顯得有些寂寥了。小男孩用水槍接連向空中發出了幾注水流，不過很快他就顯得有點膩了，他放下了水槍，搖晃著腦袋，在沙灘上繼續往前走去。突然，小男孩似乎發現了什麼，他轉過瘦小的身子，呆呆地望著遠處的海平面。

沿著小男孩的視線，我也看向了海天交界的地方，除了那一片亮白的發著粼光的海水，什麼也沒有。可小男孩的眼光盯著那裡，久久沒有移開。

「海的那一邊，就是我的家嗎？」男孩小聲地呢喃道。

# 第二章——屍體

## 1

睜開眼，頭昏昏沉沉的，我在枕頭旁摸索著找到了昨晚放在這裡的眼鏡，一戴上它，我的整個世界才算是清醒了許多。

我看向了窗外，天灰濛濛的，像是一層黑霧籠罩了天空，我感到有些氣悶，便下床喝了幾口水。水是冰涼的，可我感覺身體更燙了，是發燒了嗎？我嘆了口氣，窸窸窣窣地換了睡衣，穿好了鞋襪，打開門走了出去。

一樓的大廳還是那樣地寬闊，偌大的大廳內只有一張桌子和幾張椅子，以及頭頂那盞精緻卻燈光昏黃的吊燈。大廳長桌那裡坐了幾個人，都在悠閒地吃著早餐，我看了一眼大廳正門上方的掛鐘，已經將近十點了。

「喂，阿宇，你怎麼現在才下來啊？」我剛一露面，正吃著火腿三明治的陳默思就衝我喊道。

我看了他一眼，突然覺得根本沒有那個力氣來回答他，於是只好笑了笑，拉開椅子，在陳默思旁邊坐了下來。這時一直在旁邊等候的管家老張走了上來，我覺得沒什麼胃口，就只點了一份煎蛋，再要了一杯橙汁。看著旁邊的陳默思在那大快朵頤的樣子，我竟有一種略顯滑稽的感覺。

「阿宇，你怎麼吃這麼少啊？以前可沒見你這樣啊，哎呀，不要害羞嘛，在這裡吃又不要錢，不吃白不吃嘛！」說著他又啃了一塊火腿。

聽著陳默思的嘮叨，我也無力反駁，只好笑了笑，喝了一口不算太冰的橙汁。這時我才注意到長桌旁坐著的其他人，除了還在發燒的杜松，大家基本都來了。戴虎面前擺著的餐盤都快高過他的頭頂，可還沒見到他有任何收嘴的跡象。李敏一副悶悶不樂的樣子，正用叉子不斷劃著盤中那早已破碎不堪的煎蛋。坐在陳默思另一邊的方遠則一聲不吭地默默吃著盤中的蛋炒飯，金屬勺子不斷碰撞著陶瓷餐盤，發出清脆的聲響。直到最後，我才看向了郝施然，她手中拿著一本書，正在仔細地看著，盤中很是乾淨，只有杯中還剩下的一小半牛奶。

這樣看著，突然我感覺氣管被橙汁給嗆住了，我發出了猛烈的咳嗽。管家老張趕快給我遞過了一張紙巾，我捂住嘴，不斷地咳嗽著。

「你沒事吧？」只見施然放下了手中的書，看向了我，神色頗為關心。

我擺了擺手，本想說點什麼，可嘴一張開就又咳嗽了起來，根本一句話都說不出來。

「阿宇，你就別說話了，你看你現在連話都說不成了，勾搭妹子這種事，還是下次吧！」陳默思似乎發現了什麼，向我揶揄道。

我白了他一眼，但不敢再說什麼了，喉嚨火辣辣地疼。連施然也被默思的這句話給逗樂了，捂著嘴，看向我這裡，偷偷地樂著。

這時地板上突然傳來一陣沉悶的碰撞聲，像是有什麼東西掉到地毯上去了。我看了一眼聲音傳來的地方，深褐色的地毯上躺著一個潔白的餐盤，餐盤旁蹲著一個人影，我看了過去，是李敏。此時她雙眼緊閉，臉上露出痛苦的表情，我向旁邊的管家投出詢問的目光。

「她可能是昨晚照顧她丈夫太累了吧，剛剛本想從我這裡拿些食物上去，可一接過餐盤，就成這樣了。」管家也是一時弄不清楚情況，顯得有些手忙腳亂。

「這樣吧，我來送些食物上去吧。」施然突然說道，她站了起來，朝這邊走了過來。

「也好。」管家點了點頭，將李敏扶到了旁邊的椅子上。

正當施然端著餐盤準備走向樓梯的時候，我不知怎地突然站起來說道：「我和妳一起去吧。」說著就跑了過去，全然不顧剛剛突然站起帶來的頭暈目眩。

我接過了施然手中的餐盤，和施然兩個人一起走上了樓梯。樓梯是環形的，就像一條長長的巨蛇，盤亙在我們所在的這根巨柱上。而且樓梯和每個樓層似乎都是隔離的，只有在每層的樓梯口才會出現一道門，打開這道門，才能進入每層的房間。每個樓層樓梯口的分布都不一樣，不過很有規律，南北間隔分布。比如一樓大廳的樓梯口在南邊，二樓就是在北邊，三樓也在南邊，以此類推。不過這樣一來，每次爬樓梯都得爬很久，這也確實是件累人的事情。而且很不方便的一點就是每個樓層的樓梯口都沒有標明樓層數。為免走錯樓層，我仔細數著樓層的數目，等數到四樓的時候，我和施然停下了腳步。

施然幫我打開了樓梯口的門，我們一起走了進去。每層的擺設基本都相近，不過令人好奇的是，這麼大的樓層，每層竟然只有一個房間可供人居住，其他的空間也不知道被用作什麼用途。杜松的房間就在離樓梯口不遠的地方，我擰了一下房門的把手，發現並不能打開，看來李敏在離開房間的時候把門也鎖上了。

我和施然互相看了一眼，向她示意了一下，施然舉起手，在房門上輕輕敲了幾下，並輕聲詢問了幾句。敲門聲在略顯空蕩的走廊裡顯得有些突兀，我咳嗽了幾下，看向施然。

「剛才要是向李敏要一下，帶鑰匙來就好了，杜松肯定還在休息吧。」施然看向了我，顯得有些洩氣。

這時我注意到了施然右臂那裡似乎有一個圖案，剛才她伸手敲門的時候才從袖口露了一部分出來。施然也注意到了我的目光，她把袖口向上掀了一點起來，露出了右臂上的那個圖案，是個刺青，三葉草的刺青。

「這個……」我正想發問，卻被施然打斷了。

「我姊姊曾經也有一個這樣的刺青，也在這裡。」施然看了那裡一眼，說道，

「我八歲的時候，有一天放學後，姊姊突然跑進了我的房間，拉著我跑了出去。我們一直跑到了家裡附近的那條小河旁，站在河堤上，姊姊給我看了她的那個刺青。三葉草！當時我大叫著，求著姊姊也給我一個，不過不管我怎麼懇求，姊姊也不肯，她只說這是成年人的標誌，等我長大了，才能有的。於是我們約定好了，等我十八歲了，我也要一個姊姊那樣的三葉草。可是，今年我十八歲了，姊姊卻早就不在了……」施然早已泣不成聲了。

我看了看那個指甲大小的刺青，再看了一眼捂著臉的施然，心中也感到十分傷感。

「不過，對於姊姊的死，我是絕對不會就這麼死心的，我一定要找出她死亡的真相！這也是我要這個刺青的原因，希望三葉草能帶給我好運，也希望遠在天堂的姊姊能夠保佑我，讓我能夠早日發現真相。」

我拍了拍施然的肩膀，想給她說一些鼓勵的話語，卻發現怎麼也說不出。施然擦了擦眼淚，對我笑了一下。我也苦笑了一聲，端著餐盤，向樓梯口走了過去。

很快，我便與施然一起回到了大廳。與剛才相比，大廳裡少了方遠，他說是出門透透氣，剛剛才出去。雖然不知道方遠對於來這裡是怎麼想的，不過想必他還是很想揭開自己的那段記憶吧，不知道這段旅程究竟能不能給他這個答案。

想到這，我看了看正坐在椅子上閉目休息的李敏，把餐盤放下，剛想走到自己座位喝口水，就聽到大廳門外傳來一陣驚叫，是方遠的聲音。我心裡陡然一驚，杯子瞬間從手中滑落，摔在了地毯上，水從杯口撒了出來。眾人顯然也是被這句驚叫給嚇到了，我看了看陳默思，他突然站了起來，向門外奔了出去，眾人也很快跟了上去。

天空依然十分陰沉，雲層壓得很低，空氣中彌漫著一種暴雨來臨前的氣息。我們四處喊著方遠的名字，可一直沒有他的回答。正當我們心裡越來越急的時候，我們在一個低窪處找到了他，他正抱頭蹲著，感覺很是痛苦的樣子。

「方遠，你怎麼了？」我拍著他的肩膀，急切地問道。

可方遠只是抱著頭，渾身顫抖著，雙手緊緊地揪著自己的頭髮，像是遇到了什麼可怕的東西一樣。

「不要再問了，你看這裡。」陳默思突然說道。

順著陳默思手指的方向，我看了過去，令我們震驚的一幕出現了。那是一具屍體，被釘在了兩塊破舊的爛木頭組成的十字架上，屍體殘破不堪，有幾隻烏鴉落在上面，正不停咬噬著。

腹部一陣翻滾，早上吃的那點東西全部吐出來了。我彎著腰，不停乾嘔著，空氣中彌漫的腐臭味不斷刺激著我的嗅覺，胃裡的酸水不停地湧了上來，眼睛裡也擠滿了淚水。我好不容易抬起頭直起了身，又再次被胃裡的一陣翻滾給折磨得倒了下去。

天空突然亮了起來，緊接著一聲炸響，無數的雨點瞬間向大地拍打了過來。

## 2

頭好疼。

這是我醒來後唯一的感受。怎麼回事，我好像躺在床上，好熱啊，我努力掀開被子。接著又伸手在枕頭旁摸索了起來，想要找到自己的那副高度近視眼鏡，沒有它，我根本看不清任何事物。可是枕頭旁似乎空無一物，我正打算起身認真翻找的時候，好像有什麼東西被遞到了我的眼前，由於我的高度近視，我只能模糊地看到這個物體是黑色的。我接過了遞過來的這個東西，才發現原來是我的眼鏡，一戴上它，整個世界就清明了許多。我也終於看清了坐在我旁邊的那個人——施然，心跳驟然加速了起來。

「你醒了啊，來，喝口水。」一看到我醒了過來，施然便立馬高興了許多。

我伸出手去接她遞過來的那杯水，「啊，好痛！」我縮起手指，大喊了一聲。

「小心點，你昨天跌倒的時候，右手手背剛好劃在了岩石的凸起上，我給你貼上了ＯＫ繃，已經沒事了，不過還是要小心哦！」

我看了過去，發現右手手背上果然貼著一個ＯＫ繃，不過這個ＯＫ繃上卻有著一個三葉草的圖案，「施然，妳自己做的？」

「沒錯，我自己特地訂做的，因為喜歡三葉草嘛，所以才這樣做的。還有這個項鏈，我隨身佩戴的，也是三葉草式樣的掛墜。」施然說著把項鏈從前襟裡拉了出來，又放了回去。

「這樣啊。」我看了看施然，又再次打量了幾眼這個別致的ＯＫ繃，換過左手接過水杯。喝了幾口之後，乾渴的喉嚨就像是久旱成災的土地突然得到了雨露的滋潤，有一種說不出的快感。

「謝謝妳，施然。」我把杯子遞了回去，向施然感謝道。對於施然的照顧，我真的感到十分開心，內心充滿了喜悅。不過對於我為什麼會在這張床上，我還是感到有些疑惑的。

施然好像也看出了我眼中的疑惑，在將杯子放回到桌子上後說道：「你昨天暈倒了，你手上的傷也是那時候弄的。」

什麼！暈倒了？我再次摸了摸發脹的頭，額頭燙得厲害，看來真的是發燒了，剛才似乎在外面又淋了雨，現在嚴重了許多。我掙扎著想要坐起來，卻被施然壓了下去，說是病人現在就應該多休息。我苦笑了一聲，問施然為什麼要來照顧我。一說出口，我就後悔了，覺得自己真是笨死了，為什麼要問這個問題。本以為一場尷尬將要來臨，沒想到施然卻並沒有過多的反應。

「沒事，現在也只有我有空了。」施然無心地說道。

看著施然一副憂心忡忡的樣子，我頓時感到十分奇怪，「怎麼了嗎？」

「還能怎麼著？那具屍體啊！」施然大聲提醒道。

這時我的腦中才浮現出了那具被釘在十字架上的屍體，還有那盤旋在上方的烏鴉，頓時腹中一陣翻覆。

「那其他人呢？沒事吧？」我怕我剛才的舉動可能把施然給嚇壞了，於是趕快平復了一下心情，繼續問道。

「其他人我不知道，可能在大廳討論著什麼吧。」說完，施然低下了頭，眼眶頓時紅了起來。

看到施然突然這樣，我一時竟不知如何是好。施然還是個大學生，這可能還是她第一次遇到這種狀況，會有這種表現也很正常。反倒是我，剛剛的表現確實有些反應過度了，這才刺激到了本來就十分敏感的施然。

我伸出手，放在施然的肩膀上，從肩膀處傳來一陣陣的顫抖。過了一會，等施然稍微平復了一下心情，我便起床和她一起來到了大廳。

大廳裡並沒有想像中的吵鬧，眾人分別坐在長桌旁，不知在想著什麼。看到我和施然下來，也只是看了我們一眼，只有默思向我們打了一聲招呼。我看向了坐在角落裡的方遠，他現在頭深深地沒入了胸前的雙臂裡，看來剛剛的目擊對他而言確實打擊很大。

在默思的指引下，我拉著施然在他的旁邊坐了下來，等我們一落座，默思就把目光轉向了管家。

「管家先生，我想知道的是，這座島除了我們，還有別人上來嗎？」默思的語氣不無諷刺，他雖然是對著管家說的，可讓人感覺他諷刺的還是那個所謂的塔主。

「據我所知，沒有，先生。」管家答道。

「那就是連管家也不知情的意思嘍？」陳默思笑了笑，「這下總算讓我們領略到了這個所謂的塔主的真本事了，在哪弄到了一具屍體，來嚇唬我們，還是說……這具屍體，你們也認識？」陳默思把目光轉向了李敏和戴虎。

李敏像是避之唯恐不及地擺了擺手，立刻回應道：「我可不認識這個被烏鴉啃得面目全非的傢伙，不過戴虎兄可就不一定了……」

「誰說的，我可不認識他！」戴虎怒目瞪了李敏一眼。

「哦？我可記得以前有一次交貨的時候，碰巧看到了你和這個死人站在一起過，還是說，我眼花了嗎……哦，這個倒也是有可能的，就當我剛才沒說吧。」李敏說著用狡黠的目光看了戴虎一眼。

「妳……」戴虎猛地站了起來，狠狠地瞪著李敏，李敏也不甘示弱，兩人就這麼怒目相向著。

這時管家老張站出來調解了一下，「好了，戴虎，你要是認識這個人，就說出來吧，你也知道我們現在的處境。」

戴虎哼了一聲，坐了下來，看向了老張，「好了，我說！有什麼大不了的嘛！我戴虎可不像你們這般窩囊！我確實認識這個人，他叫鐘北，十幾年前我們就認識了，我當時在做菸草生意，他當時在做走私，一次偶然的機會我們認識了，既然是賺錢的生意，那大家一起賺唄。」

「竟然是走私……」施然小聲說道。

戴虎瞪了施然一眼，施然便立即噤聲了，他繼續說道：「沒錯，就是走私，他負責將東南亞這邊的菸草走私到中國，我就負責這些菸草在全中國各地的經銷。我們的合作可是比我以往賺的要多了幾十倍，說是暴利也不為過。」

「那李敏又是怎麼認識你的呢？」陳默思繼續問道。

戴虎看了陳默思一眼，突然笑了起來，「怎麼認識的，你們難道會不知道？」說著，他掏出了菸盒，抽出了一根雪茄，點燃後噗哧噗哧地抽了起來。

「好，那我換一種問法，當時你在和那個宗教團體的接觸過程中，擔任的是怎樣的角色？」

戴虎吐了一個菸圈，瞥了陳默思一眼，說道：「投資人的角色，這下你滿意了吧？」

「投資人？也就是說島上的所有設施和日常運作，都是你投資的？」

「是的，小子，那些房子，土地，還有那座塔，都是我出錢建好的。」

「我可沒覺得你有這麼好心！」施然嘲諷道。

「呵呵！小姑娘，妳說得對，我是沒有那麼好心，要是不賺錢的生意，我才不幹呢！」

「哦？賺錢？」陳默思繼續問道。

戴虎笑了笑，說道：「當時有個人聯繫了我，可能就是那個什麼宗教團體的發起人吧。他想讓我出錢給他，讓他在那座島上建一個小村落。我對這種事本來就是不屑一顧的，我又不信他那個什麼教！可是他給出的條件卻讓我立刻就心動了。你知道是什麼？那就是加入他們那個團體的所有人的財產！」

「什麼！所有人的財產？」我倒吸了一口涼氣。

「沒錯，那個老頭子，和我說如果我出錢給他，他就把他手下那個團體所有參與者的財產都交給我管理！我起初還將信將疑，可當我看到那些財產的具體數字時，我立馬就答應了，因為這些金額，實在是太誘人了！這些財產大部分都是房產，我猜他可能當時是急著要用錢來使用那個島吧，所以才會找到我這個處於灰色地帶的人。也只有我才有這種實力，才能在如此短的時間內，給他弄到大批資金，而不引起太多關注。」戴虎一臉自豪地說道。

「他的意思是加入這個宗教團體的人，自身都不會留下任何財產？」我向管家問道。

「確實是如此的。」這時管家老張回答道，「當時我在島上的時候，大家過的就是集體生活，吃飯和活動都在一起，也沒有商店，大家過的都是一種不需要金錢的生活。」

「如果是這樣的話，那教徒在入教前把財產上交，也是很正常的事了。」陳默思點頭同意道，「那戴虎兄你還知道關於那座島的其他事嗎？」

「其他事？不知道。」戴虎搖了搖頭，按滅了將要燃盡的雪茄，「當時由於剛進了一批貨，我的資金也不是很充足，於是我找到了鐘北，和他一起給這個宗教團體提供了資金，並且負責這個島上的日常供應。李敏剛才說看到我和鐘北在一起，應該就是我和他一起出現在碼頭，向島上供貨的時候吧。」

「那座島後來……」

「也不知道。當時我們的供貨持續了一年，一直都有人來岸邊接貨，貨物也就是一些日常用品，值不了多少錢，可是那個老頭不放心，必須讓我們每次都在場。一年後，有一次我們在那等了很長時間，也沒見有人來接貨，之後竟然再也沒人來了。我當初也很納悶，也嘗試過聯繫那個老頭，可根本聯繫不上，漸漸地我就放棄了。」

「你沒試著找過那座島嗎？」

戴虎輕笑了一聲，說道：「找到又有什麼用？反正是他失信在先，就算他到時候再找我，我也有理由啊！」

「呵！你這倒是好，白賺了那麼多錢了！」施然再次嘲諷了起來。

戴虎不以為然地再次取出了一根雪茄，自顧自地抽了起來。

「這樣啊……」陳默思想了想，說道，「然後你們就一直沒聯繫過？」

「再也沒有。」戴虎答道。

「然後這個鐘北現在已經死了……」我小聲說道。

一提到這個，一直很是輕鬆的戴虎神色也凝重了起來。

「那個塔主不會是想把我們這些和那座島有關係的人全都趕盡殺絕吧！」李敏突然大聲喊道。

眾人面面相覷，現場的氣氛頓時凝重了起來。

「我覺得很可能就是這樣……你們想，這個所謂的塔主，將我們一個個邀請過來，這裡與外界隔絕，他想要殺我們，不是輕而易舉嗎？而現在已經有一個人死了！」李敏驚慌地叫喊著，「不要，我要回房間！誰也不能殺我，誰也不能殺我！」

說著，李敏瘋狂地跑向樓梯口，接著就消失在樓梯的陰暗裡。眾人沒有說話，現場出現了短暫的沉默。

「好了，我想，諸位還是先回各自的房間裡好好休息吧，我要準備諸位的晚餐了。」管家老張這時建議道。

「午餐還沒吃來著吧……」我咕噥了一句，可是一看已接近傍晚的時間，便立刻無話可說了。

「啊！杜松！」施然突然驚叫道，「他連早餐可都還沒吃呢！」

「竟然把這個忘了！一直都是李敏照顧他的，可發生了這些事，李敏又變成了那樣，這可如何是好啊……」我一時也沒了主意。

「還是我來吧，剛才本來就是我要去送的。」

施然說著從管家手裡接過了餐盤和四樓房間的備用鑰匙，起身從樓梯走了上去。

看著施然消失的背影，剎那間，我感到一陣頭暈目眩。扶著椅子的靠背，我甩了甩頭，想要清醒一點，可那陣暈眩感始終不肯離去。

在我頭腦昏昏沉沉的過程中，一隻冰涼的手觸碰到我的額頭，我瞇著眼，已經看不清外界的事物了。

「額頭好燙啊！」我聽見了默思的聲音，緊接著是一陣桌椅碰撞的聲音，我似乎碰倒了什麼東西，整個世界都傾斜下來，我終於失去了意識。

## 3

感覺睡了很久的樣子，頭還是很疼，渾身綿軟無力，我掙扎著爬了起來。窗外的陽光直直地射了進來，我看了一眼牆上掛著的時鐘，時針筆直地向下指著，已經晚上六點了嗎？

我掃了一眼空蕩蕩的房間，頓時有種失落的感覺。我輕輕搓動了一下手指，手裡彷彿還殘留著那種絲滑的感覺，房屋裡也到處彌漫著一種特有的清香，可惜施然早已離開了這個房間。我用力拍打著臉頰，讓自己不要想這些事情，施然來這裡就是為了找出她姊姊去世的真相，你怎麼總是想著這些，人家說不定對你根本沒有什麼想法的，我對自己的這種想法感到甚是苦惱。

陽光灑在手掌心裡，很是溫暖。我起身喝了一杯水，走到窗前，打開了窗戶，頓時一股涼風吹了進來，軟綿綿的肢體也有了一絲活力。管家說這裡晝夜溫差大，讓我們晚上睡覺前務必關好窗戶，而這裡的窗戶密封性能也真的很好，剛剛醒來感覺自己渾身已經被二氧化碳充滿了。經過一晚上的憋悶，現在才打開窗戶，我竟然有了一種新生的感覺。突然，窗外傳來了一聲呼喊，我仔細一聽，是施然的聲音，我心裡頓時開心了起來。放眼看去，低矮的灌木叢裡有一道人影在走動，那道纖細的身影穿著墨綠的長裙，在風中搖曳著。施然這是在幹什麼？這個疑問迅速占領了我的腦海。

是發生了什麼事嗎？我努力思考著，可是腦袋昏昏沉沉的，思考的片段根本連不起來，而且腦袋似乎變得越來越重，我跌倒在了床上，意識漸漸消失了。

等我再次醒來的時候，旁邊坐著的正是施然的身影，我以為我看錯了，仔細揉了揉眼睛，沒錯，那道墨綠色的身影，此時正坐在我的身旁。施然給我遞過了眼鏡，她在我的視野中也完全清晰了起來。

「施然，妳怎麼來了？」我高興地問道。

「怎麼？我就不能來看你了啊？」施然輕笑了一聲，不過目光隨即黯淡了下來，「你已經昏迷了整整一天了。」

「現在幾點了？」我也吃了一驚，向施然問道。

「下午兩點。」

看來我又睡了那麼長的時間，我摸了摸仍昏沉得很的腦袋，想要把昨天發生的事弄清楚，可腦袋就像一團糨糊一樣，什麼都想不起來。

「對了，昨天傍晚妳去外面幹什麼？」混亂中我只想起了這件事情。

「這個啊……是去找人……」施然的眼神有些躲閃。

「找什麼人？昨天還發生了什麼事嗎？」我接連問道。

施然認真看了我一眼，接著說道：「杜松死了，李敏失蹤了。」

「什麼！」我不覺驚叫了出來，沙啞的喉嚨讓我的這句聲音顯得像哀嚎一般。

施然趕快給我遞過了一杯水，我接過喝了一大口，結果被嗆得咳到停不下來，施然只好在我背上拍個不停。沒等完全緩過來，我便立即問道：「到底發生什麼事了？昨天後來我昏迷的那段時間裡，杜松怎麼就死了……」

施然抬頭看著我，說：「你應該還記得吧，昨天在你昏迷之前，我端著餐盤去給杜松送食物去了。可是當我用鑰匙打開門的時候，發現杜松已經死在床上了。脖子上有勒痕，是被勒死的。」

「勒死的……」我不禁呢喃了起來，「什麼時候死的？」我繼續問道。

「默思說死了有段時間了，大概在昨天上午八點到十點。」

「八點到十點……就是說在我們吃早餐之前，他就已經死了嗎？」

「是的。」施然小聲應道。

我在腦海裡仔細回想著，如果是在上午八點到十點之間，杜松就已經死了，但後來十點多的時候，我和施然一起去四樓送食物到他房間的時候，是打不開他房間的，也就是說那時候他房門還是鎖著的。但這裡的房門從外面並不能直接鎖住，只能從裡面鎖或用鑰匙在門外鎖才能鎖住，而且當時房間的窗戶也是從裡面鎖上的，也就是說兇手在殺害了杜松後，還用鑰匙將門鎖住了。

「這麼說兇手是有鑰匙的人。」我很自然地推理道。

施然有些吃驚地看著我，隨即點了點頭，「看來你也很聰明啊，是這樣的，當時默思也是這樣說的。」

被施然這麼誇獎，我竟然感到有些不好意思，我撓了撓頭，說：「那默思後來是怎麼解決的呢？」

施然搖了搖頭，神色變得有些黯淡了起來，不過她還是把陳默思昨天的解釋說了出來。按照陳默思的說法，有鑰匙的無非就是兩個人，一個自然就是杜松的妻子李敏，另一個是掌管備用鑰匙的管家老張，他們也聲稱鑰匙都一直待在自己身上，所以當時的矛頭正是指著他們。不過當天的早餐是施然和老張一起準備的，施然很清楚地記得他們開始準備的時間是在七點多，之後老張就一直沒有離開過她的視線。九點的時候施然開始用餐，之後還回房間取了一本書下來，不過這時候方遠和默思都已經下來了，所以老張這時候也根本沒有時間下手。

「這麼說，老張的嫌疑就被排除了？」我問道。

施然沒有過多的表情，她說：「相比較而言，李敏是九點半左右才下來的，之前根本沒有人能為她作證，儘管她一直聲稱自己一直待在自己房間，可大家根本就不相信她……」

「這麼說的話，李敏她確實沒有不在場證明啊……那後來呢，李敏為什麼會失蹤了？」這也是我比較在意的地方。

「那是因為她跑了出去。」

「跑了出去？為什麼？」

「因為她瘋了。」

施然的回答簡潔明瞭，我也大概知道了整個事情的發生過程。在被懷疑殺害了自己的丈夫杜松後，李敏的精神肯定受不了，在之前發現那具被釘在十字架上的屍體後，李敏就已經有點不正常了，這下徹底崩潰了也不是不可能。

「所以之後你們都出去找她了？」

施然點了點頭，說道：「沒錯。昨天傍晚，我們一直都在找她，可是根本一無所獲。當時很快就天黑了，於是我們只好都先回來了。今天早上，他們又都出去尋找了。」

看著施然一臉憔悴的模樣，我就知道她昨天晚上肯定沒睡好覺，正當我拉著施然的手，安慰她想勸她回去好好休息的時候，房門被敲響了，緊接著一道人影閃了進來，是方遠，我看到了。

「發現李敏了！」他看到施然也在我的房間裡，先是愣了一下，不過隨即還是喊出了剛才的那句話。話一說完，他就又跑開了。

「這小子，總是這麼神經兮兮的。」我不禁嘟囔了一聲。

不過施然一聽到這個就馬上站了起來，她看了我一眼，轉身快步走了出去。我也趕快起床穿好了鞋襪，在衛生間用涼水胡亂在臉上撒了一通，頓時清爽了許多，高燒帶來的不適似乎也消失不見了。我拿起外套，向門外跑了出去。

等我趕到的時候，最壞的結果還是發生了，李敏死了。

我站在這塊凸出的大理石上，看著不遠處躺倒在地、渾身鮮血的李敏的屍體，胃中一陣痙攣。等我們趕到的時候，陳默思已經站在一旁檢查屍體了，剛剛方遠應該是他喊過去通知我們的。我還沒走近，就彷彿聞到一股血腥味撲面而來，喉嚨不自覺地乾嘔了幾下。實際上我知道，死者的鮮血早就凝固了，這種血腥味根本不存在，只是我臆想的罷了。平整了一下心情，我靠近了這具屍體。

死者的頭部有一道觸目驚心的傷痕，頭骨似乎被什麼重物重重擊打過，半塊顱骨都凹陷了下去，死者渾身的鮮血也是從這裡沾上去的。死者躺在一片血泊裡，只不過現在鮮血全都凝固了，只剩下這些暗黑色的血痂凝結在粗糙的大理石表面。

「死者顱骨碎裂，腦部嚴重受損，是致命傷。死者身體膝蓋等部位有擦傷，估計是奔跑的時候跌倒所致。而其他部位未發現很明顯的傷痕。所以可以猜測死者是死於重物擊打頭部形成的顱內出血，並伴隨有顱骨碎裂、大出血等症狀。」陳默思一邊翻著屍體，一邊向旁邊拿著紀錄本的方遠說道。

別說，默思這專業的架式還學得有模有樣的。

「默思，死亡時間大概是多久？」

「這個不好說，死者一直暴露在野外，這裡晚上氣溫很低，對屍體的腐爛程度有很大影響，不過大概說來，最少也有十來個小時了。」默思看了我一眼，如此說道。

「不用說了，肯定是我們當中的某個人幹的！」我看向說話的那個人，是戴虎。

此時他額頭青筋暴起，正怒氣沖沖地掃視著我們每一個人。

「你說這話是什麼意思？」我馬上質問道。

「什麼意思你們自己心裡清楚！」戴虎面露猙獰地笑道，「難道你們還不明白嗎？我們當中有人想除掉我們其他所有人，從剛開始的鐘北，他被釘在了十字架上，到被勒死的杜松，再到現在腦殼都被敲碎的李敏，慢慢地，我們都會被殺掉！」

「那萬一兇手要是我們之外的其他人怎麼辦？」我反駁道。

「其他人？怎麼可能！杜松死的時候，這個小妞和那個老不死的都在一樓大廳，請問外人怎麼有機會下手，之後還能很輕易地在我們眼皮底下逃掉？哼！我說兇手就是我們中間的某一個！快出來吧，老子要和你一對一單挑！你要不是膽小鬼就別在這裡嚇唬人！快給老子滾出來！」戴虎憤怒地咆哮著。

看著幾乎處於瘋狂狀態下的戴虎，我也知道此時最好不要惹他，於是我走到了一旁，找到了施然。施然此時只是呆呆地站在一旁，雙目無神地看著這個方向。她似乎正處在風口，大風不斷吹起她的裙襬，這時我才發現，我們這裡竟然算是島上地勢最高的地方了。我走了過去，站在風的上方，緊緊握住了她的手掌，冰冷刺骨。

「怎麼了嗎？施然。」我問道。

施然看了我一眼，沒有說話，只是我感受到從她手掌那裡傳來的顫動。

「你說我們不來這裡是不是會更好，就不會有人死去了。」

我不知道該怎麼回答，因為我也沒有一個答案。當初我決定來這裡，也是有一個目的的，那就是為了找回方遠的記憶。可這到底值不值得呢？事情發展到現在，我也不清楚了。

「不會的，該發生的總會發生的，這世上發生的事就是這樣。」我回頭看了過去，說話的正是脫著橡膠手套的陳默思。

「你以為你們不來，這些事就不會發生了嗎？不會的，這個所謂的塔主會一直盯著你們，直到找到你們的破綻，再一一擊潰，他就是這樣的一種人。所以你們不要怕，不就是死了幾個人嗎？我們的交鋒才剛剛開始！」陳默思的眼光顯得炯炯有神，他隨即向大家說道，「好了，這裡看起來也沒有野獸什麼的，只要把屍體蓋起來就行了，不要讓聞到腐臭味道的烏鴉來啃食，大家都先回去吧。」

我拉著施然的手，緩緩地走了回去，空氣中混雜著屍體腐臭的氣息，讓人感到很不舒服。我看了施然一眼，她還是一臉的面無表情。太陽從雲朵裡鑽了出來，陽光頓時照射在皮膚上，我竟感到有些躁熱了。

## 4

不知不覺就到了晚餐時間，嘴裡雖然嚼著老張精心準備的煎牛排，可心裡一團亂麻，口中也覺得無味了。我看了其他幾個人，都差不多的情況，遇到這種事情，誰還有心思吃得下去。當然，還是除了陳默思。

整個餐桌上，唯有陳默思的刀叉在盤子上不停地舞動著，一塊塊牛排接連入嘴，一杯杯紅酒連續下肚，直到他放下刀叉，滿意地打了個飽嗝。

「你倒是好心情，還有心思吃喝！」坐在一旁正抽著菸的戴虎嘲諷道。

只見默思用餐巾擦了擦嘴，說道：「送上來的食物，難道不吃嗎？」陳默思笑了笑，繼續說道，「你們也不要擔心，既然你們已經送上門來了，當然就要有被吃的覺悟了，不過吃不吃得好，那可就另當別論了。」

「哼！難道你認為我們還有全身而退的希望嗎？」戴虎把菸一掐，正對著默思挑釁似的問道。

「怎麼沒有？戴虎兄，想當初你來這裡的時候，可是說過要把那個所謂的塔主挫骨揚灰這樣的話的，怎麼這就變得這樣畏畏縮縮的了？」陳默思說完還不忘冷嘲一聲。

一聽到這個，戴虎臉色立馬就發青了，「你胡說什麼？我戴虎是什麼人，什麼場面沒見過！倒是你這個小鬼頭，恐怕才剛出大學沒多久吧，就敢在這裡大放厥詞！」

「好，那我們就來說說李敏被殺的事，你剛剛不是說兇手就在我們中間嗎？那請問是誰，誰又有機會能夠殺了李敏？」默思轉而談起了這個話題。

「這還不簡單，肯定是我們昨天傍晚一起出去尋找李敏的時候。只有那個時候，我們才是分散開的，大家才都有機會下手。」戴虎理所當然地說道。

正像戴虎所說的那樣，除了這個時段，大家都是待在一起的，當然同樣除了我這個臥病在床的人。不過當時究竟是誰有機會下手呢，這確實是個疑問。

「好，那我就來說明一下當時的情況。」陳默思這時說道，「當李敏受刺激跑出去的時候，除了陸宇因為發燒昏迷外，其他人，也就是我、方遠、施然、管家老張還有戴虎兄你，我們五個人一起出去尋找的。我因為要順便照顧一下當時狀態不太好的方遠，所以和他一路，你們其他幾個人各一路。」

當默思說到這裡的時候，我看了方遠一眼，他之前應該被嚇得不輕，畢竟就連我看到釘在十字架上的屍體時，都會有那樣的反應，方遠呢，不知道他當時受了多大的刺激。

默思也向方遠那兒掃了一眼，發現他並沒有什麼太大的反應，便接著說道：「當時我們四路人分別向四個方向尋找，我和方遠是向東邊去的，老張、施然和戴虎分別在北邊、西邊和南邊尋找。你們再想想，第二天屍體是在哪個方向被發現的？」

「東邊！」我大聲喊了出來。

「正是如此！」陳默思向我點點頭，說：「而東邊是我和方遠兩個人一起去的，在那段時間裡，我們彼此都沒有離開對方的視線，所以我們兩個中的任何一個都根本沒有時間下手！」

「那其他人呢？雖然說我們在其他方向，但也可能後來偷偷跑到東邊去啊！」戴虎反駁道。

陳默思搖了搖頭，說：「都不大可能，首先是管家老張，他那麼大的年紀了，而且腿腳不便，能在那麼短的時間裡跑過去嗎？當時我們大概是將近六點的時候出去的，那時候太陽已經快要下山了，之後沒到六點半，天就黑了，我們就全都回來了。這麼短的時間，實際上只夠我們走一個來回的路，中間根本沒有多少停留的時間。而當時我也特地留意了一下，老張和戴虎兄你離開我的視線的時候，都已經在各自的方向上走了很遠了。」

「那如果兇手是我呢？我可不是那個病懨懨的老頭。」戴虎狡黠地笑了一聲。

陳默思盯著戴虎，突然也笑了出來，「不會，你沒注意到李敏頭上的傷口嗎？明顯是重物多次擊打造成的，兇手力氣至少不是那麼大，而以戴虎兄你的體格嘛……也不用我多說了吧！」

「那這位施然小姐呢？我覺得她也很可能是兇手啊！」戴虎把狡黠的目光瞥向了一直默不作聲的施然。

「你……施然怎麼會是兇手！」我急忙說道。

「這位小兄弟，你別急嘛！我只是這麼覺得罷了，畢竟可沒有哪個兇手會笨到承認自己是兇手的，我也是猜測嘛！」

看著戴虎那一臉笑嘻嘻的模樣，我心裡的火騰地一下就上來了。陳默思發現了我的狀況，拍了拍我的肩膀，示意我不要輕舉妄動。

「對於施然，我確實沒有很好的辦法來排除她的嫌疑。」陳默思頓了頓，繼續說道：「不過我們可以從動機上來看，你們還記得吧，當時可是施然首先選擇走西邊這條路線的。試想如果施然是兇手，她為什麼要選這條看起來離目標最遠的路線呢？當然這個前提是兇手事先知道李敏要往哪個方向跑，不過我想這對於能夠控制整座島的塔主來說，也不稀奇吧。」

「誰知道這個小丫頭為什麼非要選那個方向，也許她只是想故弄玄虛來減少自己的嫌疑吧！其實她可能根本就沒有往那個方向走，而是等我們都走遠了，轉過身，轉而向身後的東邊跑了過去，而我們當時應該都沒有看到她往西邊走過去吧？」

管家老張想了想，最後還是點了點頭。

「你看，我說的對不對？」戴虎對自己的說法似乎深信不疑。

「不對，我看到了！」

「什麼！你？」

戴虎以一種十分奇怪的目光看著我，我感到很不舒服。不過我確實能證明這一點。在我昏迷的過程中，曾經有一次醒了過來，當時我看了下時間，正是下午六點，而當我看向窗戶那裡的時候，發現施然正在遠處尋找著什麼。而按照這裡房間窗戶的分布，一樓大廳門和窗戶的方向都朝東，而上面樓層的窗戶則依次按照東南西北的順序排列，之後再循環往復。我的房間在七樓，所以我房間裡的窗戶全都只朝一個方向，那就是西邊。當時正好太陽將要下山，我剛看向窗外，就看到了施然。所以說，我就是施然根本沒有去過東邊的見證！

當我一口氣把這些大聲說完之後，好像有種喘不過來的感覺，我捂住胸口大聲咳嗽了起來。施然走了過來，輕輕地拍著我的背部，我看到施然眼裡露出感激的目光，剛才的不快一下子就一掃而盡了。不過也真是運氣好，恰好被我看到了，如果不是我，還不知道會發生什麼呢，我在心裡舒了一口氣。

「這位小哥，你當時還發燒昏迷著吧？就這麼巧，你一醒來就看到這位小姑娘了？你不會是在包庇她吧？」戴虎依然不肯放棄。

「你！」頭又開始疼了起來，我瞪著戴虎，一句話也說不出來。

「戴虎，夠了！」默思這時突然大聲喊道，他看向了戴虎，說道，「這件事就先到這裡吧，剛才你說我大放厥詞，放不放厥詞我不知道，但我知道的是，你肯定還有事瞞著我們，是不是?!」

聽到這個，戴虎剛剛還很囂張的氣焰頓時就弱了下來，他重新坐回椅子上，點燃了一根菸，抽了起來，「該說的都已經說了，其他的和這個沒關係。」

「那就說說不該說的！」默思步步緊逼道，「如果你還想活著回去的話。」

只見戴虎臉色一變再變，他不停地抽著菸，最後只得說道：「你想聽什麼？」

「李敏和杜松的身分。」

「我根本就不認識他們！你讓我怎麼說？」戴虎再度掐滅了才剛剛點燃的雪茄，狠狠地瞪向了陳默思。

「哦？不認識，那李敏他們是怎麼認識你的？你不要說他們是偶然間才看到你的，這種巧合，我才不相信！」

戴虎狠狠地盯著陳默思，久久沒有說話。我看著戴虎臉上的那塊刀疤，心裡極度不安，生怕戴虎會做出什麼出格的事情。

「好，你贏了，我確實認識他們。」這話一說完，剛剛還劍拔弩張的氣氛頓時鬆懈，只見戴虎說完就往座椅上一靠，一副愛理不理的樣子。

「既然都說到這個份上了，為何不把事情說完呢，戴虎兄？」陳默思笑了出來，他也往椅背上一靠，雙手交叉環於胸前，一副胸有成竹的樣子。

戴虎看了陳默思一眼，突然間笑了起來，接著說道：「這位小兄弟，算我看錯你了，沒想到你這麼厲害，能在我兇面虎的面前堅持這麼久的人，我還是第一次看到。好，既然事情都這樣了，我也不妨說出來吧。」

只見戴虎頓了頓，眾人都做好了傾耳相聽的準備。

「之前我說了，我只負責給島上提供資金以及後面的物資補充，其實我也真是只幹了這麼多事，那個什麼宗教團體，我可一點也不想摻和進去。你們也知道了吧，那群人都是瘋子，一群人聚在荒無人煙的島上，啥都沒有，而且更可怕的是互相之間還不給說話，這種日子你讓我待一天我都不願意。其實我並沒有見過李敏，不過我卻見過杜松。李敏說的她看見過我，可能就是杜松告訴她的吧。」

「你們什麼時候見的。」

「就是在我和島上交接貨物的時候，杜松是島上派來的接貨人員之一。」

「你的意思是杜松也是那個宗教團體的成員？」

事情變得微妙了起來。

「差不了多少。」戴虎抽了一口菸，繼續說道，「這些人和我打交道的時候，從來不說一句話，甚至連看都不看我一眼。每次都是船一靠岸，這些人就下船把貨物扛上船，一搬完立馬就走，從來不多待片刻。」

「那你又是怎麼認識杜松的呢？」

戴虎笑了笑，吐了個菸圈，接著說道：「是啊，如果事情一直都照這種劇情發展，我們雖然每次都能見面，但卻永遠不會認識。可每件事的轉變總會有它的契機，而我能認識杜松，也是有了突然的契機。」

「什麼契機？」默思好奇地問道。

「杜松他和我說話了。」

「什麼！說話了？他不是那個宗教團體的成員嗎，怎麼還能說話？」我也憋不住了。

戴虎抽了一口菸，然後把接下來的事也說了出來。的確，當杜松和戴虎說話的時候，也著實把他嚇了一跳。那天也和往常一樣，戴虎帶著人把貨物裝到指定的地點，等待島上來人把貨物取走。船也和往常一樣來了，船上的人也基本和以前一樣，當然也包括那個杜松。當戴虎在避風處用打火機正準備點菸的時候，突然有人撞了他一下，只聽見耳朵旁有人輕聲說了句「有事相求」，同時手裡被塞了張紙團。那人手腳很快，沒人看到，他也很快就帶著貨物離開了。後來戴虎打開紙團，才知道他叫杜松。

「那杜松到底對你有什麼事相求呢？」聽完戴虎的這番話，我立馬問道。

「呵呵，什麼事？一件令人想不到的事，他要逃跑。」戴虎的神情十分戲謔。

「什麼！他要逃？」對於杜松的這種舉動，我感到十分震驚。

「是啊，紙上可寫著明明白白的，他想和他老婆兩個人一起從島上逃出來，可是島上管得嚴，光靠他們兩個人，根本不可能瞞過其他人的眼睛偷偷逃走，所以才來找我。他們說他們當時上島的時候，並沒有交出所有的財產，而是留下了一部分。不過你別看他們都一副弱弱小小的樣子，可光那一部分財產，都令人眼饞啊！他們說如果我幫他們逃走了，他們就會把這部分財產全都交給我。天底下哪有這樣的好事啊，所以我想都沒想，立刻就決定幫助他們，誰還會和錢過不去呢？後來我才知道，這一對原來是本市首富的千金和女婿，原本那個老丈人都打算把事業全都交給女婿管理了，可沒想到一夜之間他們竟然消失了，還偷偷帶走了公司的大筆款項。這件事氣得老丈人暴跳如雷，後來就聽說老丈人病死了，公司也逐漸衰敗了下去。」

沒想到杜松和李敏夫妻倆竟然還有這樣的故事，「那後來他們成功逃出來了嗎？」我繼續問道。

「這位小兄弟，這不是明擺著的嗎？他們當然逃出來了，不然這次還會和我們一起上島嗎？再說了，我戴虎是什麼人，說了要幫他們逃出來，難道還能失敗不成？」戴虎嘿嘿笑著，滿臉的自傲。

「好，那你說說你是怎麼幫他們逃出來的吧。」默思這回問道。

「這個其實也很好辦。只要我把船偷偷開到那個島上，自然就能把他們全都給接出來了。麻煩就只有一個，那就是那座島的方位。其實要解決這個也很簡單，他們每次都會派一艘船來接貨，只要我偷偷地在其中一個貨箱裡安裝好ＧＰＳ定位系統，等這艘船回到島上，我自然就能得到島的具體位置資訊了。而我也正是這樣做的，最後成功地把杜松夫妻倆給接了出來。」戴虎笑著說道，似乎還對自己的行為頗感驕傲。

「你之前不是還說你從來沒有上過這個島嗎？」默思突然質問道。

戴虎的笑容戛然而止，他臉色微變，說：「那不是情況不一樣嘛……」

「好，我也不跟你計較這個了，我現在只想知道關於那個島的具體細節，比如那個島在哪，還有關於那個宗教團體的具體資訊。」

「這個我就真的不清楚了，只有那次我上過那個島，而且還是在晚上，偷偷摸摸的，誰還能弄清楚什麼情況呢？」戴虎露出頗有難色的表情，接著說道：「老弟，我知道的可都告訴你了，該說的和不該說的，我可都說了啊，沒什麼隱瞞的了。」

這個戴虎，說是兇面虎，還不如說是個笑面虎，這種時候最喜歡打哈哈。不過我看向默思，發現他並沒有繼續糾纏的意思，我也就沒有再追問下去了。倒是施然，反而顯得有些激動，可能是她再次聽到有關那座島的資訊，甚至還有人是那個宗教團體的成員，這讓她對揭開自己姊姊去世之謎更有信心了吧。再反觀方遠，他還是面無表情，看來剛才的那番話，對他回憶起當年那些事的幫助並不大，畢竟並沒有涉及到島上曾經發生的一些事。

「好了，現在該輪到你了吧，名偵探？你是不是應該對大家說些什麼，來讓大家安心點啊？」戴虎笑面虎的本色果然不改。

只見陳默思笑了笑，並沒有看向戴虎，而是環視了大家一圈，接著說道：「對於這個兇手，我現在確實不能確定他的身分，但有很多跡象表明，只要我們現在提高些警惕，兇手其實是很難得手的。首先，兇手把我們聚集到這座島上，肯定是有他的目的的，不單單是為了殺害我們，如果僅僅是為了殺害我們，他並不會如此麻煩。所以說，在達到他的目的前，他是不會輕易把我們殺光的。其二，兇手殺人都是有選擇性的，第一個被害的鐘北，根本就不知道什麼時候被害的，屍體腐爛得極為嚴重。而且照目前看來，他並沒有收到請柬，或者說即使他收到了，兇手也並沒有讓他活著住進塔裡的打算，因為塔裡住的名額已經滿了。所以說他是單獨一個人被不明不白地殺害的。至於第二個被害的杜松，則是一個發燒昏迷不醒的病人，第三個被害的李敏，則是一個受刺激幾近發瘋的弱小女子。這三個人，顯然都是兇手容易下手的對象，越到後面，兇手下手的困難度肯定會激增。而最後一點，其實也是最為重要的一點，那就是我們中間出現了局外人。」

「局外人……什麼意思？」連我也被默思給弄糊塗了。

「就是指我們兩個人啊！」看著我一臉無辜的表情，默思噗哧一聲笑了出來。

不過接下來，陳默思倒是把這個好好解釋了一番。來島上的人中間，只有我和陳默思兩個人沒有收到請柬。我們是跟著方遠才來到這裡，也和這個巴別塔沒有一點關係，所以算是局外人。而這裡的局外人，卻有很大的作用。在一般情況下，兇手想要殺掉除他之外的所有人，利用的就是大家互相之間的猜疑，以此來保持他和其他人之間的力量均衡。因為眾人並不知道他們之間誰是兇手，因此也絕不會袒護或傷害某一個人，除非他的嫌疑很大，因此只要兇手在殺人的時候不要露出馬腳就行了。最後等剩下兩個人的時候，其中一個人知道了自己不是兇手，那麼另一個人自然就是兇手了，可是現在雙方的力量仍然是對等的，兇手就有很大的可能殺掉最後一個人。

現在如果所有人中間多了這個局外人，也就是說他和其他人是不一樣的種類，換句話說其他人中間可能會出現兇手，但這個局外人是兇手的可能性很小，因此他會成為一塊秤砣，使得兇手和其他人的力量天平向其他人這方傾斜。如果現在站在其中一個人的角度上來看，最後還剩下局外人、他自己，還有兇手，那麼兇手取勝的可能性就很小了。兇手取勝的唯一機會就是在前面就殺了這個局外人，以此來保持力量對比的平衡。

不過，如果這樣的話，陳默思的意思就是兇手還想要殺掉我們兩個……我確實被默思最後的這句話嚇到了。

看到我一副驚恐的表情，陳默思只是搖了搖頭，笑著說道：「不會，至少暫時不會這樣，這個所謂的塔主既然允許我們兩個來到這個島上，就證明他根本不在意我們這兩個局外人的出現。」

「那這對他有什麼好處呢？」

「好處目前我還不知道，但有一點是肯定的，我們倆的出現，對於他的計畫肯定沒有壞處。」

「好了好了，你們倆這又是兇手又是局外人的，繞來繞去的……我都聽糊塗了！所以最後的結論到底是什麼？」戴虎終於忍不住了，他狠狠吐了一口菸圈，向我們喊道。

「最後的結論就是，我們暫時還不會全部死掉。」

「這……這不是廢話嗎？你能保證我們最後不會被害嗎？你能保證我們最後能活著離開這座島嗎？」戴虎惡狠狠地瞪著陳默思，質問道。

「不能。」默思簡單地回答道。

「你……小鬼竟然耍我！」戴虎氣急敗壞地直接扔掉了菸頭，用腳狠狠地碾壓了幾下，「我看啊，我也不指望你們這些小鬼頭會有什麼大用了，反正兇手就在你們中間，我只要離你們遠遠的，肯定活得比你們長！」說著他就大步向樓梯口走去，很快便從眾人視野裡消失了。

戴虎離開後，眾人繼續圍坐在長桌旁，管家不知何時從廚房端來了一些水果，可是現在眾人的心情也是顯而易見的，並沒有多少人有胃口。當然，還是除了這個陳默思。

正當陳默思大快朵頤啃著一根香蕉的時候，施然站了起來，轉身就要往樓梯口走。

「妳去幹什麼，施然？」我以為施然是生氣了還是怎麼的，心裡頓時不安了起來。

施然停下了腳步，我注意到了她的手在顫抖著，此時從她身上散發出了一種不一樣的味道。

「我想去找到關於我姊姊的一切！」施然大聲喊了出來，一大顆眼淚從眼眶中滑落下來。

說著，她便衝出去，很快樓梯上響起了噠噠聲。我也坐不住了，現在兇手是誰還不知道，施然這麼一個人很可能會出事的，於是我也朝施然的方向跑了過去。

有時候，心真的很疼，尤其是當你無能為力的時候。

## 5

爬樓梯的過程確實很漫長，我跟在施然後面幾個臺階的距離，她只是邊抽泣邊向前走，一句話也沒對我說，彷彿背後的我根本不存在似的。等我們走到杜松房門前的時候，施然停了下來，她背對著我，這一刻彷彿時間都停了下來。

「你是不是覺得我很任性？很無理取鬧？」施然的聲音還在顫抖，「我知道我就是這樣，我就是這樣的一個人！我在家裡就和父母關係不好，我還經常有一些很過分的要求，他們雖然會盡量滿足我的願望，可我知道，那都是他們裝的，他們根本就不喜歡我！我只有一個姊姊，她對我才是好的，我不知道她為什麼會離開我，但是我知道，她並沒有忘記我，所以我一定要找出她離開我的真相！這個你明白嗎？」

看著施然難過的樣子，我心裡也很傷痛，我靜靜地站著，點了點頭。

「我理解妳的感受，施然，但我們現在都很危險，那個塔主現在已經是個殺人不眨眼的兇手了，下一個被害的也不知道是誰，所以我們都應該要小心點。妳的心情我明白，妳想要找出妳姊姊去世的真相，可是妳也要以妳的安全為先啊！」

「你不就是來保護我的嗎？有你就夠了。」

看著施然的側臉，我竟一時說不出話來。突然，房門被推開了，刺眼的亮光射了出來，我睜不開眼，感覺眼裡濕濕的，像進了沙子般。我狠狠揉了兩下，也走了進去。

房間裡開了燈，高懸的水晶吊燈發出明亮刺眼的燈光，在地面投下幾個斑駁的碎影。窗戶沒有關，冷風吹起了窗簾呼呼灌進來。我走近窗臺，伸出頭去，關上了窗戶，風立刻就停了下來，窗簾也隨之落下。

我回過頭，發現施然正小心翼翼地打開書桌的抽屜，在裡面仔細翻找著什麼。目光掠過書桌旁的床鋪，床上的被子鼓鼓的，我知道那裡面現在正躺著杜松的屍體。已經過去兩天了，可能是氣溫還不算太高的原因，房間裡並沒有想像中的腐臭氣息。

「妳在找什麼，施然？」我在皮質矮凳上坐下來，盯著正半彎著腰在書桌上下翻找的施然。

「可能的線索。」施然的回答很是簡單，她並沒有停下翻找的動作，這時已經轉移到書桌的右半部分了。

線索？我已經猜出施然的想法了，從戴虎的口中，我們已經知道了李敏和杜松曾經都在島上待過，都曾經是那個宗教團體的一員。而施然的姊姊很可能也和這個宗教團體有過牽連，如果能從這裡找到什麼線索的話，那是再好不過了。

「有了！」施然突然大聲喊了出來，她站起了身，從最底下的抽屜裡抽出了一本厚厚的書。

「聖經？」我不禁叫道。

紫色的封面，燙金的字體，硬質的封皮，無不顯示出書籍的品質和主人對它的愛護程度，書皮上甚至沒有一道彎折或是劃痕。不過更為重要的是書籍的內容，這是一本聖經。我抬頭看了一眼施然，她也在認真盯著這本書，眼裡不知是什麼神色。

隨後她打開了這本書，一頁、兩頁，像對待親人似的溫柔。不知過了多久，書頁已經翻過半指厚的時候，突然一張紙從書頁裡滑了出來，落在腳下的地毯上。趁施然仍呆立的時候，我彎下腰，把這張紙撿了起來。

這是一張信紙，一條條的橫線上寫滿了密密麻麻的小字，字跡很工整，是用很細的黑色原子筆寫的。我把信遞給了施然，她接過去的雙手微微顫抖著，此時她的眼神已從呆滯變為興奮。紙很輕，可這接過去的時間卻彷彿花費了一個人的一生，而事實也確實如此，這張紙上寫的，也是關於人的生活，關於人的信念。

看到這封信的我不知道會是誰，但我希望，是我最親愛的敏敏。

看到信的開頭，我心裡就突然痛了一下，我抬頭看了一眼窗外，希望他們夫妻倆能在天堂團圓吧。

敏敏，這封信是我來這座島前熬夜寫的，因為我不知道此行會發生什麼事，這個邀請我們的塔主，和以前的教主有沒有什麼關係，我也不清楚。但我知道，我們必須要來，冥冥之中總要有個了斷的。

妳也記得吧，十年前，我們逃出了那個島，對於作出這個決定我絕不後悔，但對於妳，我總是感覺虧欠很多。十年來，我們一直躲躲藏藏的，唯恐教主找到我們，教主神通廣大，只要稍不小心，就很可能被他發現，那等待我們的，將是生不如死的地獄！

和妳結婚，是我這輩子最大的幸福，我知道妳是董事長的千金，而我只是一個最底層的小小職員，儘管後來通過我的努力，我坐到了一個部門高級主管的位置，可我知道我還是配不上妳。而妳完全沒有嫌棄我，最後妳依然選擇嫁給了我，在當時，妳甚至為此和妳爸吵了一架。婚後的生活也很平靜，妳喜歡買衣服，我就陪妳買，還好我職位年年升高，工資還能勉強應付妳的花費，不過妳有妳的老爸，這種小錢相信他不會不給妳的。除了偶爾會耍點小脾氣外，妳對我真的挺好的。

我知道在妳嫁給我後，妳爸有意把我培養成接班人，畢竟妳家就妳這麼一個女兒，而我呢，總的來說能力也還算行，所以我也就順其自然了。可隨著職位的升高，處理的業務也越來越多，各種交際應酬也接踵而來，繁重的工作壓力把我的整個生活節奏都給打亂了，那段時間我得了嚴重的失眠症，每天晚上都要靠大量服用安眠藥才能入睡，這些妳也是都知道的。妳睡覺時會有鼾聲，雖然聲音很小，在這之前我根本就不會感覺到，可失眠讓我對這個的感覺無限放大了，我會時常抱怨妳吵到了我，弄得我睡不好覺。在這種時候，妳從來都不會反駁我，哪怕替自己做一點點的辯解妳都不會，妳知道我這段時間很煩，所以妳都忍著。再後來，妳搬去了隔壁的房間睡，雖然沒有了妳的鼾聲，可我依然睡不著，這時我才猛然想起了妳對我的好。不能再這樣繼續下去了！我這樣想道。

這時我不知從哪聽到了一個消息，說是在一個島上，有這樣一個團體，他們自己勞作來獲取食物，日出而作日入而息，人人平等，沒有生活帶來的強大壓力，也沒有各種瑣事的煩惱，大家都很平靜地生活著。這不就是我想要的生活麼！我當時高興極了，馬上就把這件事和妳說了，但我立刻就後悔了，妳已經過慣了這種千金大小姐式的生活，對於那種樸素單調的生活，妳會適應嗎？不過妳真的讓我再次感到驚喜了，妳竟然答應了，妳答應要陪我去這座島上，過那種世外桃源式的生活。

於是之後的那段時間，我們就在緊急籌畫著怎樣脫離這個社會，加入島上的生活。幾經輾轉，我們終於聯繫上了島上的人，而且那人還是整個團體的負責人。那人很熱情，十分歡迎我們來島上居住，不過他也告訴了我一些要求，比如來到島上，就必須完全放棄以前的財產，交給島上統一管理。這對於當時已經熱心過頭的我來說根本不是問題，我們在稍微處理了一下之後，我就馬上帶著妳來到了島上。而我當時還不知道，對於我們來說，這只是噩夢的開始。

我們首先要面對的，就是島上的一個奇怪的規定，所有人之間不得交流。而且這個不得交流，不僅指的是不准講話，也包括互相寫字、擺手勢等所有和交流資訊有關的東西。一開始接觸這個，我還真有點受不了，不讓人之間互相交流，這還是個社會嗎？尤其是和敏敏妳之間，如果不能交流的話，那還算夫妻嗎？不過此時妳又展示出比我成熟的地方了，妳根本沒有抱怨，而是立刻就加入了進去，完美地遵守著島上的每項規定。

很快，我也努力適應了下來。島上的規定其實很多，但總的來說都不是太難完成，除了互相之間不得交流，還有每天早上天一亮就要起床，晚上鐘聲一響就必須熄燈睡覺，吃飯是在統一的食堂，每人每天都只能吃同樣的菜，不過每天都會換不同的菜。每個週末要有一次集體禱告，也只有在這個時候，我們才能聽到唯一的人聲——教主的聲音。

這時我們才知道，原來整個島上的人都是屬於一個宗教團體的，這個團體沒有一個統一的名字，但好像都信仰一座塔。這座塔就在村莊的入口，也就是海岸的邊上，一面靠海，一面面向村莊。我們每天早上起床洗漱後的第一件事，就是聚集到這座塔前，跪拜供奉，直到太陽完全升起之後，我們才一起去食堂吃早餐。

教裡有唯一的教主，也只有他才能在週末的集會禱告上講話。我們一上島，就都被發了一本聖經，集會的時候，每人都會手拿一本聖經，教主布告的內容主要也都是聖經上的東西。我們集會的地點也是在那座塔前，每個人席地而坐，聽教主在講壇上布告，每週都要如此。在接近塔頂的地方，有一個木牌，上面寫著幾串字元，標示著今天要閱讀的內容在聖經的哪個部分，比如我們第一次參加集會的時候，木牌上就寫著Mt 10 5-15，意味著我們今天就要讀馬太福音第十章第五節到第十五節。而且木牌上的字每天都會改變，所以每天我們去塔前禱告的時候，都能得到指示閱讀不同的章節。不過最為離奇的就是，塔的高度接近三十公尺，塔的表面也十分光滑，普通人根本就爬不上去。而且塔內部也沒有通道，據我所知，村莊裡也沒有那麼高的梯子或其他能夠達到那種高度的工具，然而高高懸掛在塔頂的木牌上的字每天都會改變，這究竟是怎麼做到的？我想幾乎每個人的心裡都會有這樣的疑問吧，不過恐怕大家都只能把這個歸為教主的神蹟了。

直到後來學到聖經的某一章節後我才知道，原來塔也是有名字的，塔名巴別，取語言變亂之意。

巴別！這個名字再一次出現在了我們面前。看來我們這次上的島，果然和那裡脫不了干係。我看向了施然，她瞳孔微張，雙手緊緊地捏住了信紙，顯然也是對這個詞印象深刻。施然姊姊留給施然的唯一資訊就是這座巴別塔，而現在她終於確認了這一事實，怎能不讓人激動。不過杜松他們究竟為什麼要離開這座島，還是一件比較令人奇怪的事。想到這裡，我繼續看了下去。

在島上的日子過得很快，我和敏敏兩個雖然住在一起，可因為不能交流的緣故，每天只能看著對方，不過這樣已經很不錯了，最起碼我現在的內心很平靜，失眠這種東西也早已離我而去了。在我們入教半年後，有一天教主單獨見了我，他交給了我一個任務，那就是出海到陸地去補給貨物。雖然我們在這裡自己耕種，食物什麼的都不缺，但畢竟沒有工廠之類的，而我們過的又不是原始人的生活，日常用品還得靠外面的補給。出海補給這樣的任務每次都得由三個人一起出發，互相監督對方有沒有觸犯教規，而且每三個月都得換掉其中一個人，這次恰好就輪到我替換出海了。出海補給貨物是每月一次，主要的貨物都是一些日常用品，當然也包括一些可替換的衣服、牙刷牙膏之類的東西。每次出海靠的都是一艘帆船，不過船體很大，估計都有三十公尺長了。每次船帆一升起，就代表著一次新的起航。記得第一次出海的時候，那是我離開城市之後第一次回到如此熟悉的地方，熟悉的高樓，熟悉的汽車，熟悉的人潮聲，每一件事都讓我感慨萬千。但我待在陸地上的時間很短，在交接完貨物後，我就得馬上回去了。

如此來回幾個月後，突然有一天，我竟然發現我有點想念以前的生活了。以前的生活雖然壓力很大，但經歷也很多，人活著也有個目標。現在的生活雖然也很好，但時間一長，心裡總有一個疙瘩，不知道自己在這裡究竟是為了什麼。在那段時間裡，我又開始持續失眠了，而這，當然也沒逃脫敏敏妳的眼睛。「我們離開這裡吧」，有一天，妳突然對我說出了這樣的話。我看著妳的眼睛，久久說不出話來。也是從這一天開始，我們積極籌畫逃出這座島的計畫。這幾個月幾次出海的我知道，這座島離海岸很遠，想要僅靠自己兩個人的力量，是很難做到的。況且這座島上，也只有我們出海補給貨物使用的那艘船，而那艘船，似乎日夜都有人看管，除了每月一次的出海補給貨物，我從沒看過它被使用過。我也曾想過讓敏敏妳偷偷潛入這艘船，在我們出海靠岸的時候我們再一起逃走，可這個計畫實在太冒險，不說船上還有另外兩個人，給我們補給貨物的還有好幾個人呢，尤其是那個臉上有刀疤的兇神惡煞的男子，看起來也不是好對付的。或者我們可以趁著夜色偷偷把那艘船開走，幾次出海的經歷讓我早已熟悉了這艘帆船的操作技巧，再加上妳，我想我能把船安全駛回海岸，而我們也確實這樣做了。不過那次夜晚的探查，讓我們徹底放棄了這個希望。就算在漆黑的夜晚，船上至少也有三個人看管，僅憑我和敏敏妳兩個人，是根本不可能悄無聲息把船開走的，所以我們只能放棄了這個計畫。

看著幾個計畫接連遇挫，我心裡也很著急，而更為緊急的是九個月的期限很快就到了，也就是說我再有一次出海，就要被替換掉了，這樣的話我和外界聯繫的唯一管道也將被掐死。那段時間，我寢食難安，還好有敏敏妳一直陪著我，我才沒有崩潰。後來我突然有了個想法，既然靠我們自己的力量不行，如果能夠借助別人的力量呢？比如那個刀疤男……一想到這裡，一個全新的計畫浮現在我的腦海裡。

最後一次出海的前夜，我連夜在一張紙條上寫下了我的計畫，而對於這個計畫是否能成功，我心裡還是沒底的。所以那次出海，是我所有出海經歷中最為緊張的一次。等到靠岸後，如往常一樣，我們交接貨物，等到所有貨物快搬運完的時候，我看準機會，把那張紙條塞給了那個刀疤男，並且在他耳邊說了句「有事相求」。那個刀疤男只是略顯驚訝地看了我一眼，並沒有過多地反應。等到我離岸的時候，他還是和往常一樣，這個時候我才鬆了一口氣，看來我的計畫有希望了。

在計畫裡，我讓他偷偷開船來接我們，具體位置和時間我都告訴他了，實際上整個過程十分簡單，就看他答不答應我們。而我們篤定他肯定會答應的憑藉就是錢，我們在來之前，並沒有上交所有的財產，而是留了一部分，本來就是想留一個後手的，沒想到現在終於派上了用場。在忐忑不安中我們等待了一個多月，終於，約定的時間到了，我們來到了約定好的海灘邊，當夜色中閃過一道探照燈的明亮光線時，我知道，我們成功了。

可是，回岸後的生活對我們才是真正的考驗。我們以前就知道，這個宗教團體勢力分布極為廣泛，島上的那些信徒只是其中很小的一部分，為了避免被發現，我們只能隱姓埋名，過著躲躲藏藏的生活。這十年來，我們不敢有一絲大意，這才安然地活了下來。不過我最大的愧疚依然是對敏敏妳的，這些年來，受苦最多的還是妳。在這種昏天黑地的生活裡，妳的性格也發生了變化，以前的妳是那樣地善解人意、溫柔體貼，可這麼多年的擔驚受怕讓妳徹底改變了，妳變得有些神經質甚至於有時候還會瘋言瘋語，不過我都會原諒妳的。因為，這一切都是我帶給妳的，接下來的日子，我也會一如既往地保護妳，不管發生什麼，我都愛著妳。

希望我們能有個好運吧！

愛你的小松

信終於讀完了，我悵然地放下了拿著信紙的手，手臂的痠痛也像完全與我無關似的。沒想到李敏以前竟然是那樣的人，他們是經受了多少磨難，才變成了今天的樣子。這讓我更加擔心起了施然的姊姊，她的姊姊當初是怎麼度過在島上的那段時光的，最重要的是，她的姊姊還活著嗎？我看向了施然，發現她早已淚流滿面了。

「走吧，施然，該調查的都已經調查了，妳姊姊她……」

「不用說了，我心裡早就已經承認了這個事實，我的姊姊已經死了，她早就離開我了！她不要我了……」說著，眼淚倏地再次落了下來。

我看著捂著臉正痛哭不已的施然，走到了窗前，打開了窗戶，嘩的一聲，涼風灌入，眼角的清涼也隨之消失不見了。

「爸爸，我們每天早上這是去幹嘛？大家都坐在那，看著書，書上都是一些看不懂的東西。而且我好睏啊，天還沒亮呢……」小男孩用稚嫩的小手揉著眼睛，不停地打著哈欠。

做爸爸的就走過去用大手揉了揉男孩的小腦袋，他蹲了下來，安慰道：「聽說過一句話嗎？早起的鳥兒有蟲吃，所以啊，咱們起得早，有很多好處的。」

小男孩抬起了頭，看著爸爸，搖了搖腦袋，不知聽懂了沒有，不過他沒有繼續賴在床上，而是懂事地穿起了衣服。

男人看著乖巧的兒子，欣慰地點了點頭，轉身走到了窗邊。天才濛濛亮，遠處的天空泛著魚肚白，預示著即將到來的旭日朝陽。男人盯著那裡看了好久，女人這時走了過來，她站在男人身後，伸手摸在男人的肩膀上。

「我們現在做的這些真的對嗎？」女人低聲問道。

「對嗎？」男人反問了一句，他將左手放在了右肩上，輕輕地撫摸著女人的手背。突然，他轉過了身，盯著女人的雙眼，認真說道：「也許，是我們作另一個選擇的時候了。」

天色似乎越來越亮，然而我的視線卻暗了起來，所有的事物都開始遠離我，直到完全消失不見。緊接著，視線再次亮了起來，而這次充斥整個眼球的卻是一片花海。花圃的面積不大，但突然展現在眼前，卻能讓人感受到一種別樣的驚喜。

站在花叢裡的還是那個小男孩，他手上拿著好幾朵黃色的小花，看起來很是高興。不過此時他的目光卻聚焦在面前的一個十八歲左右的女生身上，準確地說應該是她手中的那個別致的花環。

「姊姊，妳編的花環好漂亮，能送給我嗎？」小男孩看起來略有些不好意思。

「你可是男生欸，就這麼直接向一個女生要東西啊！」女生的話讓男孩臉上染上了一層紅暈。

看著小男孩那害羞的模樣，女生噗哧一聲笑了出來，「好啦好啦，咯，給你！」

女生把手中的藍花紅花交疊編織的花環戴在了小男孩的頭上，小男孩高興極了，他歡呼一聲：「謝謝姊姊！」然後就開始在周圍跑了起來。

女生看著歡快奔跑著的小男孩，臉上也露出甜美的笑容。陽光灑在這片花海上，整個世界都充滿了燦爛的光芒。

畫面一轉，我的視線又回到了海邊，只不過天空陰沉沉的，海水波濤洶湧，一陣潮濕的氣息。沙灘上行走著兩個人影，大的那個牽著小的人影的手。

「姊姊，為什麼我們要來這裡啊，這裡只有海，我不喜歡。」小男孩嘛起了嘴，皺著眉頭說道。

「小遠，你為什麼不喜歡海啊？」女生看著身旁矮很多的小男孩，語氣平和地問道。

「海裡有鯊魚，會吃人的。」小男孩睜大了眼睛，突然說道。

「鯊魚啊……小遠懂得真多！」女生豎起了大拇指，很是誇讚了一聲，「不過呢，姊姊告訴你啊，海裡不僅有鯊魚，還會有很多很多美麗的東西哦！你看，這是什麼？」

女生將另一隻手從身後拿了出來，手掌上躺了好幾個閃閃發光的貝殼。

「哇！好漂亮的貝殼啊！我要我要！」小男孩一看到這個，眼睛都亮了起來。他趕快伸過手去，拿過了這幾塊貝殼，好好觀賞了起來。

「所以，小遠啊，這裡也是很好的哦，快樂的事其實是很多的。」

女生看著目不轉睛盯著手中貝殼的小男孩，臉上再次露出了欣慰的笑容。

# 第三章——密室

## 1

頭昏昏沉沉的，從昨天把施然扶回房間後，我的頭就一直疼痛不已，持續的高燒讓我的精神一直處在一種恍惚的狀態之中。

我看了一眼牆上的掛鐘，指針直直地向上指著，糟了！已經這麼晚了啊！沒想到昨晚迷迷糊糊倒下了，就一直睡到了現在。不過光線好暗，我看了一眼窗外，窗外的天空正風雨大作，雨點啪啪地打在了窗戶上，看來又是一個糟糕的天氣。我摸索著戴上眼鏡，這時我才發現我昨晚根本連衣服都沒換，就直接倒在了床上。脖子好疼，一想到昨晚竟以那種扭曲的姿勢睡得那樣香甜，我心裡就一陣不舒服，我一邊揉著發疼的頸椎，一邊趕快洗漱完畢。

不知道大家都怎樣了，懷著這種焦躁不安的心情，我沿著樓梯快速向下行去。可能是走得太快了，再加上腦子本來就不是很清楚，一個踉蹌，我竟整個人向下跌過去。完了！一想到我一直摔到樓底變成一攤爛泥的模樣，我心裡就一陣發怵。

啊！我大叫了一聲，本準備盡量用手護住頭部，突然間我發現腰部被一個東西給頂住了，我下傾的勢頭頓時也被止住。正當我驚魂未定的時候，一聲壞笑從身前傳來。

「阿宇，走這麼快幹嘛？別急，你還可以多睡會兒！病人嘛！」

原來是陳默思這個傢伙！不過還沒等我反應過來，支在腰部的尖銳物體已經撤開了，頓時，一股痛徹心扉的疼痛感從腹部湧起。我捂住了肚子，半蹲了下來，一道碩大的錘影晃蕩在我的面前。看著從鐵錘上延伸出來的木棍把手，我終於知道剛剛頂在我腹部的是什麼東西了。

「默思！你……」剛一出口，腹部的絞痛感就讓我疼得齜牙咧嘴，根本說不出話來。

「哎！你應該感謝我才對吧，要不是我，你小子現在可就不是躺在床上那麼簡單了，弄不好要躺一輩子嘍！」這傢伙的言語還是那麼犀利。

「那你也不能……這樣吧……」我疼得連站都站不起來了。

「好了好了，算我剛才沒注意，行了吧，我們還要幹正事呢！」

這時我才發現，不光是默思，方遠、管家老張和施然也站在旁邊，發生什麼事了嗎？我忍住疼痛，好不容易站起了身，甩了甩剛剛蹲下扶住臺階時手掌上沾的些許水漬，難道就是這些水漬讓我剛才差點滑倒了？不過塔裡竟然會漏雨……我苦笑了一下，跟著眾人往樓上走去。

「到底是怎麼回事？」我看著眾人臉上一臉凝重的表情，不禁問道。

「戴虎一直沒出來。」走在我左側的施然向我解釋起來，她今天的氣色看起來還不錯。

「什麼意思？他昨天不是把自己鎖在房間裡了嗎，怎麼沒出來嗎？」隨著腳步越走越急，我心中的疑惑也越來越大。

「沒。」施然簡單答道，她仔細打量了我一下，像是在我臉上找著什麼。

「妳這是在幹什麼，難道我的臉上還長了花不成？」我苦笑著說道。

「沒……你好些了嗎？」施然突然問起了這個。

「好……當然好多了！妳沒看到我都能跑了嗎？」說著我雙臂擺動做出了疾跑的姿勢。

施然噗哧一聲笑了出來。看到施然終於露出笑臉，我心裡也輕鬆了許多。

「對了，這個究竟是怎麼回事呢？戴虎他昨天就把自己鎖在房間裡，是出了什麼事嗎？」我接連問道。

施然點點頭，突然又搖了起來，「那個……怎麼說呢，今天早上吃早餐的時候，除了你，也就剩戴虎沒下來，當時我們覺得戴虎可能還是因為昨晚的緣故，不肯出來，所以也就沒在意。可戴虎房間裡也沒有吃的，就這麼一直餓著也不好，所以後來管家老張就決定把早餐送到他房間裡去。可沒想到房間的門根本打不開，而且他敲門裡面也沒反應。」

「沒反應……」一個可怕的念頭在我心裡產生了。

「是啊，按理說戴虎的性格，就算他不想出來或者不想人進去，也不應該一聲不出的，最起碼他可以大聲罵幾句……可是，房間裡一點聲響都沒有。」施然解釋道。

「所以，你們就這麼上來了？」我指了指默思手裡的那把錘子，當瞥到錘把的時候，腹部又隱隱作痛了起來，「不過，管家不是有備用鑰匙的嗎？」

「不行。」施然搖了搖頭，「就算用備用鑰匙了，可房門還是推不開，房門裡面好像用什麼東西抵住了。」

「抵住了？」看來戴虎這人還真是足夠小心啊，現在就算有鑰匙也很難進去了。

剛說完，我們已經抵達戴虎房間的門口。和這裡的其他房間一樣，木質的房門，鐵質的門鎖和把手。默思借過老張手裡的備用鑰匙，再次試了一下，發現雖然鑰匙能夠擰動，但擰開後推門卻發現門依然紋絲不動。看來和老張說的一樣，門後面似乎有東西抵住了。

「老張，如果這個塔裡什麼東西有損失的話，應該不要我們賠吧？」陳默思突然開口對管家說道。

管家愣了一下，接著略顯遲疑地點了點頭。

「你們都讓開！」陳默思突然大喊了一聲，緊接著開始掄動大錘，碩大的鐵錘直直地砸在房門上，房門發出嗡嗡的響聲，像是快要承受不住似的，低沉地呻吟著。

砰的一聲，房門呼地打開了，不過除了房門被砸開的悶響，房間裡面還有一聲輕響，是膠帶撕裂的聲音？我本想打開門進去一探究竟，卻被陳默思一聲大喝。

「等等！」我立刻停住了腳步，只見陳默思放下鐵錘，將門略微打開了一條縫隙，從門後再次傳來了嘶嘶的聲音。

「是膠帶！」施然大聲喊了出來。

我仔細一看，果然是膠帶。只見門的側面被橫著貼了好幾道膠帶，膠帶是透明的，只不過在被撕開後膠帶上有些褶縐。等我們把門繼續往裡面推的時候，砰的一聲，門似乎又被什麼東西擋住了，稍一用力，門後的重物就被挪動了。等門開到一定程度後，陳默思第一個閃身走了進去。

在我們跟著走進去之後，整個房間的狀態令我們目瞪口呆，房間裡十分凌亂，床鋪、書籍、檯燈等物品全都從它們本應該在的地方掉了下去，地面一片狼藉。而最引人注目的則莫過於門後呈躺倒狀態的書櫃，剛剛房門被推開後碰到的重物應該就是這個東西。視線稍一轉移，更觸目驚心的現實展現在我們面前，一具屍體正仰躺在窗臺下的地面上，雙手上舉，呈一個比較怪異的姿勢。而更加令人心驚的是，這具屍體竟然沒有頭。

我剛注意到這一點，身後便傳來一陣驚叫，是施然。我趕緊轉過身，緊緊地抱住了她，蒙住了她的雙眼，可她的身體還是抖得很厲害，看來剛才的那一下嚇得不輕。我深吸了一口氣，再次看向了那具屍體。

雖然屍體此時沒有了頭部，但房間裡並沒有鮮血四濺的場景，看來分屍的地點並不在這。而且頸部的鮮血早已凝固成黑色，看來已死去多時了。但從屍體這壯碩的身型以及衣物穿著來看，應該是戴虎無疑。大家的猜測這時變成了現實，本來就十分凝重的氣氛，現在卻有一些雪上加霜的意味。我環顧一下四周，有了一個意外的發現。

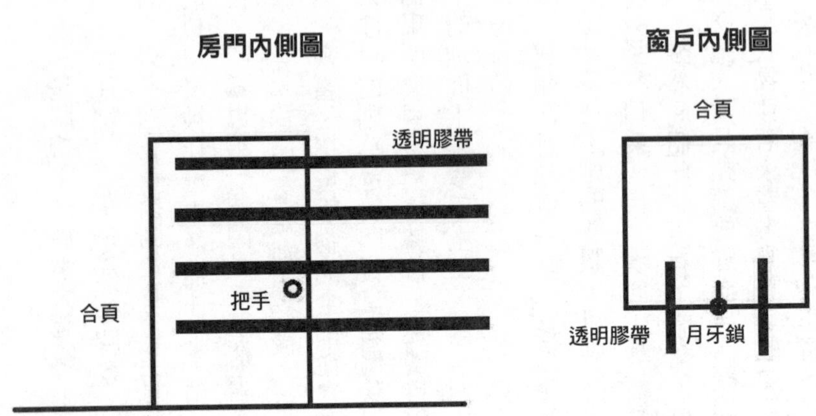
房門內側圖
透明膠帶
合頁
把手
窗戶內側圖
合頁
透明膠帶
月牙鎖

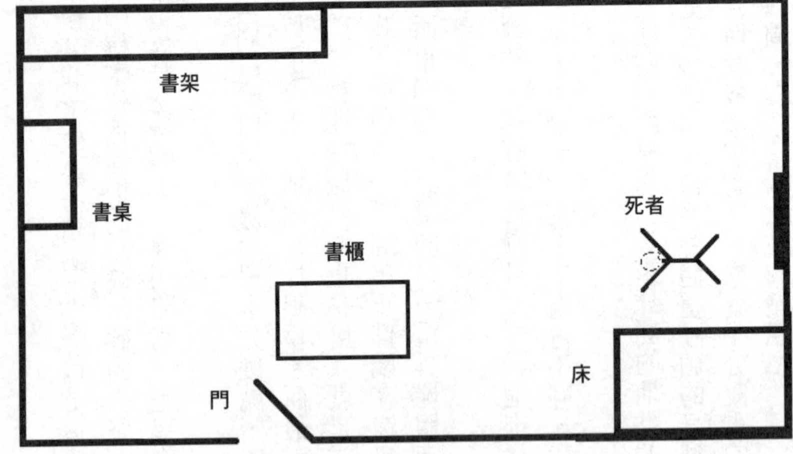
內部平面圖
書架
書桌
死者
書櫃
床
門

「默思，你看，這裡也有膠帶！」

眾人目光隨之轉向窗臺，沒錯，窗戶上也被貼了膠帶，只不過與房門側面被橫著貼了四道膠帶不同的是，窗戶上只豎著貼了兩道膠帶。據我目前所知，這裡的窗戶似乎有兩種，一種是普通的窗戶，能夠向兩側拉開，但只在塔的下五層有。而再往上，為了安全起見，就是一種只能朝下打開並且只能打開一定角度的推拉窗了。這種推拉窗只要把底部的月牙鎖掰到水平，再把窗戶向外推，就能打開一定的角度，但為了安全起見，這種窗戶只能打開一定的角度。而戴虎的房間在最高的九樓，自然也是這種安全窗了。只不過此時在向下的開口處，雖然窗戶沒有被鎖上，但沿著窗戶的玻璃和牆體，豎貼著兩道透明膠帶。

聽到我的喊聲後，默思走過去查看了一下，只不過隨後就皺了皺眉頭，「也是封死的。」默思沉聲說道。

正像默思所坦言的那樣，現場是個密室，唯一的通道門和窗都被膠帶死死封住，而房間裡唯有一個死者，那麼兇手呢？我搖了搖腦袋，急速的思考讓我本來就發熱的頭腦更加燙了。

站在一旁的施然似乎發現了我的不對勁，她走了過來，輕輕握住了我的手臂，感受到施然身體的絲絲涼意，我這才感覺稍微好了一些。我衝施然笑了笑，想讓她安心一些，不過就在這時，沒有絲毫徵兆，房間裡的燈突然滅了！啊的一聲，施然本來握住我手臂的手頓時鬆開了，施然突然間的鬆手頓時讓我手足無措。但黑暗的驟然降臨讓我根本就看不見任何東西，施然，妳在哪？我在心裡大聲喊道。

突然間，天空亮了起來，一道閃電橫空劃過，驟然的明亮讓我看清了房間裡的事物，我環顧四周，發現施然正躲在牆角瑟瑟發抖，手裡還流著血，肯定是剛才黑暗中亂跑時撞到了什麼東西，這才受傷了。我本想走過去查看一下施然的傷勢，可又一聲吶喊止住了我的腳步。

「屍體！屍體不見了！」

管家老張的聲音不算很大，卻很有力量，它像一柄鐵錘直直地擊打在我的胸口上。我扭過頭，看向窗口的方向，窗戶就像被一種怪力給猛地打開了，兩道膠帶一頭黏在玻璃上，在半空中不斷飛舞著，而窗臺底下的屍體，則不翼而飛了。

沒等我反應過來，默思就已經有所行動了，他猛地向窗臺邊跑了過去，接著向外探出了身子。雨水似乎更大了，不斷地從窗沿打開的縫隙處滲了進來，默思的後頸很快就濕透了。這時我已經走到了施然那裡，把她扶了起來，仔細查看著她的傷口，施然似乎仍驚魂未定，她只是呆呆地望著窗口，渾身不停地顫抖。默思突然將身子從窗臺外收了回來，接著轉身就開始往門外跑，我還沒明白發生什麼事，方遠也跟了上去。

這時天空才響起了雷聲，轟隆隆，整個大地似乎都在震顫。

大廳頂部的歐式吊燈散發出昏黃的燈光，我坐在餐桌前，面前的餐盤裡盛放著豐盛的食物，可我卻毫無胃口。我掃了一眼其他人，偌大的大廳內現在少了好幾個人，杜松，李敏，戴虎，他們一個個接連地被殺害了，而他們的屍體或正躺在床上，或正躺在荒郊野外，或者連屍體都不見了……

窗外的雨依然下個不停，餐桌上的氣氛異常寒冷，我伸出右手，端起熱咖啡喝了幾口，這才稍稍緩過了勁來。坐在我身邊的施然正不停地搓著手，看著施然的裝扮，想來她並沒有預料到島上的氣溫會變化得這麼快。施然也把手朝桌上的熱飲伸去，可右手的手掌上仍纏著繃帶，她只能用左手。可能是她還不太習慣使用左手的緣故吧，她的動作小心翼翼的，像是一隻正忍受風雨的小白兔。我伸過手去，替她拿著咖啡，她看著我的眼睛，笑了一下，隨即小口輕酌，咖啡的溫度似乎正好。

啪的一聲，是金屬餐具接觸餐盤的聲音，我看了過去，是默思。他現在心情似乎極為不好，就算之前發生了那麼多事，默思在餐桌上從來都是十分從容的，可是現在的他只是胡亂地將食物塞進自己的胃裡。

「喂……默思，剛剛戴虎的屍體真的平空消失了嗎？」知道默思現在心裡煩得很，可我還是問了出來，因為剛剛發生在眼前的這件事，著實讓我想不通。

「是的，塔底也沒有屍體。」當時跟著默思下去的方遠這時候答道。

我看著替默思回答的方遠，心裡急速回想著之前發生的事，當時燈突然滅了，什麼都看不清，可那麼大個屍體，沒過片刻，就從我們眼前消失了。而且屍體根本找不到，不在房間，也不在塔底，它就那麼穿過窗戶，消失不見了。

「當屍體消失後，房間裡唯一的變化就是窗戶被打開了，所以屍體極有可能就是從窗戶出去的。可是現在的問題是，塔底並沒有屍體，難道屍體還能飛不成？」我把我的想法說了出來。

「其實還有一個問題。」一直沉默不語的默思這時突然說道，他放下了手中的刀叉，看向了眾人，「你們應該也注意到了，窗戶只能打開一個很小的角度，而戴虎的體型你們也清楚，是根本不可能鑽過那個窗縫的！要想鑽過那裡，恐怕也只有女人和小孩才可以了。」

是啊！雖然戴虎的頭不見了，可是以戴虎的體型，他那高高隆起的腹部，也是根本不可能順利通過那麼狹窄的縫隙的，那個縫隙估計只有十多公分的寬度。看來還是我疏忽了。那是不是就說明戴虎當時其實還在房間裡呢？或者說，其實他是從房門被運出去的……

陳默思似乎看出了我的想法，他繼續說道：「第一，事後我們仔細搜查過那個房間，房間裡並沒有任何能藏住戴虎的隱蔽空間；第二，戴虎也不可能通過房門離開，你們應該記得吧，我們打開房門的時候，只把房門打開了一個很小的縫隙，剛剛夠我們側身通過。而事後我們也檢查過，房門還是那樣擺放的，房門上的膠帶也沒有多餘的脫落。兇手如果想把戴虎從房門拖走，在那麼短的時間裡，而且還是黑暗的條件下，基本是不可能完成的任務。況且，要是這樣的話，兇手必須先過去窗臺那邊撕開兩道膠帶，把窗戶打開，再抱起戴虎，把他拖出門外，藏到我們看不到的地方，再回到現場，這一連串的步驟，是根本不可能在這麼短的時間裡完成的。」

完美的反駁，對於陳默思的這段推理，我根本找不到任何理由來推翻它。所以，戴虎難道真的從窗戶飛出去了？我掃了一眼正狂風驟雨的窗臺，很快又狠狠地搖了搖頭，想把自己剛才這個不切實際的念頭甩出腦海。

可事實永遠擺在那兒，難道真的沒有一個合理的解釋嗎？

還有，戴虎的頭，兇手為什麼要在殺害了戴虎之後，還要帶走他的頭部呢？會不會真的是無頭屍詭計？確實，這個地方確實很值得令人生疑，屍體的頭部不見了，會不會這個屍體根本就不是戴虎，而是身形和戴虎很像的一個人，而之後屍體的消失，會不會就是為了掩飾這一點。畢竟我們只是看了一眼，並沒有仔細檢查。

一系列的疑問充斥著我的腦海，可解決的希望依然十分渺茫，我不禁垂頭喪氣了起來。

## 2

「我想我們可以一步步來，比如現場的膠帶密室，應該怎麼解開？」默思端起馬克杯，喝了口熱咖啡，潤了潤嗓子。

「膠帶密室……什麼意思？」施然一臉茫然地問道。

「膠帶密室，顧名思義，就是一種由膠帶構成的密室。在原本的密室裡，房間的門、窗戶和其他可出入房間的通道或不存在，或被膠帶封死，這就是膠帶密室的簡單定義。」默思看著施然似懂非懂的樣子，繼續說道，「而膠帶密室是除了傳統密室之外的一種新型密室，但是與雪地密室、視線密室、心理密室等其他新型密室相比，它的定義比較狹隘。因此這也導致了創造這一密室的困難性，可供使用的構造手法並不多，而且很難想像。從膠帶密室誕生以來，其作品數量稀少，而其中的精品更是屈指可數。」

「默思，這可不是什麼推理小說啊……」看到喜歡推理小說的默思又在夸夸其談他的各種理論，我幾近無語。

「可是你沒發現嗎？這裡的密室可是比小說裡更加精采啊！」陳默思看起來十分興奮，他接著說道，「倒在膠帶密室裡的死者，無頭屍慘案，不翼而飛的屍體，任何一個謎題都足以引起一個推理迷的狂熱。」

「我倒覺得現在你挺狂熱的……」

默思絲毫不以為意地繼續說道：「先說說這次的膠帶密室吧。首先，門的側面和窗戶的密封性都很好，想要靠絲線什麼的做手腳，還是很困難的。不過幸運的是，這次的密室也根本用不上這種技巧。這次的膠帶密室其實並不算複雜，甚至說相比於其他種類的膠帶密室，它反而更簡單了。」

「更簡單？」默思的這番話讓我更摸不著頭腦了。

「對，就是更簡單了。因為它並不需要絲線之類的東西來構造一個傳統意義上的密室。小說中的膠帶密室很多都是雙重密室，也就是說有兩道阻礙，很多情況下都是房門被鎖並且沒有鑰匙，再加上房門內部所貼的膠帶，從而構成了雙重密室。而我們這裡，情況則簡單一些。其一，房門是有備用鑰匙的，即使原來的鑰匙確實在死者的口袋裡；其二，窗戶雖然也被膠帶封死了，但窗戶底部的月牙鎖並沒有被鎖上，只是豎著貼了兩道透明膠帶。所以說這裡只有房間的出入口被膠帶封死這一種情況，這是一個比較純粹的膠帶密室。」

「哦……」被默思這麼一番解釋，我完全插不上話了。

「下面再讓我們仔細看看現場的詳細情況吧。房間裡十分混亂，屍體仰躺在靠近窗臺的地毯上，雙手上舉，呈一個比較怪異的姿勢，而且房門後還有一個書櫃。」默思特意提醒道。

「書櫃……」我回想了起來，當我們把房門打開一個縫隙，再往後推的時候，就遇到了房門後倒下的書櫃的阻礙。

「如果兇手是從房門離開的話，這裡就又有一個問題，那就是有書櫃的阻礙，房門根本打不開那麼大的縫隙足夠讓一個人穿過。兇手在殺人後，就算他想到什麼辦法將膠帶貼在房門後，但是書櫃呢，他又是怎麼放在門後的？」

默思的話確實不無道理，這麼說又多了一個障礙，我越發感覺頭疼了。

「那個……我有一個想法，不知道行不行……」施然舉著手，像一個想要表現卻又十分靦腆的孩子。

「說吧，施然。」默思向施然點點頭，鼓勵她說下去。

「其實，你們說的那些我都不是太懂，不過我卻有一個想法。房門後面有一個倒著的書櫃，而且還擋著門，我就在想，會不會是我們開門的時候把它撞倒的呢？」

「妳這麼說也不是不可能，因為我們把門捶開的時候，那聲音實在太大了，就算門後有櫃子倒下的聲音，我們也可能聽不見。」我贊同道。

施然點點頭，繼續說道：「所以，我猜測櫃子當時本來是立著的，只是被我們開門的時候給撞倒了。而立著的書櫃，則有一個很重要的作用，那就是把門後的膠帶貼緊。」

我看了施然一眼，順著她的思路，想了下去。兇手在門後貼好膠帶，不過不黏在牆上，之後再把這個書櫃放置在房門的後面。這樣的話，在我們撞門的過程中，膠帶處於房門和書櫃的夾縫中，借助撞門的力道就可以將膠帶緊緊貼在牆壁上，這樣便讓人誤以為膠帶早已貼好了。

「但是……這樣也有一個問題，那就是門後緊貼著放置了一個書櫃，兇手又是怎麼打開木門離開的呢？」施然顯然也是對這個地方很是苦惱。

「會不會是這樣，兇手在打開門的時候，將書櫃斜靠在房門的邊緣上，那麼關上門之後，書櫃側倒剛好正立起來，不就剛剛好緊貼門後嗎？」

說著我找到一張紙，在上面畫了個草圖。

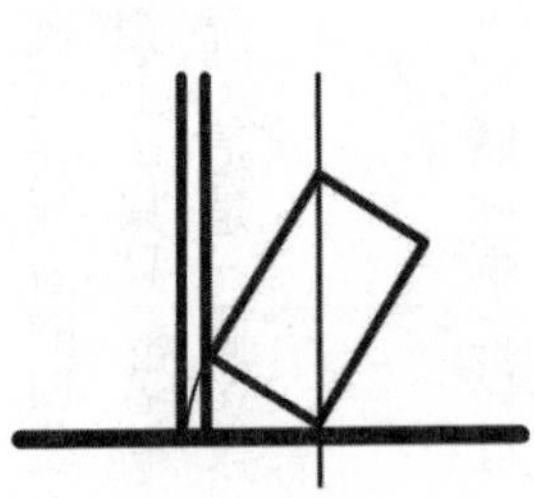

我繼續說道：「這樣的話，在書櫃被立起來之前，房門其實是打開了一個很小的角度的，兇手正是通過這個角度穿過房門離

開房間的。」

「對啊！我怎麼沒想到！這樣兇手不就可以剛好出去了嗎？」施然也激動地說道，不過她臉色突然一變，「但好像又有一個問題，牆上貼的膠帶也有那麼長，如果只是事先將門後的膠帶貼好的話，牆後的膠帶不貼，用櫃子將其壓緊，那麼在壓緊之前，牆後那麼長的膠帶不會掉下來嗎？」

沒想到還有這樣的問題，我剛才竟一時沒有想到。不過很快我便找出解決的辦法，如果將牆後的膠帶事先在背面塗一些膠水，再簡單地貼覆在櫃子上，這樣的話就不會掉下來了。在之後被櫃子壓緊貼在牆上後，也能很輕鬆地與櫃子分離。

在聽了我的解釋後，施然也點了點頭。我放下了紙筆，看向陳默思，對於能想出這個答案，我心裡還是極其高興的。不過默思似乎並沒有這麼覺得，他接過我畫出草圖的這張紙，仔細看了一眼，接著說道：「對不對我們試一下就知道了。」

緊接著，他就拿著這張紙，徑直朝樓梯口走上去，我們隨後也跟了過去。爬上九層樓的高度，可真不是一件輕鬆的事，再加上我感冒還沒有完全好，還沒到我就已經氣喘吁吁了。到達那裡後，我們還是側著身子，小心翼翼地通過房門的縫隙，房間裡並沒有太大變化，那個木質的書櫃還是直直地躺在房門後面。

「老張，房間裡有尺嗎？」

老張指了指書桌裡的一個抽屜，默思從裡面拿到捲尺後，就跑到書櫃那裡開始測量了起來。不一會兒，他就拿著筆開始在我剛剛畫圖的那張紙上寫寫畫畫了起來。

「這樣吧，阿宇，你可以把你剛才的思路在這裡實地檢驗一下。」他一邊在紙上寫畫，一邊向我建議道，「保留現場的作用現在也不太大了，照片取證都已經做好了，你隨便弄就行了。」

我想了想，不錯，實踐才是檢驗真理的唯一標準嘛，我的這個猜想到底對不對，試一試不就清楚了。想通這一點，我就開始操作。我把倒下的書櫃重新扶起來，緊接著小心地把緊貼在房門四周的膠帶都撕了下來，再重新取出新的膠帶在房門後貼好，只不過暫時沒有貼在牆上，而是輕輕地貼覆在櫃子上。接下來我就按照我之前的思路，將房門打開一個很小的角度，再把書櫃整個傾斜一下，使得書櫃的底邊貼近房門的邊緣。之後我要做的就是調整房門打開的角度，使書櫃保持一個暫時的平衡。

不過，就是這樣一個簡單的動作，我卻在試驗了無數次後，還是沒有成功。因為即使書櫃能夠保持平衡，但房門角度打開得太小，人根本通不過去，而房門打開的角度能夠通過一個人的時候，書櫃又根本保持不了平衡。我撓了撓頭，最後還是放棄了。

「怎麼會這樣……總是差一點就好了的！」施然也替我感到可惜。

「那是因為你這個方法雖然看起來可行，但從物理角度來看，則根本行不通。」默思這時走了過來，他手上拿著紙筆，向我們解釋起來，「剛剛我仔細檢查那個倒地的空書櫃，它是那種普通的上下兩層雙開門立式木製書櫃，經過我的測量，立起來高約二點二公尺，長一點二公尺，寬零點五公尺，不過現在開口朝上倒在地上，書櫃的門也是閉合上的。如果按照你剛才的擺法，在草圖上表示的話，是這樣的尺寸。」

「你看，這些尺寸。」默思拿起筆在那幅草圖上繼續勾畫了起來，「如果那個書櫃是這樣擺放的話，為了保持書櫃的穩定，書櫃的重心至少得在立腳點的左側，所以書櫃的角度不能傾斜太大，最大也只能這樣，使書櫃的重心正好在支點的正上方。」

默思說完在草圖上又添了幾筆，然後說道：「但是這樣的話就會產生一個問題，你看，門只能被打開一公分多一點，這樣是不可能通過一個人的！」

沒想到是這樣，我看了一眼默思，失望地嘆了一口氣，難道這種方法真的不行麼……

「不過，默思，我倒還有一種想法。」正當我失望之極的時候，施然這時突然說道。

「哦？什麼？」默思似乎對此挺感興趣。

施然從默思手裡拿過了紙筆，在記事本上又畫了一個草圖。「你看，如果把書櫃轉過九十度，這樣擺放的話，不就可以了嗎？」

「這樣你看怎麼樣？」施然把剛畫好的草圖遞了過來，一臉興奮地說道。

我朝那份草圖看了一眼，這樣計算的話，門縫最大可以打開

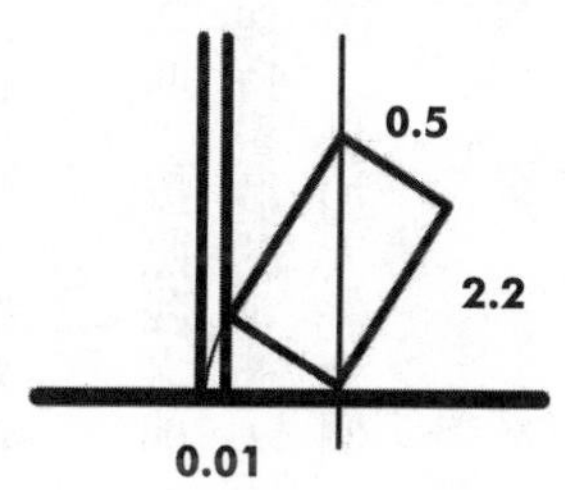

十五公分，一個人側著身子還是可以勉強通過的。我向施然投出讚許的目光。

默思也點了點頭，不過隨即潑了盆冷水，「施然，妳的想法雖好，但也是有問題的。雖然最後門打開的時候有十多公分的間隙，足夠一個人通過，但是妳別忘了，妳這樣安排的話，書櫃靠門的那一側寬度只有半公尺，是不夠壓緊貼在牆上那截一公尺長的膠帶的。」

「這樣啊……」施然在聽了默思的解釋後，略顯沮喪地低下了頭。

現在真正的麻煩其實就是這個矛盾，我那種方法門開的縫隙太小，而施然的這種方法又不能完全壓緊膠帶，有什麼辦法能把兩者結合起來呢？我開始苦思起來。

這時默思突然笑了起來，說：「門的縫隙不能開得很大，是因為書櫃不能太過傾斜；書櫃不能太過傾斜，是因為容易重心不穩。其實有一個很簡單的辦法，只要想辦法改變書櫃的重心不就行了嗎？不如我們再來做個實驗吧！」

默思說完便走到門旁，把立在一旁的書櫃給拉起來，靠在門的後面，按照我之前做的使其靠在門的後側邊緣。但是正如我們剛才所做的那樣，如果要保持書櫃的平衡，房門邊緣只能打開很小的縫隙，根本不能容納一個人通過。而門的縫隙一旦加大，那個書櫃立馬就失去了平衡。

「果然還是不行啊……」我口中嘀咕道。

「別急，你看這樣行不行。」

默思說完就把手伸了出去，打開書櫃上層的那兩扇櫃門。

「竟然這樣！」我頓時驚叫了出來。

默思看著我，臉上笑容更甚，「只要這樣做的話，書櫃的重心不就左移了嗎？也就是說這時書櫃的傾斜角度可以更大了，而書櫃也很難失去平衡。來，阿宇，你來幫我一下。」

我和默思一左一右把書櫃傾斜的角度加大，直到書櫃達到臨界的平衡點。這時的結果完全達到了之前預想的結果，因為此時房門邊緣已經被打開了十來公分，完全可以通過一個人了！

「默思，我們成功了！」我高興地喊道。

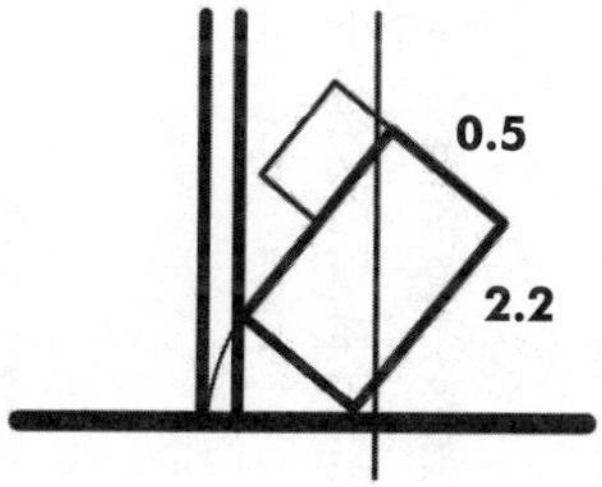

默思走上前去，將手放到房門邊緣，輕輕向前一推，門頃刻間便被關上了。而此時門後斜靠著的書櫃也開始向房門後側倒去，那兩扇打開的櫃門在接觸到房門後也啪的一聲關上了。然後砰的一聲，房門緊緊地關了上去，書櫃也緊跟著筆直地立在了門的後側，幾乎沒有一點縫隙。而且我也驚奇地發現，這樣的話，房門後的膠帶已經被書櫃剛才的那次撞擊給貼緊了。

大功告成！我激動地跳了起來。但默思卻看起來並不怎麼高興，他只是象徵性地笑了一下，而且這笑容隨即一閃而逝，他還在看著那道房門，不知在想著什麼。

不過總算解決一個問題了。那晚後來我們下去好好喝了幾杯，就算我的感冒還沒好，我也喝了好多。頭痛加醉酒，我在跌跌撞撞中回到房間，然後便什麼都不知道了。

## 3

頭痛欲裂。

這種感覺，已經不知道是連續幾天早上出現了。我捏了捏右側的太陽穴，許久，才感覺自己似乎好了一些。哈出一口氣，滿口酒味，這時我才想起昨晚幹的那些荒唐事，苦笑了一聲，便摸起眼鏡準備起床。

啪！額頭不知撞到什麼東西上去了。還沒來得及細想，右臉又被拍了兩下。

「誰？」我大聲喊道。

「哎呦呦！這誰啊，走路都不帶長眼睛的，還怪別人嘍？」

是陳默思的聲音。我戴上眼鏡，本想擠兌他幾下，至少也不能讓他得逞。可等視線清晰以後，出現在我面前的卻顯然是一個身材極好的麗人。施然！我險些驚叫了出來。

啪！頭又被敲了一下。

「我看你是燒糊塗了吧！」這下卻結結實實的是陳默思打的。

遇到這種人，我是最沒辦法應付的，只好咳聲嘆氣以示求饒。不過施然現在正坐在我床邊，看著她，我心裡只有說不出來的高興。再把目光轉向四周，方遠和管家老張都不在。

「老張正在準備午餐呢。你看現在都幾點了，你還躺在床上？」默思再次毫不留情地嘲諷道。

我瞥了一眼掛鐘，時針筆直地指向上方，十二點了。我略顯尷尬地笑了笑，準備起床洗漱一下。

「施然，妳等一下啊，我馬上就好。」回頭向施然說了一聲，我便趕緊跑向了衛生間。

不過今天天氣真好，和煦的陽光穿過窗玻璃，穿進了房間，灑在了窗臺邊的矮凳上。我擠好牙膏，開始刷牙。

等我回來的時候，施然正站在窗臺邊，看向窗外，她伸出雙手，伸了個懶腰。溫暖的陽光照射在施然的臉上，一切都顯得那麼美好，一時間我竟看得癡了。而默思此時同樣也在看著窗臺，不過他的表情卻很不一樣。

「不對，對了！」他一連串說了兩個截然相反的詞，緊接著開始大笑起來。

「默思，怎麼了嗎？」我對默思的突然反應感到莫名其妙。

默思一邊笑著，一邊搖了搖頭，說道：「跟我來吧。」

很快，我們便再次來到了昨天所在的戴虎的房間。不過默思這次並沒有進入房間，他站在門口，對我說道：「再來一遍。」

「再來一遍？」我內心裡對默思的這番舉動感到很是疑惑，不過雖然極不情願，但看著默思那不容置疑的模樣，我還是照做了。

我側身走進房間，和昨天一樣，先是預先在房門後側貼好膠帶，接著房門被拉開了一個能供人進出的縫隙，書櫃的上層櫃門也被打開，同時傾斜著靠在房門邊緣。

「我準備好了，默思！」我對門外的陳默思大聲喊道。

「開始吧。」門外傳來默思的聲音。

於是我輕推一下，書櫃應勢而倒，砸在房門上，房門也被緊緊關閉，和昨天的實驗一模一樣。

「怎麼了嗎默思？和昨天一樣啊！」我一頭霧水地向門外的陳默思喊道。

「你讓一下！」

還沒等我反應過來，房門突然發出轟的一聲，書櫃竟直接向我傾斜了過來，我嚇得趕快往旁邊閃了過去。緊接著轟的一聲，書櫃直直地砸在地面上。

「默思，你幹嘛啊！」我趴在地面上，看著就在我腳邊、差點砸到我的書櫃，對陳默思大聲抱怨起來。

房門接著被打開，書櫃也隨著房門的移動被向前推著，等房門打開到了一定角度，默思的身影出現在門縫那裡。我拍了拍褲子，掙扎著爬起來，看向默思那裡，本想再抱怨幾句。

「你現在再看看，有什麼不同。」陳默思突然說道。

「不同？」我嘀咕了一聲，接著看向了倒下的書櫃。嗯？好像是有點什麼不同。位置！位置不一樣！雖然在剛剛被門推著向前移動的過程中，書櫃轉了一個很小的角度，可書櫃大體上還是向前躺著的，而不是昨天那種橫躺著的姿勢。

「怎麼會這樣……」我不敢相信地說道。

默思這時向我看了過來，說：「不一樣對不對？這就對了，這就是昨天你那番推理所忽略的一個地方，同時也成了一個致命傷。書櫃倒下後擺放的角度不對，這種角度，是根本不可能通過推開房門時移動書櫃所達到的。」

看著此時依舊躺在那裡的書櫃，我心裡頓時失望極了，一想到昨天我還因為想到這個而激動不已的心情，我心裡頓時就感覺到一頓落差，這難道就是樂極生悲嗎？我苦笑了一聲。不過隨即我才反應了過來，「默思，你是不是昨天就已經知道了？」

「這個……」

「你昨天就已經知道了是不是！那你為什麼不當時就告訴我，害我白高興一場！」我頓時氣鼓鼓地說道。

「這不是想讓你高興一下嘛……對你的感冒有好處……」默思打著哈哈說道。

「你……」

「好了，你還想不想聽我的答案了？」

「你的答案？這麼說你也有想法了？」

默思點了點頭，剛才還笑嘻嘻的神情在他的臉上早已不見了，「其實我是剛才才想到的。」

「剛才……在我的房間？」我一時竟摸不著頭腦。

「沒錯，剛剛在你洗漱的時候，我發現了一個很重要的事實。」

「噗……你竟然偷看我洗臉刷牙！」

我彷彿看到了陳默思的臉上掛滿了黑線，不過以陳默思的厚臉皮，他隨即便恢復正常，「我在你的房間裡看到了陽光。」

我噗哧一聲笑了出來，「默思，你沒搞錯吧？我的房間裡怎麼就不能有陽光了？」

不過默思卻一點也沒有開玩笑的意思，他繼續一臉正經地說道：「有陽光當然不奇怪，但奇怪的是當時的時間——十二點整。我們這裡雖然不知道具體的位置，但總的來說是位於南部海域，這想必大家也很清楚。我們上船的地點就是大陸南部的一個沿海城市，這個大家肯定也不會陌生，我們出海後實際上也沒經過多長時間就到達了這個海島，而更重要的是，這個城市和首都幾乎在同一個經度，也就是說，北京時間的十二點，也就是我們這裡的地方時。」

「地方時？」施然她顯然有點弄不清楚。

施然一問，我馬上就用我那有限的中學地理知識給她解釋了一番。我們現在使用的計時方式其實都是北京時間，也就是區時，而如果真的按照晝夜交界線或者說晨昏線與赤道的交點來定義早上六點和晚上六點的話，再根據經度推算，其實每個地方都有它的地方時，是屬於那個地區的真正時間。

「而我們這裡和北京的經度相差不多，也就是說北京時間就是我們這裡的地方時。」陳默思接過了我的話，繼續說道，「不過我這裡想要說明的只有一點，那就是地方時是十二點的時候，太陽應該是直射在我們頭頂上方的。或者說，至少在東西方向不會偏。只有當正午十二點，且太陽在回歸線中間運動剛好直射在我們這個維度時，太陽才真正直射在我們頭頂的。但如果只考慮東西方向正射的話，只需要地方時是十二點就行了。而阿宇你房間的窗戶恰恰是朝西的，太陽南北方向的斜射對你而言根本不起作用，也就是說只需要考慮東西方向了。剛剛中午十二點的時候，太陽本應正射在天空的正上方，也就是說房間裡是根本不可能有陽光的。」

「而剛剛我那裡卻有了陽光……」我這才有些理解了默思的意思。

「除非……只有一種可能——樓是歪的。」默思給出了他的答案。

確實，如果是這樣的話，才可能解釋這種現象。就算當太陽正射下來的時候，光線與牆面還是有一定角度的，這樣陽光自然能射進房間了。

「樓是歪的……」我頓時感覺整個世界都有點不對勁了。

陳默思點了點頭，我越發覺得這個傢伙腦回路太不正常了，這種事他都能聯想到。

「啊！你們說的真是太複雜了！我只聽懂了一點點……」施然顯得有些苦惱的樣子。

我苦笑了一下，說：「其實我也只理解了個大概，不過這裡的塔竟然是斜的，難道還真成了比薩斜塔麼……」我忍不住吐槽了一句。

「是啊，這個什麼塔主也真是夠怪異的，非要建這麼一個

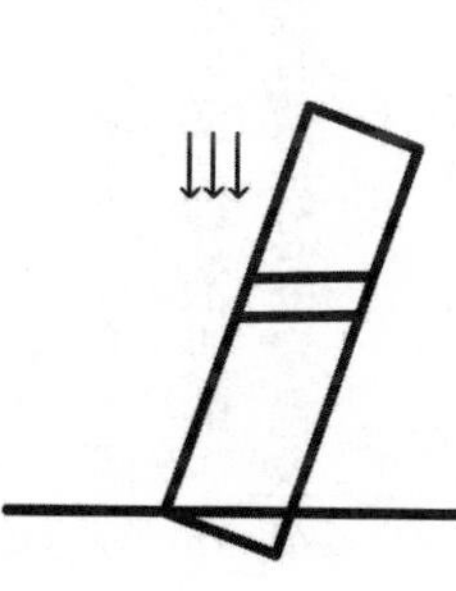

塔，還取了一個奇怪的名字，現在才知道連塔身都是斜的……」

等等，塔身是斜的……也就是說會不會有這種解法……我心裡突然有了一個想法。我繞過了正凝神看著窗戶的默思，走到了窗臺邊。昨天屍體正是從這裡消失的，當時窗戶也被打開了，雖然有幾個問題沒有解決，比如以死者戴虎的體積是怎麼穿過狹窄的窗縫的，不過通過剛才的這番提示，我有了一個新的想法。

「怎麼了嗎？」施然見我神態不對，向我問道。

「我想我知道了另一個謎團的答案，也就是屍體在穿過窗戶後，是怎麼消失不見的。」

「你有答案了？快說快說！」施然顯得十分激動。

我笑著撓了撓頭，從窗臺邊走了回來，說：「之前我們之所以認為屍體是不翼而飛的，正是因為在塔底沒有發現死者的屍體，而屍體又不可能真的飛走了。那麼只有一種可能了，屍體在掉落下去的過程中，並沒有掉到地面上，而是掉到塔的其他地方了。」

「你的意思是……」

「沒錯，我認為屍體是掉到塔的其他某個樓層去了！在正常情況下，排除人為因素，這當然做不到，因為塔身是垂直的，屍體掉下去的話，只能筆直地掉到地面上去。而現在塔身是斜的了，如果屍體再從窗口掉下去的話，會不會剛好順著傾斜的塔身向下滾去呢？如果再遇到一個打開的窗戶，是不是就直接滾進去了？」

「竟然這樣！」施然的雙眼閃出了亮光。

我對自己的這個想法也感到十分驚奇，我順著思路繼續說道：「而我們平時如果從高處往下看的話，就算是筆直的樓體，我們也下意識地感覺樓體是向內傾斜的。這樣的話，就算這裡的塔身是向外傾斜的，我們向下看過去，樓梯內傾的視覺感受讓我們也並不會覺得塔身是凸出來的。」

「那你現在再往下看看？」默思突然插嘴說道。

我看著默思，不知道他什麼意思，下意識地順著他的話伸出窗外向塔底看了下去。好高！我的第一反應就是這樣。瞬間的眩暈感嚇得我趕快閉上了雙眼，我收回身子，扶著窗臺緩了一會兒，再也不敢嘗試睜開眼睛往下看了。

「怎麼樣，很嚇人吧？」默思壞笑的聲音再度傳到我的耳邊，「好了，我也不浪費時間了，下面來說重點。你剛才的想法確實很好，可問題有一個，而且只有一個。那就是這裡是九層樓，和你的房間不一樣！這裡房間窗戶的朝向是向東的，而塔身也是向東傾斜的，也就是說如果從這裡的窗戶往下看，牆體應該是向內傾斜的！你剛才感到了很強的眩暈感吧？那是因為牆體本身內傾，再加上剛才你說的視覺內傾感官，這樣的雙重作用下才讓你感受到了強烈的眩暈感。只不過牆體如果內傾的話，你剛才的那個猜想便不可能實現了。屍體掉出窗外，並不會碰觸塔身的任何地方，而是將會直直地砸在地面上！」

「砸在地面上……」我重複了一句，雙目死死地盯著窗臺那裡，我的猜想也錯了，那麼真相究竟是什麼！

「好了，你們還是再聽聽我關於這個膠帶密室的推理吧。」默思話鋒一轉，再次提到了這個膠帶密室。

我看著默思，再順著他的視線，把目光再次投向了房門那裡。難道……膠帶密室的解答，還是在這裡嗎？

# 4

午後的陽光雖然沒有直射入房間內，我卻感到了一種莫名的燥熱感。

「說吧，默思，你的想法。」

默思徑直走到了房門前，伸手摸向了房門，「其實證據就在這裡。」

「這裡？」我還是不明白默思的意思。

「阿宇，你應該也聽說過建築物詭計吧？」不知為何陳默思突然提起了這個，我點了點頭，算是默認了。我大學時看了很多推理小說，對建築物詭計也不可說不熟悉，最為出名的建築物詭計莫過於日本推理小說作家島田莊司的《斜屋犯罪》了。

「而我想說的就是這個。」默思看了我一眼，語氣突然加重了，「這個膠帶密室其實就是一個建築物詭計，它是依託於這個建築物才能成立的！或者說，換成別的建築物，這個詭計就不能成立！」

「哦？是嗎，建築物詭計真的有這麼神奇嗎？」我對默思的這個說法十分好奇。

陳默思笑了笑，接著說道：「建築物推理其實可算是一個比較常見的類別了吧，凡是在建築裡發生的案件，很多情況下都可以設計成與建築物本身相關的詭計。而密室做為不可能犯罪最為重要的一個類別，更是設計建築物詭計的一個天然土壤。這些詭計之所以可以讓人嘖嘖稱奇，正是利用了人們的常識性誤判。因為人類一直生活在各種各樣的建築物裡，對正常建築的各種結構早已十分熟悉。而我們對建築物的瞭解永遠不可能十分完善，所以正是我們這種先入為主的心態，遇到一個又一個不可能事件，當最終真相揭示的那一刻，當整個建築的真實構造暴露在讀者面前的時候，我們才會大吃一驚，並且會體驗到那種『原來如此』的感覺。

「現在我就來說說推理小說中提到的那些建築物詭計所具有的特點。說實話，幾乎沒有規律可言，作家們的想像力總是那麼地豐富，似乎建築裡的任何一點都可以為他們所用。但是仔細想來，這些建築物詭計其實還是可以找到一些規律的，因為它們所依託的正是對普通建築結構的重新構造。而建築物一般有什麼特點呢？第一，建築物有比較固定的結構，第二，建築物是靜止的。關於第一點，建築物有比較固定的結構，比如說建築物裡面有很多房間，這些房間有基本的形狀，地面是水平的，牆是垂直的，房間之間沒有什麼隔間的存在，也沒有密道。而使用了建築物詭計的建築往往都會違反這些常識性的東西，從而創造出讓人意想不到的效果。對於第二點來說，建築物是靜止的，包括兩個方面，建築物本身靜止以及建築物內部的各種組成部分也是相對靜止的。所以如果作家們要想在這方面做文章，要麼將整個建築物在人們不知不覺中移動起來，要麼就將建築物內部的一個構造設計成可以移動的，這樣也可以有很好的效果。」

「哦？既然這樣，那默思你就來說說這裡的膠帶密室，是怎麼仰賴這個建築物來實行的，而換了另一個建築物就不可以了？」

陳默思看了我一眼，很快說道：「這次的膠帶密室正是利用了塔身傾斜這個建築物特點！」

「怎麼說？」

默思沒有正面回答我這個問題，他只是對著房門的方向說道：「把房門打開吧。」

「不是已經打開了嗎……」

「繼續拉，把房門開大點。」默思指示道。

我走了過去，拉住房門邊緣，把房門繼續向這邊打開。咔！好像卡住了，房門竟然在拉動的過程中卡住了！而這時房門只是大概剛剛拉開了一個六十度的角度。這是怎麼回事？我再次求助於默思。

「卡住了是不是？這是當然的了，牆體既然是傾斜的，那麼房門自然也是傾斜的了。你再量量房門的合頁，看看它是不是垂直向下的？」

陳默思說完，便抽出了一條線，將手中的鋼筆綁了上去。

「默思，你這是幹什麼？」我對默思的這番舉動著實不解。

「鉛垂線，看不懂嗎！」默思對我不冷不淡地說了這麼一句，接著靠近了房門內側，伸出一隻手，剛製好的這根簡易鉛垂線就這麼懸在了空中。

我看了過去，很快就發現了不對的地方，房門的合頁竟然不在這條鉛垂線上！

「這是怎麼回事？房門竟然是歪的！」

看到我的這種反應，默思這才心滿意足地收回懸在那裡的鉛垂線，接著他給出了他的解釋。這裡的牆體是向東傾斜的，而房門所在的這面牆也是東西方向，剛剛的測量表明房門和塔的整體一樣，向東傾斜。如果在房門內側看的話，就是向左傾斜。而我們剛才也看到了，房門在閉合的時候，是很好地和周圍的門框緊密接合的，更重要的是，與地面接觸的底側門縫也很小，所以房門必然不會是一個規則的長方形，而是多出一個角的不規則的四邊形。只有這樣，才能彌補因房門左傾而留下的底側門縫。

只不過如果是這樣的話，就又會產生一個問題。當我們打開房門，並向內側旋轉的時候，房門底部會很快就和地面接觸，直到卡住，也就是我剛才遇到的這種情況。

看著陳默思在紙上畫的草圖，我這才明白了大概，「不過默思，這樣的話不是旋轉一開始，門底部就會和地面刮蹭嗎？就算最開始有預留的那一小截門縫，可也根本不夠吧？」我很快就發現了問題。

默思對我的這個問題投出十分讚許的目光，他接著說道：「沒錯，這也是我當初考慮的一個問題，與我這次的解答也密切相關。既然一開始就會刮蹭，那如果事先預留一個旋轉的角度呢？你看，

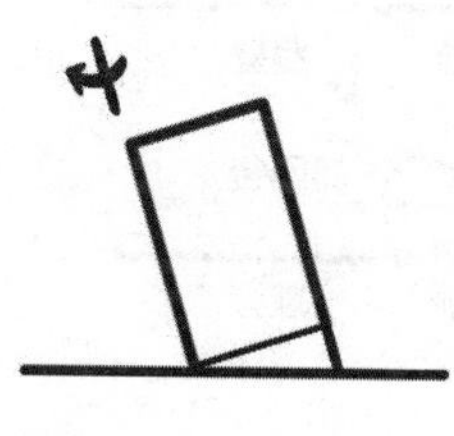

如果我們將房門先向門外旋轉一個角度，這時如果房門剛剛好和門框閉合的話，房門多出來的那一節就會小很多。這時如果我們打開房門，將其向內側旋轉，此時房門底部的門縫實際上是在擴大的，當旋轉到東西方向的時候，門縫的間隙最大，之後又漸漸縮小，直到再次與地面接觸。只不過在這個過程中，房門可打開的角度增大了很多。」

聽了默思的講解，我大概明白了他的意思。

默思這時繼續說道：「如果按照這樣的設計，房門就不是和牆壁平行的了，而是和牆壁成一定的角度。其實這個才是我剛才說這麼多想要得到的唯一結論。」

「唯一結論？你是說房門不和牆壁平行，就能解決這個膠帶密室了？」我還是疑惑道。

「沒錯。其實我解決這次的膠帶密室需要兩個條件，其一，膠帶是橫著貼上去的；其二，那就是門與牆壁之間有一個角度！這也是這次的膠帶密室之所以被認為是一個建築物詭計的原因。你來看下面這張圖。」

只見默思在剛才的草圖下面又重新畫了一張圖，還是房門打開前後的變化，只不過現在上面多了膠帶的示意。

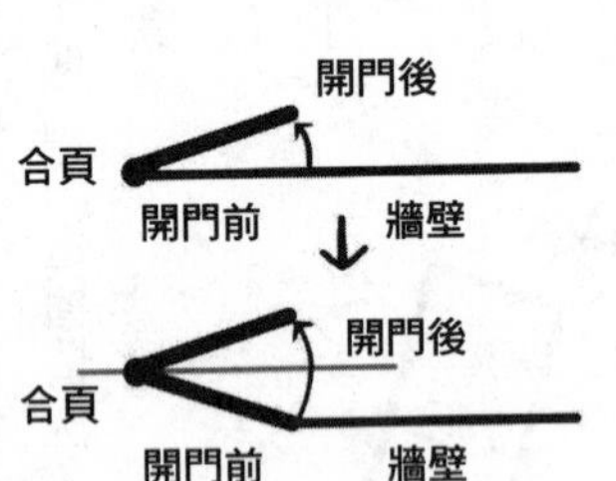


預留角度

「我的想法其實很簡單，也是簡單地利用了門和牆壁不平行這個結論罷了。下面我就來簡單介紹一下我的這個方法。你看，由於這次的膠帶是水平貼上去的，因此可以在將房門打開一條縫隙的情況下，先將門那側的膠帶貼緊，但是牆上的膠帶只貼好尾端那一處，這樣的話人就可以先從這個門的縫隙處出去，之後把門關上。在門被關上後，懸在空中的那一截膠帶就可以在門的拉力下貼到牆壁上去了。

「而之所以正常情況下，也就是說房門與牆面在一條直線上的時候，這種方法實施不了，是因為關門前膠帶的長度大於關門後的膠帶的長度，也就是圖中的AB的長度要大於BC的長度。這樣的話，在關門的過程中，懸在空中的膠帶會漸漸鬆弛，最後貼到牆壁上就會產生褶縐，這樣的話膠帶是貼不緊的。

「但是當房門與一側的牆壁傾斜的時候，情況就完全不一樣了，你可以找到一個角度，使得膠帶在開門和關門的時候長度並不會發生變化，也就是AB的長度等於BC的長度，因此褶縐就不會產生。這也就是我們這次的情況，門與牆壁剛好有一個夾角，通過簡單的知識我們就可以知道，當門打開到一定角度

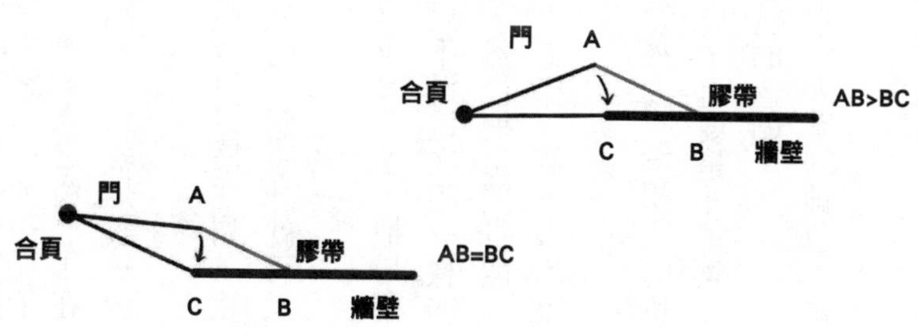

的時候，AB的長度是可以和BC的長度相等的，完全符合我們剛才的假設！這時，在門打開的情況下，這些膠帶形成的縫隙就成了一個我們所忽略察覺的『猶大之窗』！在兇手離開房間之後，再次關上房門，膠帶就會完全緊緊地貼到牆壁上，也就是說這個看不見的『猶大之窗』徹徹底底地消失在我們面前了。」

「竟然是這樣！」我不禁再次驚呼道，「這完全是利用了我們的思維慣性啊！兇手根本就不需要用到什麼複雜的手法或者什麼奇怪的道具，這麼簡單的一個設計就可以達到常人看起來根本不可能做到的事情，真是匪夷所思……」

陳默思看起來也很高興，他讓我們趕快試一下他的想法。我也沒有多想，把房門上剛才貼好的膠帶全部撕下，重新又橫著貼上了四道同樣的膠帶。只不過這次不一樣的是，我按照默思剛才說的方法，把膠帶另一端的尾端貼在了牆壁上，然後把房門打開，形成了一個角度。這時意料之外的事發生了，房門打開的角度好小！這樣一個人根本不可能通過……

陳默思好像也是意識到了這個問題，他走了過來，又仔細調整了膠帶和門的位置，可總是達不到能讓人通過的要求。再加上四道膠帶橫在門縫中央，這要是非得讓一個人強行通過，也未免太異想天開了。最終我們還是放棄了繼續嘗試的念頭。

「默思，你的這個方法……貌似不行的……」我看著陳默思眼中失望的神色，本想挖苦一番的心思也頓時消失了。

「難道這個膠帶密室真的不是人類所能完成的嗎？」我失望地嘆了口氣。

陳默思苦笑了一下，可也並沒有反駁，轉過了身，便離開了這個房間。我看著一旁呆立無語的施然，衝她擺了個苦臉。

似乎沉睡了很久，我的夢裡……究竟發生了什麼，我睜開眼，再次打量著這個世界。這是我的夢，像是塵封了很多年的舊夢，又像是歷歷在目一般，時刻迴盪在我的腦海中。

遠處再次傳來了嬉戲聲，「我找到妳了！」男孩難掩心中的喜悅，大聲喊道。

「好，這次小遠又贏了！來，獎勵給你的。」

從姊姊手裡接過那個用草編織成的蚱蜢，小男孩高興地跳了起來，他開心地逗弄著那個根本不會動的蚱蜢，像是手裡捉著一個真的蚱蜢一樣。

「小遠，從今天開始不准再講話了哦！」

「為什麼？不要，我最喜歡和姊姊說話了。」男孩眼睛還是一點都沒有離開手中的那只蚱蜢。

「不行就是不行哦，你沒看到現在島上的小孩子大家都不說話了嗎？這是這裡的規定哦，小遠也不可以違背的。」

「不要，就不要。」男孩的回答很是簡單，但也很倔強。

女生看著根本不妥協的小男孩，也是一點沒有辦法，突然她想到了一個主意，便說道：「那我們就來玩個遊戲吧，看誰能一直都不說話，如果小遠你贏了的話，可是有獎勵的哦！」

「獎勵……什麼啊！」男孩的注意力終於被吸引了過來，他看著女生，一臉的渴求模樣。

「你看，就是這個！」女生從包裡掏出一本書，從書頁裡拿出了一樣東西。

「這個乾巴巴的草是什麼啊，怎麼還長著四片葉子啊？和姊姊手臂上的那個一樣嗎？」男孩的目光瞥向了女生手臂上的那個圖案。那個圖案是個刺青，只有指甲大小，可是紋路很是細膩，上面刺了一個三葉草的圖案，嫩綠的顏色，十分好看。

「不是哦。」女生向小男孩解釋道，「這個呢，多一片葉子，也叫幸運草，據說找到這個的人能一直幸運下去哦！」

「哇！竟然是這樣啊！我……那還是姊姊留著吧，我希望姊姊也一直能幸運下去！」小男孩一副欲言又止的樣子，最後開心地笑了起來。

「沒想到小遠也會心疼別人啦！看來長大了哦！」女生摸了摸男孩不長不短的頭髮，「不過呢，姊姊可是說話算話的，小遠如果贏了我，這個就送給你啦！」

「真的？太好啦！」小男孩高興地叫了起來。

女生看著小男孩這一臉高興的模樣，也笑了起來。

這是……三葉草？當這熟悉的事物再次呈現在我的面前時，往昔的記憶似乎又回來了。然而，這一切還是那麼模糊不清，我究竟是誰，我又為何失憶，記憶的阻斷讓我不得不放棄了這個嘗試。
爸爸，媽媽，姊姊……
你們在哪？

# 第四章──故事

## 1

儘管吃上了午餐，可我卻並沒有什麼胃口。我掃了一眼盤中的餐食，雖然很多都是我平時喜歡吃的，我還是放下了筷子。

大廳裡死氣沉沉的，我看了大家一眼，沒有一個人有說話的意思，顯然大家的士氣都很低落。已經死了這麼多人，可到現在我們卻沒有一點頭緒。儘管之前我們有過那麼多的推理，可最後都以失敗告終。

管家老張看我們並沒有什麼心思吃東西，就說道：「我看你們也沒有心思繼續吃了，不如來聽我講一個聖經裡的故事吧。」

「好啊！」一直無聊地喝著柳橙汁的施然放下了杯子，高興地贊同道。

管家笑了笑，繼續說道：「你們應該都聽過所羅門王吧，他是古代以色列最偉大的君王。同樣，他也是以智慧著稱的一位君主。聖經中記載，在所羅門剛剛登基不久後，上帝便出現在他的夢裡，問他想要什麼樣的禮物。所羅門祈禱說他希望得到統治子民的智慧。看到所羅門沒有要財富、武功和長壽，而是要了智慧，上帝感到很高興。因此，上帝不只使他成為世上最有智慧的人，而且讓他成為世上最富有和最有威望的國王。你們也可能聽過所羅門的戒指，所羅門的七十二柱魔神，或者所羅門的寶藏等流傳很廣的故事吧。不過我要講的，則是另一則頗為有趣的故事，它和你們喜歡的推理有關。」

「哦？」我越發感興趣了起來。

管家沒有停頓，接著把這個故事說了出來。當時的所羅門王以智慧和公正著稱，在他當國王的這段時期，他有個特殊的癖好，那就是當眾斷案，他最喜歡的就是各種疑難雜案。有一天，兩個婦女前來申訴，為的是一個還在襁褓之中的孩子，她們都聲稱孩子是自己的，其中的一個婦女搶先解釋了事情的來龍去脈。原來她們兩家是鄰居，最近剛好都生了個孩子，但不幸的是其中一個孩子夭折了，另一個母親竟然偷偷將夭折的孩子和健康的孩子對調了。早上起來之後被調換孩子的那個母親發現了事實，於是便拉著另一個母親前來申訴了。說著說著，被調換孩子的母親就開始哭泣了。

按理說，這個案子確實很麻煩，這讓旁聽的大臣們也很著急。那時候也沒有現在這麼發達的醫學技術，要判定那是誰的孩子，基本是不可能的事。可當眾大臣看向所羅門的時候，發現他一副胸有成竹的樣子，這時他只下了一個指令，就把案子解決了。

「真的？那他是怎麼做到的呢？」管家還沒說完，施然就急忙問了起來，看來她已經完全被這個故事給吸引了。

「其實很簡單。所羅門讓人取一把寶劍，他下令把活著的孩子用劍劈開，一分為二，她們兩個人各分一半。」管家很快地說道。

「啊？這麼殘忍啊……」施然一臉不忍的樣子。

「小姑娘，妳別急啊！故事還沒完呢。在所羅門王下令後，其中一個女人對此決定毫無異議。但是孩子真正的媽媽出於對孩子的愛，不肯接受這種做法。她哭著說，與其把孩子殺了，她情願把完整的孩子送給對方。於是所羅門當即就知道了孩子是哪個女人的。他說：『把孩子給那位哭泣的女人，她就是這個孩子真正的媽媽。』」

「原來是這樣啊！看來所羅門王的智慧果然是名不虛傳的！」在聽到故事結局這麼完美的時候，施然鬆了一口氣，大讚了一聲。

「不過，這個所羅門王也是夠狠毒的啊！如果這時候那個偷孩子的母親也假裝和真的母親一樣哭泣的話，那所羅門王是不是就真的準備殺死那個孩子呢？」我心裡害怕道。

「不會，你覺得以所羅門的智慧，他會做這麼愚蠢的事嗎？」默思也加進來，他說道，「如果兩個母親都哭著說把孩子讓給對方的話，所羅門自然就會下令停止這麼做了。不過，你們以為故事裡說的就是真相了？」

陳默思饒有趣味地看了我們一眼，接著說道：「你們覺得那個哭著反對的母親就真的是孩子真正的母親嗎？如果當所羅門王下達那個命令的時候，第一個反應過來的反而是那個偷孩子的母親怎麼辦？她假裝哭泣，並且表示願意把孩子送給另一個母親，這樣不就會博得其他人的同情了嗎？」

「那為何另一個母親並沒有表示異議呢？如果這才是孩子真正的母親，她就算沒有第一個反應過來，也應該接下來表示反對吧！」我提出了自己的意見。

陳默思冷笑了一聲，「你覺得孩子的母親真的沒有表示異議？其實只不過被篡改罷了！試想一下，如果當時偷孩子的母親先哭，而孩子的真正母親後哭，大家更願意相信誰？當然是相信先哭的母親了！所羅門王當時也是這麼想的。但事實總要和後世的記載有些許差別，是這樣照實記錄下來，還是直接抹去後來哭泣的那個母親的蹤跡，變成無動於衷，這兩個的戲劇性差別，哪個對於宣揚所羅門王事蹟的效果更大，不用我多說，你們心裡應該也很清楚吧！」

「於是偷孩子的母親變成了真的母親，而孩子真正的母親不僅失去了自己的孩子，還要承擔搶別人孩子的汙名？」我不禁無言以對。

「那這個母親最後豈不是很倒楣？」施然很是擔心地問道。

「沒錯，而且最後很有可能是要被處死的。」管家突然說道，「按照聖經中的刑罰記載，拐賣人口的，是要被處以死刑的。而故事中偷小孩的，按理也應屬於這種。」

「這麼重啊……」我不忍地說了一句。

「就應該這麼重！現在那些拐賣小孩的人口販子，都應該被槍斃！那些失去孩子的父母，該多傷心啊……」施然突然這麼說道，神情十分激動。

眾人默然起來，這時陳默思向管家問道：「那請問聖經中提到了哪幾種死刑呢？」

「你這種問法，我還是第一次聽到，不過如果我沒記錯的話，應該有四種。」管家想了想，如此說道。

「四種？」陳默思眼睛亮了起來。

「沒錯。第一種，勒死，比如有婦之夫與鄰人之妻通姦時，二人皆應被勒死；第二種，用石頭砸死，比如咒罵或擊打父母者，皆應以石頭砸死，不守安息日者，亦應以石頭砸死；第三種，斬首，比如兇殺人者應處以斬首死刑；第四種，燒死，司祭的已婚女兒與人通姦應被燒死，凡與女兒及岳母亂倫相姦者，皆應以火燒死。」

「原來是這樣……」陳默思不知想到了什麼，小聲呢喃了幾句。

「好啦好啦！本來好好的一個故事，被你們弄成這樣，還要不要繼續好好聽故事了！」施然打斷了我們的對話，接著向管家老張說道，「管家老伯，還有其他的故事嗎？」

「有，當然有。」管家老張緩緩點頭，他想了想，「那我們就再來講一個關於所羅門王的故事吧，剛才我們也提到過的——所羅門的戒指。」

見眾人的臉上都流露出十分期待的神情，老張輕咳了一聲，把這個故事也說了出來。

所羅門有一個侍衛長，名叫比拿雅，他智勇雙全，據說只要是上面吩咐下來的事，他都能做到，因此深得所羅門寵幸。比拿雅本來是個謙虛的人，但時間長了自己也自我膨脹了起來。有一天比拿雅正在拿這個吹噓自己，碰巧當時所羅門正和自己的妻子吵架，心裡本來就不高興，聽了比拿雅的這番話後自然大為惱怒，於是他就想為難一下比拿雅。

他把比拿雅叫過來，讓他找一枚戒指，這個戒指擁有這樣一種能力，它能讓快樂者悲傷，讓悲傷者快樂。比拿雅聽了之後，心裡頓時明白了，這是國王存心要為難他啊，世上哪有這樣的戒指。但他也只能心裡這麼想，該做的還是得做。於是他找了很多金匠銀匠，都沒有找到這種戒指的蛛絲馬跡。

很快期限就要到了，比拿雅還是沒有找到這樣的戒指。這時候的比拿雅心裡急死了，他明白，自己很快就要失去寵幸，什麼都沒有了。想到這裡，他竟忍不住痛哭失聲。這時候，一旁的一個老鐵匠注意到了比拿雅，問他為什麼要這麼悲傷。當時已經徹底放棄希望的比拿雅就把自己的這個故事講給老鐵匠聽，老鐵匠聽了之後，說他可能有國王需要的東西，於是他從手上摘下了一枚普通的戒指，在上面刻下了一行字。比拿雅拿過去看了之後，頓時大喜過望，所有的悲傷都完全不見了。他趕快帶著這枚戒指趕到了皇宮，見到了所羅門王。所羅門本來就沒指望比拿雅能找到這枚戒指，當時的那句話也只是他隨口說的，現在氣消了，就算比拿雅沒有找到那枚戒指，他心裡也早就原諒比拿雅了。但當他看到比拿雅拿回來的戒指後，表情立刻出現了變化，心裡受到了深深的震撼。從此之後，所羅門便經常戴著這枚戒指，以此來警示自己。這就是傳說中的所羅門的戒指。

「那個戒指上到底刻了什麼呢？」老張剛一停下來，施然就滿臉好奇地問道。

老張看著一臉期待的施然，說：「戒指的魔力全都來自老鐵匠刻的一句話：『這一切都將過去。』」

「這一切都將過去……」施然重複了一下，剛才滿臉興奮的表情倏地消失了，她低著頭，不知又想起了什麼。

「是的，我希望你們已經經歷的這一切終將過去，而未來就在你們的眼前。」老張看著我們，略顯欣慰地說道。

是啊，這幾天來，我們經歷了從剛來時的新鮮，到接下來的不安，再到其他人一個接一個地死去，接連的恐慌和失望，已經幾乎快把我們擊垮了。這個時候我們如果真的放棄希望的話，那就真的沒有希望了。那個潛藏的兇手，將毫不留情地把我們全部留在這裡。這時候我們必須振作精神才行。我十分感激地看向了老張，向他重重地點了一下頭。

「老張，確實很感激你對我們的鼓勵，可你別忘了你也是我們之中的一員，所以你也要小心點的。」我對老張提醒道。

「沒事的，我活這麼大歲數了，什麼場面沒見過，死這種事對我來說，已經沒有那麼大的恐懼了。」

「不過老張，我還想聽你說一個故事，行嗎？你的故事。」默思突然說道。

「我的故事？」老張眉頭一緊，打量了陳默思一眼。

## 2

默思一說完，老張的表情便瞬間凝固了下來。他眉頭微皺，似乎在想著什麼，而後眉頭又鬆了下來，似乎又把什麼想通了。

「這位小兄弟，你想聽什麼？」他面帶微笑地問道，眼角的皺紋微微向上方移動了一點。

「你的故事，當然是你在島上的故事啊。」默思很是迅速地說道。

我們心裡自然清楚，默思口中的島是十年前的那個島，那個同樣有著一座巴別塔的島。

「我的故事？我一開始已經講過了啊，我只是被雇傭到那裡的一個簡單的廚師，沒待多久我就離開了，我在那裡的故事不多。」

「哦？是嗎，你恐怕不簡簡單單是個被臨時雇傭到那裡的廚師而已吧？以你的廚藝，就真的這麼心甘情願去那裡做個每餐菜食都固定的食堂師傅？」

「有何不行？」老張反問道。

「只有你，不行。」默思的回答十分簡單。

默思的回答也讓老張臉上的表情多了些許驚訝，不過他沒有說什麼，而是等著默思繼續說下去。

「通過我這幾天的觀察，你每餐都會給我們製作不同的食物，從中餐到西餐，你似乎每樣都十分在行，而且更重要的是，你很樂意給我們做。似乎是……你在享受其中的樂趣。」默思想了想，還是打算這樣說道，「而你表面看起來，是一個不善言辭的人，可實際上你的內心世界卻十分豐富，而這種人最容易把他如此豐富的感情寄託到一樣事物上，而你選擇的則是料理。要是剝奪了你對料理的熱愛，我甚至不知道你還能否活下去。所以說，要說誰不會去那個孤島上，只有你，最不可能。

「而且，通過這幾天和你的接觸，我知道你對聖經的瞭解絕不下於一般的基督徒，甚至某些方面尤有甚之。你這幾天都沒有和我們一起吃飯，表面看起來的原因是你做為管家兼廚師的禮儀問題，其實更多的是你不想暴露你是基督徒的事實吧！基督徒在每餐之前都會禱告，你如果和我們一起用餐的話，將不得不暴露出來。除非你選擇不禱告，而這又是你所不願意做的。」

「就算我是個基督徒又能怎樣？」老張這次終於回應道。

「你也知道島上的那種環境，雖然那個宗教團體表面上看起來是信仰耶穌基督的，但很明顯實際上它並不是，那些奇奇怪怪的規定，已經完全脫離了基督教的教義了。而你這個甚至於嚴格要求自己每餐都要禱告的最忠實的基督徒，卻又主動進入那個偏離耶穌教義的宗教團體，這不是很矛盾嗎？所以，我不得不懷疑你的真實目的。」

默思說完，管家的眼睛就一直盯著他，許久不放，最終還是嘆了口氣。他走到一張椅子旁，往外抽出了一點。接著，像一個大病初癒的老人一樣，軟軟地坐了上去。

「你說得很對，我確實有個目的，為了一個朋友。」

老張這麼一說，我立刻回想了起來，「你那位去世的朋友？」

老張苦笑著點點頭，「我的那位朋友，其實他名叫嚴堂，而且也不是在我之後上島的，而是在那之前。的確如我之前所說的，他當時工作上十分失意，在他和我聊天的過程中，我竟然發現他有自殺的念頭。在我百般思考之後，我決定把福音傳給他。上帝既然創造了我們人類，又賜給了我們果實蔬菜，讓我們統治這個世界的其他生靈，對我們已經是最大的恩賜了，我們又有什麼理由不珍惜自己的生命呢？他當時在聽了我的那些話之後，很快就放棄了自殺的念頭，並且開始主動向主靠近。我自然也很樂意去幫助他，自那之後我便再沒有聽說他有任何負面的想法了，反而每天都很上進，他十分熱愛學習，經常來向我請教一些聖經上的問題，我們也一起互相討論，我也學到了很多東西。」

「那後來呢，他為什麼去了那座島上？」我問道。

「後來……後來我們確實聽到了關於島上的那個宗教團體的消息，我對此還是很警惕的，因為據我當時對那個宗教團體的一點瞭解，我覺得它已經有點極端了。可我那個朋友，卻表示出對那個宗教團體的極大興趣，他很想去進一步瞭解。雖然後來我勸了他一點，不過他還是上了那個島，自此半年內我們都沒有任何聯繫。後來，當我再次聽到關於他的消息時，沒想到已經是他去世的消息了。」老張說到這裡臉上露出了痛苦的神色，看來對於他的那個故友，老張還是很有感情的。

我們也沒有說話，只是耐心等著。少頃，老張說道：「我當時除了震驚，心裡也十分自責。因為是我把福音傳給那個朋友的，如果不是我，他也不至於這樣……」

「老張，我想你也不必過於自責了，如果不是你，你的那位朋友也許只會更加痛苦，你的行為是幫助了他才是。至於後來發生的事，也不是你能預料到的不是嗎……」我向老張勸慰道。

「你說的我心裡何嘗又不明白？可是每次只要一想到這件事，我心裡總感覺有一個疙瘩。以至於那段時間我嘗試製作的新菜色，我感覺總少了點什麼。最終，我還是決定去一趟那座島。」老張的目光瞬間變得凝聚了起來，「一方面是為了找出我那位朋友自殺的真正原因，另一方面也是出於我自己對那個島的好奇，我想多瞭解一下那個島、那個島上的那些人。於是，經過一些周折，我以一名廚師的身分上了那座島。最開始，我的確如之前所說的那樣，在島上的公共食堂裡當一個普通的食堂師傅，對於島上的各種事情，也只有一個最粗淺的瞭解。

「每天早上，當我還在食堂的廚房裡忙著準備島上一百來人的早餐吃食的時候，他們就圍坐在島上最顯眼的那座塔的前面，隨著太陽初起，一起靜坐禱告。有時我也會偷偷走過去，站在遠處，看著那裡。就連現在我一想起那時，腦海中就會浮現出當時的場景，心裡也會頓時感受到一種令人意外的靜謐安詳。有時我竟然也會想到，要是過上這種無憂無慮的生活，也是頗為不錯的。確實，在島上的生活沒有交流，但也沒有攀比，沒有競爭，也就沒有各種各樣的紛爭，大家尋求的都是一種心靈上的寧靜。有時我覺得，這樣也挺不錯。」

老張停了下來，似乎還在回憶那段往事，表情也從剛開始的悲傷轉到了現在的平靜，可以看出來，他當時的心境變化也確實很大。

「那既然島上的生活能給人這樣一種感覺，為何後來你的那位朋友還會自殺了呢？」施然努著嘴向老張問道。

「是啊，既然在島上的生活令人還算滿意，那為何他還會作出如此決定呢？其實我當時也百思不得其解。直到後來，我才發現了，這似乎和島上的一個活動有關。」老張語氣一變，話裡透露出一種奇怪的味道。

「活動？」我也對此感到十分好奇。

「什麼活動？你朋友就是因為這個死的嗎？」施然也問道。

「因為教主的神蹟。」老張淡然說道。

「神蹟？這不是騙人的東西嗎，現在還有人信？」我大笑著說道。

老張搖搖頭，說：「你錯了，在這樣一種封閉的環境中，就算是本來再有文化再有理性的人，久而久之也會心生迷茫，甚至更容易被蠱惑。這也是我在後來的日子裡逐漸感受到的一種可怕的現象。在那座島上，教主就是一切的權威，只有他一個人能講話，只有他一個人的思想，其他人必須服從。」

竟然是這樣，連我也差點被之前的那種描述給矇騙了，「這樣說來，大家看起來無憂無慮的幸福生活，豈不是建立在毫無自由，毫無自我意識的基礎上的？」我質問道。

「沒錯，你要是這麼說也可以吧。現實中，我們總會有各種各樣的麻煩，也會有各種各樣的瑣事，因為我們有自由，我們有這種權利去選擇，選擇我們想要的生活。一旦我們的要求得不到滿足，甚至只是打了一點折扣，我們可能就會產生對生活的不滿，甚而產生十分負面的情緒。但是在島上不一樣，大家的生活都由一個組織來安排，大家只要安心做事，三餐都有飯吃，晚上都能睡個安穩覺，這其實已經是很多人可遇而不可求的了。」老張直言道。

「可是這種枯燥乏味的生活，大家都覺得它很正常嗎？」我還是不能理解。

「阿宇，你應該聽過『民不患貧，而患不均』這句話吧？」默思這時突然說道。

「你說的是論語中孔子說的這句話？」施然接著說了起來。

「是的，當大家即使是十分貧困，可只要沒有很大的貧富差異，眾人還是可以相安無事地相處下去的。可即使一個社會有巨大的財富，但只要有分配不均的情況，就總會有這樣那樣的不平等，從而導致一些必然的紛爭，甚至社會的動亂。」默思解釋道。

「你這可是讓我想起了幾十年前的時候啊……」

「阿宇，你才多大，就亂說話。」

「我比你大。」

……

不知不覺，我竟然和默思拌起嘴來了。施然噗的一聲笑了，管家也摸了摸下巴，不過嘴上還是忍不住露出一絲笑意。

「你們倆還真是長不大的孩子啊！」施然笑道。

我不好意思地撓了撓頭，這時老張說道：「其實你們說的那個時候，我也經歷過，雖然那時候還是個小孩，不過卻也經歷過一些現在想起來都很不錯的事。哎……現在不說也罷。」老張嘆了口氣，接著又說了起來，「不過我還是覺得現在更好的，最起碼像我，一個熱愛料理的廚子，能夠盡情地去學習自己喜歡的東西，或者說能有這個自由，已經是上天最大的恩賜了。」

「不過也有了更多的麻煩不是嗎？比如你的那位朋友。」默思頗有意味地提醒道。

「確實，哈哈，這位小兄弟，你說得很對。要是沒有他，我也沒有機會上那座島，更沒有機會現在坐在這裡和你們聊天呢！」老張笑了笑，不過隨後笑聲漸淡，他嘆了口氣，「不過還是可憐了我的那位朋友啊……」

「對了，老張，你之前說了你的那位朋友是因為『神蹟』死的？到底是怎麼一回事啊！」我向老張問道。

老張頓了一下，神色凝重了起來，「你們也知道，做為一個教主，他必須維持自己的權威，而他的權威又是通過所謂的神授予的，自然要通過神的方法來維持自己的統治。而最為直接又能展示神的力量的方法，自然就是創造所謂的神蹟了。」

「神蹟……這個有用嗎？」我頓時有點糊塗了。

「阿宇，這個你就有所不知了吧。」默思這時回道，「基督教最大的一個神蹟，不就是耶穌的復活嗎？不過最後那塊所謂耶穌復活時的裹屍布嘛，就不值一提了……」

「裹屍布……這又是個什麼東西？」

默思笑了笑，繼續說道：「保存在義大利杜林的一塊布，因為上面有耶穌屍體的影像，所以被認為是耶穌裹屍布。在耶穌升天後，這塊布便留了下來，被基督徒做為耶穌復活的證據。不過最新的研究表明，這塊布不過是幾百年前的產物，根本就和耶穌沒有任何關係，所以說，這也只不過是個笑話罷了。對了老張，我可沒有半點冒犯你的意思啊……」

老張倒是沒有半點覺得受到冒犯的意思，他笑著說道：「其實我也並不是很在意這個，主復活，只要我在心中認同即可，豈是這些外物能左右的？不過，小兄弟你可有一點說得不對，這塊裹屍布可沒有你說得那麼簡單，這裡面的爭論可多著呢。」

「哈哈，我就算是在張老先生您面前獻醜了。那我們繼續之前的話題吧，你剛才說你們教主展現了神蹟，具體是什麼呢？」

「教主展現的神蹟其實有很多，不過他展示最多的一項是——意念力。」

「意念力？」

「沒錯。在每週的集會上，他都會公開展示一次，而對象就是隨機選取的一位信眾。他會帶那位信眾進入一個單獨的隔間內，而那個隔間裡面空無一物。他要在那個屋子裡對那個信眾施加他的意念力，幾分鐘後，但凡是進入了那個屋子的人，出來的時候就總是一臉幸福的表情。」

「一臉幸福？這又是為什麼，難道是給了錢不成？」

「阿宇，你不要亂說，好好聽張老先生說下去。」施然瞪了我一眼，制止了我。

老張也笑了笑，說：「可不是給錢那麼簡單啊！你要知道，這世上哪些事是真正和錢有關的，又有哪些事，是只要花錢就能解決的？況且你忘了嗎，在那座島上，錢可是一點用處也沒有的哦！」

「那又是怎麼做到的呢？每個人肯定都有他自己的煩惱，而且最重要的是，他們還都不能交流，既不能說話也不能寫字，這個教主就算再有通天的本事和巧舌如簧的口才，恐怕也不能解開眾人的心結吧。」我對此甚是疑惑。

「確是如此，不過大家每次出來卻又都是一副心滿意足的樣子，不得不讓人相信這個。」老張顯然也是一臉苦惱。

「那你的朋友就是因為解開了這個才死的？」我猜測道。

「差不多吧，其實他是因為解開了另一個神蹟，才出事的。」

「另一個？

「沒錯，人體飄浮。」

「人體飄浮……這不是魔術嗎？」我聲音頓時大了一些。

「對……其實也不對。」老張搖了搖頭，不過並沒有說下去，他把目光轉向了陳默思。

「老張的意思其實是，人體飄浮，本來就是一件很神奇的事情，在很久以前，就有很多人體飄浮的傳說，可以說自古以來這就是一個不折不扣的神蹟吧！很多能展示飄浮在空中的人，都被說成是具有特異功能，又或者是得到了神的力量。比如九〇年代曾經惹起很大風波的那個奧姆真理教，他的首腦麻原彰晃就是靠這個起家的，曾經吸引了一大批信徒，直到現在，即便這個麻原彰晃已經被判死刑了，可他的信徒依然不散，至今甚至有死灰復燃的傾向。」

「這個信仰的力量竟然有這麼強大啊……」我不禁咋舌。

「你以為呢？」默思撇了撇嘴，又說道，「所以說人體飄浮最開始並不是從魔術開始的，不過既然是魔術，它總要嘗試挑戰各種不可能了，人體飄浮可以說是其中最富有魅力的一個了。恰好我之前對這方面有所瞭解，我就說一點給你聽一聽吧。著名的魔術師洪姆思便以其懸浮術聞名於眾，早在一八六八年，洪姆思就表演了他最令人難以置信的壯舉。在一個集會上，他從一個窗戶飄出並飄進另一個窗戶之中。後來，偉大的魔術師胡迪尼嘗試複製了洪姆思式『魔術』，但即使是他都無法揭穿洪姆思的特異功能之謎。」

「那這種懸浮術……究竟怎麼才能做到呢？」

「其實一般的人體懸浮，想做到並不難。一種方法便是線控懸浮，只要在懸浮的人體上綁上人肉眼很難看到的絲線，自然就能飛天遁地了。另一種方法是使用障眼法，通過控制舞臺上的明暗陰影變化，使得即使飄浮的人身下有支撐物，觀眾也很難察覺到。最後一種則是目前最受歡迎的一種，所以我猜測那個教主所採用的很有可能也是這個。老張，你來說一說那個教主施展人體飄浮的時候具體有哪些表現吧。」

管家點了點頭，說道：「教主每次飄浮起來的時候，身體下都有一根棍子支撐，也就是他的法杖，他每次單手支撐這根棍子，就能很輕鬆地雙腿盤坐在空中。」

聽到這裡，默思笑了笑，說：「我猜的果然不錯，下面我就來介紹一下，那個教主所謂的神蹟吧！這種懸浮的方法其實是我所要說的第三種——支點懸浮。也就是說，懸浮的人身體有一個部分會以支點的形式與另一個在地上的物體接觸，一般而言這個支點就是手。而通過接觸的這個支點可以延伸出一個支架，只不過這個支架是藏在魔術表演者的衣服裡面的，魔術表演者只要坐在這個支架上，表演出什麼也都不奇怪了。那個教主的表演就是這樣完成的，他通過實現安排這樣一個支架，他只要坐上去，再用外面的衣服擋住，就能通過支架再連到下方的手杖上，就可以完成一次漂亮的人體懸浮了。」

「竟然有這種方法啊！」聽完這個我不禁大吃一驚，施然也驚叫了出來，對陳默思一臉的崇拜模樣。

「其實這個都算小意思了，現在基本都被玩膩了，更厲害的要算真正的毫無憑藉的人體懸浮了，而這個通過現代科技完全可以做到。比如各種電磁力，只要控制得當，不光是一些可以被磁化的金屬，甚至連普通生物都可以被懸浮。前幾年的諾貝爾物理學獎得主安德烈．海姆早在一九九七年就現場表演了懸浮活青蛙，現在各種反重力研究都是很熱門的。」

「默思……沒想到你懂的這麼多啊！」施然驚喜地對陳默思說道。

「啊，這個嘛，都是我平時瞭解的一些小知識，不足掛齒！」陳默思雖然嘴裡這麼說，可他那張燦爛如花的笑臉早已出賣了一切。

「好了，你要是這麼厲害，那剛開始說的那個意念力你就來解釋一下吧，我們的科普先生！」我酸溜溜地說道。

「那個教主竟然只需要招呼信眾進入一個小木屋，不需要任何工具，甚至連話都不用說，就能幫信徒解決煩惱了，確實是夠神奇的。不過呢……這個其實也不難。」默思笑了笑，話鋒一轉接著說道，「既然從心理層面解決不了眾人的煩惱，那就從物質層面解決嘍！」

「物質層面？」我問道。

「對，那麼請問有什麼物質能夠直接影響人的精神狀態呢？」

一瞬間我想到了一種可怕的東西，「毒……品？」

默思笑著點了點頭，說：「沒錯，正是這個！或者嚴謹一點的說法是毒品裡面致幻性比較強的一些，比如最為常見的大麻，還有最近出名的新型毒品甲卡西酮，俗稱『喪屍藥』，二〇一二年美國『啃臉狂人』就是因吸食甲卡西酮所致。這些致幻類毒品輕而易舉就能攻破你的心理防線。」

「但是剛才老張說每次進行意念力的使用時，教主都是邀請一位信徒進入一個單獨的隔間，裡面什麼東西都沒有。這樣的話毒品在哪？而且又是怎麼進入那位信徒的身體裡的呢？」

「隔間裡雖然什麼東西都沒有，但是一個小隔間也給他提供了一個絕佳的優勢，那就是一個狹小封閉的空間。而且你還弄錯了的一點就是，隔間裡面並不是什麼都沒有，有一樣東西是必須有的。」

「必須有的？」我想了想，可始終不明白默思的意思。

陳默思看我一臉疑惑的樣子，笑著說道：「這還不簡單啊，空氣啊！人不都是要呼吸的嗎，沒有空氣怎麼辦？」

「可這和毒品又有什麼關係呢？難道……難道你是說毒品在空氣裡！」我恍然大悟了起來。

「沒錯！我的意思就是這個，教主雖然表面看起來沒有任何準備，但是他只要準備了這個屋子，一切就萬無一失了。他只要事先把毒品分散在空氣中，只要信徒一進來，就必然中招。幾分鐘的意念力展示過程，其實也就是幾分鐘的吸食毒品過程！這種毒品強烈的藥性，只要在幾分鐘內，就能使得人大腦內產生幻覺，而且大多數都是比較快樂的，所以當信徒出來之後，臉上自然是一臉幸福的模樣了。」

「竟然是這樣……那這麼說，教主不是每次都帶著信徒進去吸毒嗎？」施然一臉厭惡的表情。

「所以說這就是教主所謂的意念力啊，他通過這種方法，不但能展示出他所謂的神蹟，而且更重要的是，時間一長，他便能真正地控制住大家了，他所倚賴的就是這些毒品。」

聽了默思的話，我不禁為島上的那些人擔心了起來，「這不就成了一個毒窩了嗎？」

「你說得很對，但同時也沒什麼道理。那裡其實並不是一個毒窩，教主讓大家吸毒並不是為了賺錢或者娛樂，而是為了更好地控制大家，展示自己的權威。況且信徒們吸入毒品也並不多，應該還不至於到成癮的地步。不過教主嘛，我就不敢保證了，一週一次的頻率，已經有點高了。」

「你的意思是這個教主其實是個癮君子？」我還是忍不住說道。

默思沒有點頭，但也沒有否認的意思。我看向了管家老張，他也一臉沉重的神色。

「那……老張，你的那個朋友，就是因為揭穿了教主的神蹟，所以才被害的嗎？」施然略顯緊張地問道。

老張這才緩過了神，他緩緩點了點頭，把那段塵封的往事再次揭了出來。老張很瞭解他的這個朋友，他雖然信主，而且對宗教也很狂熱，但另一方面他又根本忍受不了這種宣稱神蹟的東西。關於之前提到的那塊裹屍布，老張也曾經和他辯論過，他當時持的觀點就是這不可能，毫無回轉的餘地。所以老張心裡很清楚，對於教主的這種做法，他是肯定忍受不了的。結果也正如老張所預料的那樣，他因為當眾揭穿教主的人體懸浮神蹟，被教主暗中派人殘酷地迫害了，最後對外宣稱他是自殺的。而對外宣稱的原因就是因為在聆聽了教主的教誨後，內心愧疚，最終才選擇以這種方式贖罪的。在這件事後，教主定下了一個規矩，那就是「犯上者需自裁，知情者亦同罪！」緊接著，教主就在全島上開始了清洗的過程，只要對教主有稍稍懷疑的信徒都受到了嚴厲的打壓，這之後又有幾個信徒被宣稱因內心懺悔而自殺了。島上與塔相對的方向，從此有了一個懺悔石，那些自殺的都是每天中午在這裡進行的，知情的人通常都是第二天在這裡被處理的。

老張說到這裡的時候，神色極為落寞，看來朋友的死對他的打擊還是挺大的。

「可是即使這樣，就要這麼隨意地殺死一個活生生的人嗎？」施然大聲質問道，她的嗓子都帶有哭音了。

眾人都沒有回答，氣氛頓時變得有些凝重了。

「可這就是現實，施然，這個人已經被殺害了！」默思大聲說道，「這就是極端封閉條件下的宗教狂熱，想想之前提到的奧姆真理教，東京地鐵沙林毒氣，就那樣隨隨便便地傷害了近千人！事情就是這樣現實，你認為當教主麻原彰晃作出這個決定的時候，就沒有信徒會反對嗎？當然有！雖然有很多狂熱的信徒，但我相信也有很多信徒在這方面還是有理性的。但是結果呢，事情還是發生了，有那麼多人受傷了！這些有意見的信徒在一開始便被殘酷地迫害了，剩下的除了屈服於教主麻原彰晃的權威，還能做什麼呢？所以，老張，我很佩服你的那位朋友，他做出了一件正確的事。只有我們的社會有更多這樣的人，更多敢於說真話的人，不隨便屈服於權威，我們這個社會才能有所進步，才能有所發展。」

默思說完了，我們都沉默下來。緊接著，響起了掌聲，不光是為了默思剛才說的那番話，也是為了老張的那位朋友，還有那無數位為了真理而逝去的先人們。

## 3

我看了一眼窗外，天竟然已經有些黑了，大廳裡也很暗，不過似乎有一種奇妙的力量，這種氣氛也許正合適不過了。盤中的餐食早已冷卻，我看著那些剩下的食物，再看著從剛剛開始就沉默不語的眾人，走到大廳的一旁。啪的一聲，隨著開關的按下，大廳裡再次明亮了起來。

「啊，已經這麼晚了啊，我該收拾一下東西，給諸位準備晚餐了。」老張拍了一下頭，從椅子上站了起來，開始收拾起桌上擺放的幾份還剩下很多食物的餐盤。

聽著餐盤碰撞發出的清脆聲音，眾人都只是默默地坐在椅子上，沒有說話。

「老張。」默思擺了擺手，向管家說道，「你先放下吧，我們應該都還沒什麼食欲，我還是想聽你把接下來的事情說完。」

老張把收拾好的餐具放在餐車上，他看了一眼餐桌上的眾人，又看了正在走回來的我一眼，想了想，最終還是坐回之前的位置上。

「好，你們還想聽什麼呢？」老張坐下來後甩了甩手，似乎是在甩走剛才的那份勞累，不過他的那份表情在告訴我們，他真的很累了。

「我們想知道，在你的那個朋友死後，島上還發生了什麼，你又是如何離開那座島的？」陳默思接連問道。

老張沉默了一下，像是在仔細回憶著什麼，接著他抬起了頭，說道：「正像我剛才所說的，我的朋友當眾揭穿了教主的那個人體懸浮神蹟，雖然後來他被秘密地殺害了，但是這件事還是在一些信徒中間產生了影響。為了掩蓋這件事所造成的影響，教主不且偽造了我的那個朋友的懺悔聲明，而且也正如我之前所說，為了完全避免接下來的影響，他後來更換了神蹟展現的形式，也就有了意念力控制這種新的神蹟。」

「教主這樣做，其實也真的算考慮很周全啊！」默思接著說道，「我猜最開始被教主選中接受意念力控制的，都是那些對教主產生了一絲懷疑的信徒吧，只要解決了這些信徒的問題，通過這些致幻劑的作用，這樣他便能牢牢地控制住這些信徒了。不過這種方法也不可謂不歹毒！」

「確實如此，等到我上島的時候，基本就不會察覺到任何關於那件事的影響了，我也是費了很大的力氣，才大概瞭解那件事的詳情的。」老張嘆了口氣，接著又說道，「在我上島的時候，島上一片寧靜的景象，信徒也都繼續著他們一如既往的日子，不過終究還是發生了那件事，一件將會摧毀整座島的大事。」

「什麼！這是件什麼樣的大事，竟然會弄到摧毀整座島？」我不敢相信地大聲問道。

「教主死了。」老張緩緩說道。

「什麼！教主死了？」我這次的聲音似乎比剛才還大。

「竟然是這樣……」施然也一臉不敢相信的樣子，「不過怎麼會這樣呢？像你之前說的，教主看起來十分小心謹慎啊，他通過他的種種神蹟牢牢控制著眾人，怎麼就會突然死了呢？」

「這可能就是冥冥之中的報應吧！教主其實也是因為他的神蹟而死的。」老張苦笑了一聲，開口說了出來。

「哈哈，這可真是諷刺，老張，你繼續說吧，教主是怎麼死的？」默思催著管家繼續說下去。

聽了老張接下來的敘述，我們才瞭解到了整個事件的原委。

事情發生在老張來到島上的一年後，人體懸浮術引起的風波早已不見蹤影，而老張也繼續著他食堂伙夫的角色，一切看起來都風平浪靜的，甚至於老張都有點喜歡上了這種生活。一切都無憂無慮的，每天老張最喜歡做的事就是日落時分搬一張凳子，坐在上面，在海邊看著太陽從西邊的海平面緩緩落下。那西邊的整片海域都被夕陽餘暉染紅的美景，直到現在想起來都令人驚歎不已。最後整顆太陽都沒入海平面，天空漸暗，黑夜來臨，老張才又搬起他的那張小板凳，慢悠悠地往家走去。

第二天早上，他通常都會起得很早，準備眾人的早餐，有時得個閒暇時光，他就會走到門外，靠在門板上，看向塔的方向。對老張而言，能聽聽這些人每天早上的禱告，似乎也挺享受的。而更為有趣的則是每週集會上都會有的神蹟展示，自從人體懸浮引發風波之後，教主便換成了意念控制這種新的神蹟展示，每次只要有信徒跟著教主一進那個小木屋，出來後就必定是滿臉幸福的表情。這種神蹟當時被教主一展示出來，眾多信徒對此便產生了極大的崇拜之感。

直到後來有一天，教主突然宣布又更改了神蹟展現的形式，雖然同樣是意念力的展現，不過表現形式卻有了很大的變化。那天集會的早晨，老張也是靠在門板上，看著塔的那個方向，可是那天不一樣的是，他竟然在塔下看到了一個巨大的圓環狀設施。起初老張著實被嚇了一跳，他只是看到了眾人紛紛坐在圓環邊圍成了一個圓圈，之後一系列的舉動他便不清楚是什麼了。

後來他才瞭解到，原來這次是教主想要展示的一個新的神蹟。教主事先準備了一個圓環狀的巨大設備，圓環直徑有二十多公尺，環的寬度和高度也都有一臂長。他讓信徒分別圍坐在圓環周邊，每個信徒所在的圓環周邊，都有一個孔洞，裡面是一個類似於箱子的東西。之後教主又在講臺上解釋了他這次展現神蹟的方法。他取出了兩粒藥丸，一粒是白色的，一粒是黑色的，白色的無毒，而黑色的則是劇毒，沾上即死。他還現場拿一隻貓做了實驗，貓在舔了一口這粒黑色藥丸後，瞬間就渾身抽搐，之後便口吐白沫死了。教主給每位信徒都發了兩粒這樣的藥丸，然後讓他們放入面前的孔洞內，這樣每位信徒面前的孔洞內就都有這樣一黑一白兩粒藥丸。信徒之後都要從面前的這個孔洞伸手進去，隨機抽取一粒藥丸，再通過內環的孔洞將手伸出去，將手中抽取到的藥丸投入內環外的滑槽內，最後所有信徒取出的藥丸都要通過這個滑槽最終傳遞到教主的面前。教主在得到這些藥丸後，讓一位信徒把它們全都溶解在面前的一桶水裡。等完全溶解後，他要從裡面舀取一杯喝下，如果他不死，這個神蹟的展示便算成功了。

老張心裡清楚，這個挑戰的難度還是很大的。現場的信徒剛好有一百個人，也就是說每個人都有取出黑色有毒藥丸的機會，只要有一個人取出了這粒黑色藥丸，最終溶解的水中便有了劇毒。要做到每個人取出的都是白色藥丸，這樣的難度實在超出想像。除非使用意念力，老張這樣想到。而教主也確實是這樣做的，那次神蹟展示開始前，教主在塔前靜坐了很長時間。其實就是在凝聚意念力，為接下來使用意念力做準備。之後，眾多信徒一起將手伸進各自面前的孔洞裡，在這個過程中，教主就使用了意念力。老張相信，在眾人取出藥丸的時候，心裡肯定都是極為緊張的，由於圓環擋住了他們的視線，其實他們只能看到其他人手中的藥丸，卻剛好看不到自己取出的藥丸是什麼顏色的。在意念力的作用下，最後奇蹟出現了，所有信徒從裡面取出的竟然都是白色的藥丸！當然這只是在老張眼裡所看到的，不過信徒們就只能看到其他人手中拿著的藥丸了，雖然不能看到自己的，可當他們看到其他人手中拿的都是白色的藥丸，懸著的心肯定已經放下大半了吧。

最後當所有藥丸溶在水中，教主喝下去並安然無恙的時候，所有信徒都響起了熱烈的掌聲。確實是太不可思議了！這簡直就是真的神蹟了！老張心裡也頗為歎服。

就這樣過了一週，第二次神蹟展示也開始了，和上次一樣，這次現場同樣有一個巨大的圓環，眾人都圍坐在圓環周圍。不過這次老張為了更清楚地看清整個過程，他在早早地準備好早餐後，便也來到了塔那裡。只見教主在靜坐完成後，開始使用意念力操縱信徒拿取白色的藥丸。老張站在一旁，緊張地注視著這一切，在信徒把手從裡面抽出來的時候，老張本以為也會像上次那樣，在教主意念力的控制下，所有人抽取的應該都是白色的那粒。可這次意外的事情發生了，藥丸裡竟然出現了黑色的！而且還不少，估計將近一半都是，這當然立刻在眾人當中引起了恐慌。

不過此時的教主依然靜坐在教壇上，雙目緊閉，對下面的情形似乎一點也沒有察覺。眾多信徒面面相覷，不知道該如何是好。不過最終眾人還是將各自的藥丸放入了面前的滑槽內，因為他們相信教主，教主有如此大的神力，這次恐怕也照樣會相安無事的。於是最終所有藥丸由一個信徒溶解在水中，教主此時才睜開雙眼，接過那杯水，一口氣喝了下去。當那杯水被教主喝下去的時候，站在一旁的老張心裡其實緊張極了，他生怕出什麼問題。不過還好，教主最後果然沒有出事，看來教主這次是使用了其他什麼神力吧。神蹟既成，眾信徒又發出了極其熱烈的掌聲。

正當老張以為一切都已經過去，日子又將如往常一樣極其平常地過下去的時候，意外發生了。那天傍晚，當老張坐在矮凳上如往常那樣欣賞著落日的美景時，一個天大的消息傳來了——教主死了！這個消息把當時的老張嚇得差點從凳子上跌下來。怎麼會這樣！到底發生了什麼？教主怎麼會發生意外的……

等老張趕回去的時候，島上其實已經一片混亂了，眾多信徒們在島上交相奔走，但由於互相之間不能交流的緣故，他們只能乾瞪著眼，並沒有別的什麼辦法。教主的死著實在信徒中間引發了軒然大波，因為眾人都是因為信仰教主才聚集在這裡的，現在教主死了，他們真的不知道該怎麼辦了！眾人隨即亂作一團。這樣的混亂一直持續到了第二天下午，才由幾個平時深受教主信任的信徒暫時維持住了局面。現在的當務之急就是要安排好教主的葬禮，這也是由那幾個信徒安排好的。

在葬禮進行當天的下午，當信徒們一個個排著隊瞻仰教主遺容的時候，老張卻發現了一個很明顯的問題，屍體面色青紫，明顯是中毒而亡的跡象！難道教主的死果然還是因為那次集會上展示的神蹟嗎？那些黑色的藥丸……

一想到這裡，老張不禁大聲喊了出來：「教主很明顯是中毒死的！你們還記得上次集會時教主展現的神蹟嗎？你們之中當時有人取出的便是黑色藥丸，所以說是你們親手害死了教主！」

老張一說完，人群便再次混亂了起來，不過還好有那些維持秩序的信徒在，現場最終還是穩定下來，把整個葬禮完成了。不過從這之後，一場持續的恐慌便降臨在這個島上，因為教主定下的那個規矩，或者說是箴言吧，「犯上者需自裁，知情者亦同罪！」如果是這樣的話，那豈不是整座島的人都要賠罪了……

老張越想越感到恐懼，不過他不是這座島上的信徒，於是沒多久，他就找了個機會，離開了這座島。

「所以你就這樣離開了？」故事剛講完，施然便開口問道。

老張只是點了點頭，並沒有過多的表情。他那張布滿皺紋的臉似乎又衰老了一些。

其實我心裡也很清楚，老張當時這樣做是很正確的。這樣的島實際上已經是個地獄了。在教主死後，大家都認為自己和教主的死脫不了干係，而且因為教主之前定下的那個規矩，被信徒當作箴言，如果老張還繼續留在那裡，根本不知道會發生什麼事情。

「犯上者需自裁，知情者亦同罪嗎……」施然喃喃道。

我看著施然，突然想起了什麼，「施然，妳的姊姊要是當時也在島上，那……」後面的話我簡直不忍說下去。

施然似乎也早就想到了這個，她強忍著悲痛，隨後說道：「沒事，我已經習慣了。不過總算能瞭解到當時發生的情形，我也要好好感謝你，張老先生。」說著，施然向管家深深鞠了個躬。

「啊，別這樣。小姑娘，我當時也還是逃走了，確實很沒用……」老張苦著臉一邊說著，一邊扶起了施然。

我知道此時施然的心情，她為了找出姊姊去世的真相，花了這麼多時間，費了這麼多心力，這下終於接近事情的真相，瞭解當時發生的事情，一下子確實很難讓人接受。施然能做到這一點，已經很不容易了。

「施然，雖然我知道這很令人悲傷，不過我還是直說吧。妳的姊姊恐怕當時也是因為這個，最後才沒能回來的。」

施然微不可察地點了點頭，不過她隨即又說道：「但是我想知道當時的具體情形，我姊姊是什麼時候死的？」

老張看著施然，隨即搖了搖頭，「我當時已經離開島上，後面發生的具體事情，我其實並不清楚。」

看來一切又陷入膠著，島上後來究竟發生了什麼事？眾人最後的結果如何，難道就真的沒有轉機了嗎？想到這裡，我突然又想到一個人——方遠！他不就是從那個島上存活下來的倖存者麼！

我趕緊把目光轉向了坐在角落裡一直默不作聲的方遠，他像個幽靈一樣躲在陰暗的角落裡，雙手把頭深深地埋在裡面，不知道是睡著了，還是在想著什麼。我本想走過去看一下，可這時陳默思又突然說話了。

「其實答案並不難，其實你們心裡都清楚，既然最後整個島上的人基本上都銷聲匿跡了，這只能說明一件事——他們都死了。」陳默思的話冷冰冰的，似乎不帶一絲情感。

雖然心裡早有這個準備，但現在聽陳默思這麼直接說出來，心裡還是感到沉甸甸的。這時方遠突然渾身劇烈顫抖了起來，他雙手死死地抱住頭，額頭也緊緊地抵在桌面上，似乎正在承受十分巨大的痛苦。

「啊！」方遠突然大聲喊叫一聲，隨即從椅子上跳起來，瘋狂地向大廳門口奔了出去。

這突如其來的狀況把我們都打了個措手不及，「快追！」我只來得及喊了一句，便趕快往那邊追過去。

我回頭看了看頹然坐倒在椅子上的老張，再看了看眼睛還紅腫著的一臉悲傷模樣的施然，再想到剛剛跑出去的方遠，這一切都怎麼了？難道我們做的所有事情都是錯誤的嗎？本來風平浪靜的生活，硬生生地被扯成了碎片。這只會讓傷心的人更加傷心，而原本幸福的人也會墮向地獄。

我衝了出去，一輪圓月早已掛在晴朗的夜空中，如水的月光灑了下來，周圍的黑黢黢的石塊也被染上一層銀白色，顯得煞是詭異。我收斂了心神，在四周尋找起來。

「爸爸，媽媽！不要離開我！」

黑夜裡，一聲大喊，小男孩從床上坐了起來，他瞪大雙眼，額頭上一層細密的冷汗。緊接著，他像是想起了什麼，悲傷的情緒很快占領了他的心，他嘴唇顫抖，眼淚啪嗒啪嗒地落了下來，掉落在被單上，暈成了一個又一個的圓圈。

發生什麼事了嗎？看到剛剛的這一幕，我也不禁起了疑問，小男孩的父母……究竟去了哪裡？看到小男孩的悲痛，我的內心也在不停地抽搐著，彷彿有一種共鳴，迴盪在我們中間。

在小男孩的抽泣聲中，突然，整個世界亮了起來，畫面來到了白天。最先看到的就是那座高大的石塔，塔身很高，在陽光的照射下顯得十分耀眼。接下來進入我視線的是塔底盤坐的一群人，他們全都穿著白色的衣服，正全神貫注地聽著講壇上發出的聲音。這聲音不大，但卻擲地有聲，讓人感到不容置疑的味道。

我沒有用心去聽那人說的那些話，而是把目光投向了講壇下的那些人，我仔細尋找了起來，很快便找到了那個小男孩。他此時也端坐在地上，身子挺得很直，和其他人一樣，正認真地聽著講壇上的聲音，不過不知是否是衣服還有點不合身，他時不時扭動一下。突然，人群中傳來了一陣譁然之聲，我仔細看向了臺上，那上面現在立著一塊木板，上面刻著很多人的名字。

嚴堂，方健，周繁若……一個個的名字豎著一排列了下來，像是一把鎖鏈鎖在每個人的心頭，讓人喘不過氣來。

「爸爸，媽媽！」小男孩突然大聲喊了起來。他站了起來，直直地盯著那塊木板。小男孩的聲音這時顯得十分突兀，眾人都看向了他，講臺上的那人看起來也很不高興。

這時，一個手掌突然伸過來，捂住小男孩的嘴，並且把他往下拉坐了下來。人群中頓時安靜下來，現場的氣氛極為怪誕。過了片刻，坐在講壇上的那人擺了擺手，於是眾人便再次散了開來。人們都往一個方向走，似乎是去吃早餐了。

不過有兩個人離開了眾人的隊伍，往島的另一邊走過去。一高一矮的身影，在高大的棕櫚樹下，顯得十分渺小。

「姊姊，爸爸媽媽去哪了啊？」小男孩似乎又要哭出來了。

女生揉了揉男孩的小腦袋，說道：「爸爸媽媽啊，是去海的另一邊了，你原來的家。」

「那他們為什麼不帶我一起回去啊……我想回家！」小男孩突然哭了出來，兩隻手不停地抹著眼睛，顯得十分傷心。

女生想了想，隨即說道：「那是因為你不乖啊，你爸媽這是在生你氣呢。」

「我已經很乖了啊！他們還是不要我！」小男孩的聲音夾雜著一陣一陣的抽泣聲。

「不過小遠，聽姊姊的話，只要你乖乖的，你爸媽就肯定會回來接你的。」

「真的？」小男孩揉了一下眼睛，看著女生不確定地問道。

「真的啊！姊姊什麼時候騙過你。」女生伸出手，捏住了小男孩胖嘟嘟的小臉頰。

「姊姊，疼！」小男孩大聲抱怨道，女生放下了手。小男孩趕緊伸出手，不停地揉著剛才被捏的地方，邊揉他還不停地說道：「那我們一言為定啊，如果我乖的話，爸媽就回來接我！還有就是，我們這次的說話不算啊，之前的打賭還要繼續，好不好？」

「好！」

女生的聲音很響亮，她看著小男孩一臉扭曲的表情，噗哧一聲笑了起來。不過她的目光隨即轉向了島的另一邊，那塊懺悔石，此時正在陽光下，折射出耀眼的光芒。

# 第五章——不可能犯罪

## 1

昨晚下了一夜的雨，而我也一夜無眠。

事情已經發展到一個極其危險的地步，雖然是第七天了，按道理來說明天就應該會有船來接我們回去，可是事情真的會如我們所願嗎？已經死了三個人，這個塔主真的願意放我們活著離開嗎？沒有人心裡會有真正清楚的答案，或許我們所能做的，也只有聽天由命了。

現在大廳裡又少了兩個人，昨天在方遠跑出去後，我隨後就追了上去，結果在半路上就看到他暈倒在地上，之後我們就合力把他抬了回來，現在還躺在他房間的床上休息。另一個不在的人是管家老張，自從昨天默思做了那番推理後，老張就一蹶不振，看來那番話對他的打擊還是挺大的。這也是自然，他的那個無心之失可以說是導致島上那場災難的最後一根稻草，換成是誰，恐怕也不能完全接受吧。

所以，今天的早餐就只好我們自己來做了，還好有施然在，憑她的廚藝水平，再加上廚房裡本就準備好的食材，早上的餐食還是挺豐盛的。我面前的盤子裡就有一塊鮪魚三明治，再配上一份煎蛋，一杯牛奶，做為一頓營養豐富的早餐再合適不過了。我和默思倒還吃得下去，盤子裡的餐食漸漸空了，只不過做為今天早餐的廚師，施然看起來卻並沒有什麼胃口。她面前的餐食根本就沒動過，只是喝了幾口牛奶，這樣下去是根本不行的。

「施然，怎麼不吃呢？昨天晚餐沒吃，今天妳要是再不吃的話，身子肯定會受不了的。」我衝著正發著呆的施然喊道。

「阿宇，你別說了，你讓施然自己靜靜吧。」陳默思向我建議道。

「也好。」施然不理我，我也無計可施，「今天是我們待在這裡的最後一天了，一切都還是要小心一點的。這樣想想，明天我們就可以回去了。」

「如果那個塔主守信的話……」陳默思在我剛才的那番話後面加了這麼一句。

「默思，你覺得那個塔主會放我們準時離開嗎？」雖然連我自己也不大相信，不過我還是抱著最後一絲希望問道。

「會，如果他的目的達成的話。我覺得這個幕後的塔主並不是一個殺人不眨眼的惡魔，他把我們困在這裡，要殺掉我們簡直易如反掌。不過他卻並沒有這麼做，這說明他自有他的目的，只要他的目的達到了，殺人反而是次要的了。」陳默思推測道。

「那你覺得這個塔主的目的到底是什麼呢？」

其實這個也一直是十分困擾我的一個問題，這個塔主到底想知道什麼呢？毫無疑問，他肯定是十年前那個島上宗教團體的相關者，甚至是知情者。難道他的目的是想復仇？把所有與那件事相關的人全都集中到一起，然後逐個殺害？一想到這裡，我便頓時感到脊背發寒。不行，我得去看看，對塔裡的安全情況，我真是不太放心，不管是方遠還是老張，他們兩個現在恐怕連站起來的心力都沒有了吧。

一想到這裡，我便站起身，向大廳南側的樓梯口走去。老張的房間就在二樓，我很快便走到了二樓樓梯口的位置。現在我才想起來我好像還沒來過二樓，不過想來應該和其他房間差不多吧。這樣想著，我打開了位於北側樓梯口的大門。然而，進門之後的場景卻讓我大吃一驚，竟然如此空曠！而唯一的房間就位於南側的那個小角落裡，竟然只有和一樓廚房差不多大小的空間。難怪老張在剛開始分配房間的時候說二樓的房間很小，不適合我們住，原來是真的很小啊。驚歎之餘，我跨過了樓梯口和臥室之間空曠的距離，來到了臥室的房門前。

我先是敲了敲門，發現並沒有人回答，難道老張還在休息？我站了一會，下意識地轉了轉門把手，咔嚓一聲，門把手竟然扭動了！老張怎麼這麼粗心，晚上睡覺都不鎖門，他難道不知道外面還隱藏著一個殺人的兇手嘛！我心裡立即替老張捏了一把汗。

心臟撲通撲通跳個不停，我深吸了一口氣，把門把手轉到了頭，輕輕推開了房門。我在心裡唸叨著，千萬不要出事，千萬不要出事！隨著房門打開發出的吱呀聲，我的視線從房門一角的書架，逐漸向書桌、窗戶那裡移動，最終定格在了房間左上角的床上，但是床上並沒有人！

「老張呢！」我大聲驚呼了起來，心跳彷彿都慢了半拍，我愣在原地。不知過了多久，肩膀上好像被人拍了一下，這時我才反應過來，回頭一看，是陳默思。

「發生什麼事了？」

「老張不見了！」我把門完全打開，指著空無一人的床鋪驚慌地說道。

默思似乎並沒有被我的驚慌情緒干擾，他繞過我，推開了門，走到了床鋪跟前。他掀開被子，摸了摸下面的床鋪，隨後說道：「已經冷了，看來老張很早就不在這張床上了。」

「那他又會跑到哪去？難道昨天晚上他就已經不在房間裡了？晚上這黑燈瞎火的……」越想我越覺得恐怖，思緒已經完全亂了。

「阿宇，你先去方遠的房間，看看他怎麼樣了。」

對了，還有方遠！難道他也……我簡直不敢想像下去。默思一說完，我便又趕緊往回跑，急匆匆地上了樓梯，衝到六樓方遠的房門前。我拚命地扭著房門的門把手，可就是怎麼也擰不開。就這麼折騰了一番後，我才想到，原來方遠的鑰匙就在我的身上。昨天是我送方遠回到房間的，也是我親手用鑰匙把房門鎖起來的，剛才情急中我竟然一時沒想起來。想到了這裡，我伸手掏出了鑰匙，插進了門鎖裡，輕輕一轉，房門便打開了。

我急速喘息著，剛剛的一陣奔跑弄得我肺都快炸了，可這一切都比不了現在的事要緊。當我的視線再次投在床上的時候，令人欣喜的事情出現了，方遠還在床上！我高興地差點跳起來。

此時的方遠正安靜地躺在床上，似乎還處在昏迷的狀態中，兩側的鼻翼一深一淺地律動著。似乎是聽到了我剛剛進門發出的聲音，他稍微翻動了一下身子，嘴巴蠕動了一下，似乎在說著什麼話。不過隨即好像發生了什麼不對勁的事情，他的身子竟然顫抖了起來，而且嘴上說胡話的頻率越來越高，我趕緊走了過去。

「姊姊，我不走，我不走！」從方遠的嘴中急促地說出了一些不明不白的話語，我仔細分辨了一下，才大概弄清楚了其中的幾個音節。

不過隨後方遠又漸漸安靜了下來，身子逐漸恢復了平靜。看來確實是我剛才進門發出的聲音刺激了他，想到這裡，我悄悄地退了出去，再緩緩合上了房門。

站在走廊裡，我突然想到，方遠剛才口中的姊姊，難道就是他夢中夢到的那個穿黃色罩衫的女子嗎？

隨後我們開始了在整座塔的尋找，翻遍了幾乎每一個角落，還是沒有發現老張的身影。見鬼！他這是變成透明人了嗎？我在心裡憤憤地想著。不過轉念一想到老張此時可能已經遇害了，我心中又惴惴不安起來。最後，我們決定在島上其他地方再仔細搜尋一番。

昨晚的雨已經停了，但天空還是陰慘慘的，烏雲密布，而且這時還突然颳起了風，是又要下雨了嗎？這個破地方，除了一堆爛石頭，就什麼都沒有了！地面上坑坑窪窪的，除了一些踩進去就能讓你扭到腳的小溝小縫，就是一些長著刺的荊棘，還沒走幾步，我就已經跌倒了好幾次，褲腳也差點被扯爛了。呸！我喃喃低罵了幾句。

「你們說，老張會不會昨天晚上自己一個人偷偷跑掉了啊！」走在後面的施然這時十分疑心地問道。

對了，他不會已經跑掉了吧！施然的這句話恰恰提醒了我，十年前，在整座島即將面臨毀滅的時候，老張就自己一個人獨自跑了。這次呢，他會不會又這樣做了？況且，現在殺死其他三個人的兇手還不清楚，如果真的是老張呢？

「如果兇手是老張的話，他現在逃走了，把我們留在這裡，會不會就是想把我們都餓死在這裡啊！」我把心裡的恐慌大聲說了出來。

「是啊！要是這樣的話，那我們現在該怎麼辦？難道我們真的全都要死了嗎！」施然帶著哭腔喊道。

儘管我和施然兩個在後面不住地控訴著，可走在最前面的陳默思好像並沒有被我們散發的恐怖氣氛所影響，他只是低著頭，一聲不吭地快步走著。

風呼呼地颳著，我緊緊裹住了身上單薄的衣衫，突然臉上像是感受到了一絲冰涼，我抬起頭，啪，啪，兩滴雨點接連打在我雙眼鏡片上。

下雨了。

風速也在急劇地增大，看來這並不是一場普通的暴風雨，我看了一眼天邊，天上的烏雲急速地翻捲著，幾道閃電在天空劃過，整個海面都被照亮了。平時很是平靜的海面上現在波濤洶湧，巨浪一道接一道地席捲過來，拍打在沿岸的礁石上，濺起的水花我離著幾十公尺似乎都能感覺到。

「默思，我們得回去了！暴風雨已經來了，再不回去我們恐怕都會有危險了！這不是普通的暴風雨，很可能是颱風啊！」我向走在前面的陳默思大聲疾呼道。

可陳默思不知是沒聽到還是怎麼的，頭也沒回，還是筆直地向前走著。這時我才注意到，我們剛剛經過的，似乎就是之前李敏被殺害的那塊高坡。然而，本來蓋著防水布的李敏的屍體已經不在那裡了，周圍空蕩蕩的，風呼嘯颳過，像是一群餓狼在拚命地嘶吼著。

「默思！」我聲嘶力竭地喊道。

這時，走在前面的陳默思終於停了下來。暴雨打濕了他全部的衣衫，緊緊地貼在他的後背上，雨水順著那道直挺挺的脊梁嘩嘩地流了下來。天空不再沉默了，轟轟的雷聲接連在遠處炸響。而我們三人，此時卻意外地靜默了。

默思緩緩轉過了身子，他的嘴角顫抖著，本來很是帥氣的劉海此時也緊緊地貼在額頭上，默思的表情很是不對勁，他竟然在哽咽，此時他臉上流淌的液體早已分不清是淚水還是雨水了。

「我對不起大家！是我的狂妄自大才導致了今天這個局面！」默思大聲喊道，他雙臂直挺挺地垂在身體兩側，雙手也緊緊地握成了拳狀。

面對默思瘋狂的吼叫，我竟然一時不知道該說些什麼，大腦一片空白，只剩下滿世界的風和雨。

「默思，你沒有對不起大家，從來沒有！沒有你，我根本沒有機會知道我姊姊去世的真相，我也根本不會瞭解十年前的種種事情，也就沒有機會進一步地瞭解我的姊姊了……」施然說著說著，竟然也抽泣了起來。

「默思，你聽到施然的話了嗎？你沒有錯，知道嗎？是你一直在思考，通過你的推理帶我們一步步接近了十年前那場事件的真相，也是你，解開了我們都想知道的答案。我相信，不管是施然，還是現在躺在床上的方遠，都不會怪你的，他們本來就是來尋找真相的，這幾天發生了這些事，本來也不是你能預料到的啊！默思！」

又一陣雷聲響過，把我剛才的那段話撕得粉碎。默思這時抬起了頭，他那雙發紅的眼睛死死地盯著我。我走過去，伸出手給了默思一個擁抱，他還是呆呆地站著，雨滴還是唰唰地從天空往下掉落。

我拉住默思冰冷的手掌，開始往塔的方向走了回去。在漆黑的夜空中，這一座高塔時常被劃過的閃電所點亮，像是黑暗中的幽靈，發出慘白的黯淡銀光。突然，一道巨大的銀蛇從天際出現，直直地穿過了半壁天空，整個世界瞬間都被點亮了。這時，我突然發現了什麼。

我抬著頭，看著塔頂的方向。塔頂的最上方有個十分粗大的避雷針，通過埋在塔身裡面的金屬導體把雷電直直地導入地下。可這時，巨大的閃電把一切都點亮了，而從這裡望去本該十分纖細的避雷針上面，竟然有著一個物體。

世界再度點亮，我們也終於看清了針尖上的那個物體。在這種不可逾越的高度上，躺著一個人。

# 2

老張死了。

當我們走到塔底，再仰頭看向天空的時候，我們就已經確定了這一點。老張渾身焦黑，花白的頭髮被雨水沖刷得零落不堪，四肢無力地向下垂著，他的嘴角微微張著，好像是想訴說著什麼，可是他永遠沒有這個機會了。他的肚子上筆直地插著一根巨大的金屬杆，從後背一直貫穿前胸，杆上的鮮血早已被這場暴雨洗刷乾淨，可空氣中似乎總是彌漫著一股怎麼也擺脫不掉的血腥味。

我們在回到大廳後，各自回到房間洗了個熱水澡，再換了身乾淨的衣服，等我們再坐回餐桌旁時，才發現早上吃的那些東西還在那裡。我看了一眼牆上的掛鐘，才十點，可是我竟然感覺已經過了十幾個小時了。儘管洗了個熱水澡，暫時驅除了剛才那番跑動帶來的勞累，可是這幾天身上累積的疲乏，卻總是黏在身上揮之不去，讓我越發疲倦了。

施然換了身淡藍的連衣裙，潔白的小花一朵朵地點綴在裙襬的褶縐中，若隱若現。她泡了杯熱咖啡，此時正端著杯子，對著杯口哈氣。我把目光轉向了默思，不知道現在他感覺好些了沒。只見他現在躺坐在我對面的椅子上，十指交握，面無表情，不知道在想著什麼。

窗外響起雷聲，暴雨還在下著。打在窗戶上的雨點發出啪啪的響聲，如果不是這裡窗戶良好的密封性，想必這麼大的風雨，現在窗戶裡應該已經有雨水滲進來了。

「老張死了。」施然打破了這份短暫的平靜，她雙手捧著馬克杯，支在胸前，「沒有如我們所想的逃走，也沒有藏在哪個地方躲避兇手，而是被殺了。」

施然說的話像針一樣扎在我的心房上，老張死了，說明他就是繼戴虎之後的下一個目標，這也說明，兇手並沒有滿足，他還要殺人。

「兇手為什麼要殺老張？他明明沒有什麼過錯啊！如果說兇手殺害鐘北和戴虎，是因為十年前他們為虎作倀，殺害杜松和李敏是因為他們背棄了島上的其他人，那麼殺害老張又是為什麼呢？難道僅僅是因為老張最後擅自離開了？」我對此很是不理解。

「因為島上的人最後都自殺了。」默思答道。

「可這又不是老張的錯。島上的眾人要是自殺的話，為什麼老張走的時候，島上的信徒都還沒自殺？」我反駁道。

「那是因為還沒到自殺的時機。」

「什麼？連自殺都還需要時機嗎……」我頓時啞口無言了。

「沒錯，你沒察覺到嗎，他們之所以遲遲沒有自殺的原因，就是因為他們不知道當時取出白色藥丸和黑色藥丸的具體人數。因為教主雖然定下了犯上和知情都同罪的規矩，但還是有先後順序的，直接犯上的先自殺，而知情不報的後自殺。但是問題就出在當時每個人雖然能看到其他人手中拿著的藥丸的顏色，卻並不能知曉自己手中藥丸的顏色，也就是說每個人都不知道自己是否直接毒害了教主，因此在弄清事情真相之前自然不能隨便自殺了。」默思緩緩解釋道。

「可他們每個人都看到了其他人手中的藥丸啊……這樣說來很容易便弄清楚了吧。」我提出了自己的看法。

「其實你說得並不正確，你忽略了一件事，那就是眾人之間是不能交流的！也就是說即使他們每個人都知道對方手中拿到的藥丸顏色，也並不能得知自己手中藥丸的顏色，這其實是個僵局。」

「但這個僵局後來為什麼打破了呢？」我百思不得其解。

「因為老張當時說的一句話，『教主是被毒死的！』」陳默思斷然說道，「正是這句話，才啟動了一個開關，導致在過了一段時間後，眾人會集體自殺。」

「集體自殺……」陳默思的這句話頓時讓我感受到了刺骨的寒意，「那你倒說說，他們究竟在多少天之後自殺的？」

陳默思並沒有直接回答我的問題，而是轉而向管家問道：「老張，你還記得當時有多少個人拿到了黑色的藥丸嗎？」[1]

老張想了想，很快便答道：「雖然當時現場很混亂，但有意思的是我注意到了當時現場一個有趣的情況，當時拿到黑色藥丸和白色藥丸的人數恰好是對稱的，也就是說黑色藥丸和白色藥丸分別有五十粒。」

1. 編註：此處為作者筆誤，正確應為陸宇想起老張曾經說過這段話。為保留參賽作品原貌，這裡不作修改。

「默思，你這個問題有什麼意義嗎？這根本就是一個無關緊要的問題，只要有一粒，就能致人於死地，具體有多少粒有什麼意義嗎？」我向默思質疑道。

默思瞪了我一眼，接著突然笑了起來，「你不是想問我島上的人是在多少天之後自殺的嗎？那我現在就告訴你，五十天，五十天！」

「五十天？為什麼？」

「你應該問的是為什麼黑色藥丸有五十粒，島上的人就要在五十天後自殺。」陳默思提醒道。

「好，那這到底是為什麼呢？」我發現我除了為什麼，別的一句話也說不出來了。

陳默思看到我這樣，也不禁笑了出來，「阿宇，你還真的除了為什麼，都不知道怎麼說話了啊？好了，我也不說笑了，下面我們開始談正題。現在島上的人數有點多，你可能看得不是很清楚，現在我們把島上的情況簡化一下。如果島上只有一個人拿了黑色藥丸，會發生什麼事？」

我想了想，說道：「如果島上只有一個人拿到了黑色藥丸，那當他看向其他人手中的藥丸時，會發現其他人手中的都是白色藥丸，但老張又說他們之中有人拿到了黑色藥丸，這說明那個拿黑色藥丸的人不就是他自己嗎？」

這個問題還是比較簡單的，儘管回答出來了我卻並不是十分盡興，默思似乎也看出了我的想法，他說道：「你別急，阿宇，後面還有得想呢！按照你剛才的說法，這個唯一拿著黑色藥丸的人立馬就知道了自己的真實情況，所以接下來第一天的中午，他就會在懺悔石那裡自殺。緊接著，當剩下的人看到有人自殺時，就立刻明白了這個人是唯一拿著黑色藥丸的人，也就說明自己手裡拿著的並不是黑色藥丸，而是白色藥丸。這樣他們就成了知情者，雖然看到了有人拿著黑色藥丸，卻並沒有制止這件事，所以他們也是有罪的，接下來第二天的中午，他們也會集體去懺悔石那裡自殺。好了，阿宇，那你再說說當島上有兩個人拿著黑色藥丸的情形吧。」

「兩個人嘛……」這次我在腦海中仔細思考了一下。如果是兩個人，我們這裡設定拿黑色藥丸的人數N=2，我們假設就以其中一個人A的視角來觀察，A自己無非只有兩種可能，拿著白色藥丸或者拿著黑色藥丸。如果A自己是拿著白色藥丸的，那麼就和N=1的情況類似了，B會看到其他人都拿著白色藥丸，那麼他自己在接下來的第一天中午當然就會自殺。同樣B也會這樣對A假設，如果第一天兩人都沒有自殺的話，那就說明這一種情況排除了，也就是說兩人手裡拿著的都是黑色藥丸，他們會選擇在第二天中午同時自殺。剩下的知情者則會在第三天自殺。

聽我把這些說完，陳默思點了點頭，讓我繼續說接下來的情況。當N=3的時候，同樣的道理，我們接著以其中一個人A的視角來觀察，先假設如果他拿著的是白色藥丸，那麼在其他兩個人的視角裡，便成了N=2的情形了，他們必會在第二天中午就兩個人一起自殺。如果他們在第二天中午沒有自殺的話，那就說明A自己拿著的也是黑色藥丸。同樣對於其他兩個人B和C來說，也是一樣，只要第二天中午沒有人自殺，他們和A一樣，都可以同時確定自己拿著的就是黑色藥丸。於是三人便會在第三天中午集體自殺，剩下的知情者接著就會在第四天自殺。

對於N=4的情況，和前面類似，我們同樣以A的視角來觀察，如果A自己拿著白色藥丸，那麼在另外三個人BCD眼裡，就是N=3的情況了，他們會在第三天選擇自殺。如果在第三天沒有人自殺的話，A就知道自己也是黑色藥丸了。對其他三人BCD來說也是同樣的，第三天中午只要沒有人自殺，他們就會明白一切，於是第四天中午我們就會再次看到這種慘劇了。

「好了，阿宇，你可以停下來了。剩下來的其實也一樣，通過遞推，我們其實可以得出這樣一個結論，島上如果有N個人拿著黑色藥丸，那麼他們這些人就會在第N天集體自殺，拿著白色藥丸的人會在第N＋1天自殺。」陳默思總結道。

雖然在剛開始覺得默思的那個觀點很是離奇，不過在自己親自進行了一番推理後，我才稍微理解了一點，「不過默思，你這樣也只是一個不完全的歸納罷了，有更嚴謹的方法來推理一番嗎？」

「想要更嚴謹的一番推理啊，當然有，你高中應該學過數學歸納法吧，這個其實也差不多。現實$a_0=1$的情況，如果島上只有一個人拿著黑色藥丸，如你之前所討論的那樣，當老張說島上有人拿著黑色藥丸的時候，他便立刻察覺了自己便是那個拿著黑色藥丸的人，在第一天他便會自殺。也就是說$a_0=1$的情況下，命題成立。假設這個島上有N個拿著黑色藥丸的人，即$a_n=N$，在第N天過後，島上所有拿著黑色藥丸的人便會自殺。那麼當有N＋1個黑色藥丸的人，也就是$a_{n+1}=N+1$時，在每個拿著黑色藥丸的人看來，島上都確定有N個拿著黑色藥丸的人，並等待著他們在第N天自殺。而在第N天，大家都沒有自殺。所以一到第N＋1天，每個拿著黑色藥丸的人都明白了這個島上還有第N+1個拿著黑色藥丸的人——他自己。於是大家都在第N＋1天自殺了，也就是說命題在$a_{n+1}=N+1$時也成立。故命題得證，如果島上有N個人拿著黑色藥丸，那麼這些人便會在第N天集體自殺。」

聽了陳默思的這段邏輯證明，我這才心服口服了起來。沒想到還有這樣一個辦法，數學歸納法，在高中就令我頭疼的一個東西，沒想到在這裡竟然還排上了用場，我不得不嘆服了。

「不過……默思，你覺得這些信徒他們真的會自殺嗎？在他們得知自己的身分後。」我提出了一個比較關鍵的問題。

我看向了施然，希望她還是不要過於激動吧，但是她的姊姊很有可能就身處其中，所以若她一點反應都沒有，那也是極不合理的。果然，當我提到這個後，施然渾身顫了顫，她低下了頭，似乎是不願面對這個現實。

「按照現在的推測，他們還是有極大可能真的選擇自殺的。施然想必最為清楚吧，她和她的姊姊從那時開始就失去了聯繫，這說明她存活下來的可能性真的不大了。而且要說集體自殺這件事的話，也不是沒有先例。」默思看了我一眼，接著說道，「一九七八年發生的瓊斯鎮慘案，便是一起慘絕人寰的集體自殺事件。當時有一個叫

『人民聖殿教』的美國邪教組織，在教主吉姆・瓊斯的帶領下，在南美洲圭亞那的一處雨林裡建立了一個類似於烏托邦的瓊斯鎮。只不過教主吉姆・瓊斯在那裡極盡權威，驕奢淫逸，最後走投無路的時候，竟然帶領全部信徒集體自殺，最後共有近千名信徒喝氰化物中毒身亡！」

「竟然有這種慘案……」施然抬頭悲呼道。

「除了那些真的是自願自殺的信徒之外，當然也有被強迫的，他們不是被其他忠心的教徒槍殺就是強迫服毒，最後除了極少的幾個人死裡逃生外，其他人均沒有倖免於難。所以十年前，一旦五十天的期限一到，拿黑色藥丸的人就會自動聚集在一起自殺，第二天，拿白色藥丸的人自殺。就算有人不從，也肯定逃脫不了那些忠實信徒的魔爪的。到最後，島上肯定血流成河。」

最後的結果竟然是這樣……我一時也難以接受。我看了一眼正抽泣不已的施然，將頭深深低了下去。

## 3

「不過，兇手到底想幹什麼，他究竟要殺多少個人才肯善罷甘休，還是說，他非要把我們全都殺光才停手？」

我的聲音迴盪在大廳裡，像是提琴斷弦時發出的崩壞的嗡嗡聲。

「從我們來的第二天開始，杜松和李敏就接連被殺，之後，戴虎又死在了他自己的房間裡，而且現場還是個密室，再到剛才，老張就那麼不明不白地死在了避雷針上，這一切，兇手所做的這一切，究竟是為了什麼！」

話音剛落，時間又像是靜止了下來，窗外的雨聲小了很多。

「也許，我們真的都錯了。」耳邊突然傳來陳默思略顯乾啞的聲音，他還是那種身子後仰靠在椅子上的姿勢，十指交握，雙肘支在椅子兩邊的扶手。

「剛開始，我分析兇手殺人是為了某種訴求，也許他只是想要知道些什麼，通過殺人，他能在我們中間製造出一種恐慌的現象。而人在這種環境中通常很難冷靜地思考，也很難保證自己不會說漏什麼，這樣他就能通過在暗中偷偷觀察，得到他想要瞭解的東西。而事實也的確如他所料，在第一具屍體——也就是戴虎的合夥人鐘北——被發現後，而且還是以釘在十字架上的那種形式被發現的，立刻在我們之中引起了恐慌。而李敏的一句話則暴露出了戴虎和鐘北認識的資訊。」

「李敏說她曾經在碼頭上看過戴虎和鐘北站在一起。」我把李敏的這句話複述了出來。

「沒錯，正是這句話使得戴虎不得不承認了他和鐘北的身分，同時也牽扯出了他和十年前那座島的關係。」

「沒想到戴虎竟然是那座島的投資人和供貨商。」我接道。

「其實李敏說出這句話並不是一個很好的選擇，因為這則消息不僅暴露了戴虎和那座島曾經有所牽連，實際上也暴露了李敏她自己。」

「所以，緊接著她和杜松就被殺了？」

陳默思點了下頭，接著說道：「不過我倒是覺得兇手在一開始就打算先殺了他們兩個，只不過李敏說出那句話，讓兇手更加確定要殺他們罷了。李敏的那句話揭穿了戴虎的身分，那麼接下來兇手要做的就是要戴虎來揭穿李敏的身分了，而方法很簡單，只要殺了她便可。只要杜松和李敏死了，我們肯定想要知道兇手為什麼要殺這對夫妻，而之前李敏也說了她看到過戴虎之類的話，所以戴虎搞不好對他們的什麼是知情的。最後結果也很明顯，戴虎說出了兇手想要知道的事情，這也很合乎情理，杜松、李敏這對夫妻已經死了，戴虎也沒有必要再為他們保守什麼秘密了。再加上施然偶然找到的那張信紙，我們也更加接近了事情的真相。」

「那麼下一個，就要輪到戴虎了。」我提醒道。

「沒錯，戴虎的死要怪就怪他話說得太多了。他把什麼都說了出來，在兇手看來，他已經沒有什麼利用價值了，於是在第五天，戴虎也被殺了。這樣一來，除了失憶的方遠和毫不知情的施然，唯一可能知道當年那件事的就只剩下了老張了。老張雖然承認自己去過島上，但是只說自己是個被雇去的廚子，並不知道什麼事情。可正如我當時所分析的，老張的那番話破綻太多了，我相信兇手也一定是發現了這一點，才決定讓老張一直留到後面的，他覺得老張知道的肯定不止這些。」

「而在我們的詢問下，老張終於把剩下的事情也說了出來，然後他就被殺了，這麼說不是我們害了他嗎？」我心裡突然產生了一些內疚。

「可能吧。」默思說道，「不過我想就算我們不問，兇手也一定會有其他辦法的吧。只要來到了這座島上，就不要抱有要保存著什麼秘密的想法，我想他們在來到這座島之前，應該都已經有這種覺悟了吧。只不過相對於結局而言，我們輸得實在是太慘太慘。」默思說完突然苦笑了一下，「其實我早該料到如此的。」

「什麼?!」我驚叫道，「你說你已經知道了？」

陳默思搖了搖頭，說道：「我的意思是我早就預料到了老張的死，可還是不能阻止它。你還記得聖經中提到的四種死刑嗎？」

我點了點頭，回憶了起來，之前老張提到過，聖經中提到四種死刑，分別是用石頭砸死、勒死、斬首以及燒死。

「那現在你應該知道這其中代表的含義了吧？」

「勒死、砸死、斬首、燒死……」突然間，我一下子明白了過來，這不就是後面四位死者的死亡方式麼！我瞪大眼睛看著陳默思，說道：「杜松是被勒死的，李敏是被砸死的，戴虎是被斬首了，而最後被殺的老張是被放置在避雷針上，被雷電劈得渾身焦黑，也算是被燒死的了。兇手的作案，其實就是在模仿聖經中死刑的處刑方式！」

我一說完，施然驚叫了起來，她一臉的不可置信。不過現在至少弄清楚了兇手的作案規律，而且我們同時也鬆了一口氣，如果真的是這樣的話，兇手應該就不會再殺人了。唯一一個不同的是最開始被害的鐘北，他是被釘在了十字架上，難道只是為了模仿耶穌被害的場景嗎……

我心裡此時湧出了一個可怕的想法，耶穌在被釘在十字架上三天後，從墳墓裡復活了，那麼鐘北呢？他會不會也還活著！換句話說，兇手會不會就是鐘北！他偽造了自己被釘在十字架上的假象，這種假死的方法正是為了他以後的作案能夠成功擺脫嫌疑。

「不會的。」陳默思斷然否定道，「屍體雖然已經過度腐爛了，但面部形貌還是能夠分辨出來的。在最一開始，也是戴虎認出了鐘北的。而且，鐘北根本就沒有和我們一起來這個島上，他偽裝假死，根本沒有意義。」

「那……兇手究竟是誰呢？」施然突然問道。

施然的話讓我們的討論再次陷入了膠著的狀態，而且一提到兇手，就必定逃不開一個話題——兇手在不在我們中間，這也是我一直不願面對的理由。

陳默思看了施然一眼，說道：「首先，我們要判斷一下是不是有外人作案，就像我們之前所推理的那樣，整個小島一片荒涼，一處遮擋的地方都沒有，要說能藏一個活人，還真的很難想像。再說到我們所居住的塔裡，這些天相信我們也搜遍了，也根本就沒有什麼密室之類的東西，所以外人藏在塔裡也基本不可能。那麼我們就可以先排除外人作案的可能性。我們來看看兇手會不會是已經死去的幾個人之一，我們第一個要做的，就是排除假死的情況。第一個死的鐘北，雖然屍體已經過度腐爛了，但還是能夠分辨出人形的，再加上之前的分析，他根本就沒有和眾人一起上島，所以假死的意義不大。而接下來的杜松是在床上被勒死的，他的屍體現在還躺在床上呢。李敏死的時候你們也看到了，屍體慘不忍睹，不過她的面孔還是可以看清的，死的人的確是李敏。雖然剛剛我們在外面的時候發現她的遺體不見了，可這並不能說明什麼問題。」

「第四個死去的就是戴虎了。」我接著說道，「這也是死的幾個人裡面死得最為蹊蹺的，不光屍體沒有頭部，而且之後他的屍體突然之間就消失不見了，這也是很值得懷疑的地方。會不會這就是最為傳統的無頭屍詭計——調換身分呢？」

陳默思搖了搖頭，「其實他這樣做的意義也不大，無頭屍詭計，也就是兇手找一個替死鬼，穿上自己的衣物，再將其殺害，來偽裝自己已死的假象，這樣就能成功擺脫嫌疑，並且在之後能夠有充足的作案時間。但這種做法一般都是在最開始就要使用了，而戴虎是第四個才死的，他後來再採取假死這種做法，其實是有點奇怪的。在之後採取假死的方法，而沒有在一開始就拋棄自己的身分，一般都是由於這個身分對於他作案很有幫助。但現在的情況是，就算是戴虎他自己，也很難完成之前的幾個案件。所以說，這種假死的做法，其實是沒有意義的。」

「確實……」我若有所思地點了頭，「最後就是老張了，雖然沒有看清面孔，但相信具有屍體身上這些特徵的，這座島上除了老張也沒有別人了，而這具屍體現在正掛在塔頂的那根避雷針上。」

陳默思頓了頓，接著說道：「所以說，對於已經死去的五個人，我們幾乎可以完全排除假死的情況，也就是說他們不可能是殺人兇手了。接下來我們就要考慮兇手是不是老張，他在殺了其他人之後，又自殺了。且不說他自殺後屍體怎麼會跑到那麼高的塔頂上去的，單說他自殺的原因，就根本說不通。如果說是老張覺得自己要瞭解的都瞭解完了，所以才自殺的，可是這完全沒道理，後來我們所瞭解到的事，其實都是老張自己說的。如果說是因為我的那番推理，導致他自殺的，這麼說確實合理，但是這樣的話他也完全沒有去殺害其他的人啊？所以說不管怎麼說，這都說不通。排除了這些，那麼剩下的就是我們這些還活著的了。而現在剩下來還活著的，就是我們四人，我，陸宇，施然還有方遠。雖然我一直不願意說明，但很有可能的是，兇手就在我們當中。」

儘管我不願面對，但現實就在你面前，你毫無退路可言。我看著一臉嚴肅的默思，又看了一眼沉默不語的施然，心裡頓時感到了一種前所未有的壓力。

「你們也不要有壓力，雖然要提高警惕，但想得太多其實也不好。現在我們要確定兇手，還為時尚早，因為還有太多太多的問題沒有解決。只要有這些問題在，還妄想著找出兇手，實在是天方夜譚。」

「哪些問題呢，默思？」我問道。

「四椿不可能犯罪。」默思答道。

「四椿……你是說後來死的那四個人？」我在心裡急速回想了一下，雖然在這些案件發生的時候，默思確實也提到了一些不可能發生的事情，但現在一起疊加了起來，我的腦子已經被攪成了一罐糨糊了。

「默思，你能具體說說嗎？」施然這時也說道。

「第一件不可能犯罪，是杜松的死，不可能犯罪的原因是所有人都有不在場證明。你們應該還記得吧，杜松的死亡時間在當天早上的八點到十點，但是當十點多阿宇和施然一起去四樓送食物到他房間的時候，打不開他的房間，也就是說那時候他的房門是上鎖的。而且這裡的房門從外面並不能直接就鎖住，只能從裡面鎖或用鑰匙在門外鎖才能鎖住。當然死者杜松自己是不能從裡面把房門鎖上的了，房間的窗戶也是被鎖好的，也就排除了兇手在殺人後從裡面鎖好房門，再從窗戶逃走的可能了。這也就是說兇手在殺害了杜松後，還用鑰匙將房門鎖了。」

「確實，當時我們就推測兇手是有鑰匙的人。」我說道。

「而有鑰匙的無非就是兩個人，一個自然就是杜松的妻子李敏，另一個則是有備用鑰匙的管家老張，他們也都說鑰匙是一直都在自己身上的。但是施然的證詞起了很關鍵的作用。施然當時說當天的早餐是她和老張一起準備的，從七點多，老張就一直沒有離開過施然的視線。當施然回房取書的時候，我和方遠都已經下來了，所以老張這時候也沒有時間下手。綜上，老張也有了自己的不在場證明。那麼剩下的就只有一個人了，那就是李敏，李敏當時是九點半左右才下來的，雖然她聲稱自己一直待在自己房間，可之前根本沒有人為她作證。然後……」

「然後嫌疑最大的李敏死了。」我接著說道。

「沒錯，李敏一死，整個案子就變得撲朔迷離了起來，大家都有不在場證明，沒有一個人能殺得了杜松。如果兇手真的能做到的話，這就是一樁不可能犯罪了。」陳默思緩緩說道。

至於第二樁不可能犯罪，自然就是李敏的死了。李敏死的時候，大家同樣都有不在場證明。李敏是在我們發現她的前一天晚上死的，也就是她跑出去的當天。但是除了病倒在床上的我，當天除了一起出去找李敏的那段時間，其他時間大家都是待在一起的，根本沒有時間去作案。也就是說作案時間只能是在一起出去尋找李敏的那段時間了。但麻煩的是，就算在這段時間裡，由於種種巧合，我們又都有不在場證明。在李敏跑出去後，眾人分四個方向去尋找了，陳默思和方遠是向東邊去的，老張、施然和戴虎分別在北邊、西邊和南邊尋找。而第二天屍體是在東邊被發現的，也就是說李敏遇害的第一現場就是這裡。而東邊是陳默思和方遠兩個人一起去的，彼此之間都沒有離開過對方的視線，所以兩人中的任何一人都根本沒有時間下手。再來討論其他人偷偷跑到東邊的可能，首先是管家老張，他上了年紀，腿腳不便，當時我們大概是接近六點出去，半個小時後天黑了我們就回來了。這麼短的時間，只夠我們走一個來回的路，中間根本沒有多少停留的時間。而陳默思當時也留意了一下，老張和戴虎離開他視線的時候，都已經在各自的方向上走了很遠了。至於施然，又有我給她做的一個不在場證明。

在我昏迷的過程中，曾經醒過來一次，當時我看了一眼房間裡的掛鐘，正是下午六點，而我通過窗戶看到遠處的施然。而我的房間在七樓，房間裡的窗戶全都只朝一個方向，那就是西邊。當時正好太陽將要下山，我剛看向窗外，就看到了施然。所以說，施然根本沒可能有時間去東邊。

「所以，通過一番排除，所有人又都沒有了作案的可能，全都有著不在場證明。」陳默思這時總結道，「所以說，這是第二樁不可能犯罪。」

「接下來就是第三樁不可能犯罪了，戴虎的案子……」一提到這個，我就想到了那個膠帶密室，以及之後被推翻的那兩個解答。

沒給我一點思考的時間，陳默思又繼續說道：「這件案子可以說是所有案子裡面最為複雜的，它可以說牽扯到了三個不可能事件——不可能逃脫，不可能穿越和不可能消失。不可能逃脫就是指的那個膠帶密室，房間裡的房門和窗戶都被膠帶完全封死，但死者戴虎卻死在了裡面，兇手不翼而飛，這就是不可能逃脫事件。接下來房間裡的燈突然滅了，雖然只有幾秒鐘，但死者戴虎的屍體卻消失了，房間裡唯一的變化就是那扇被打開的窗戶。而更重要的是，窗戶只能打開一個很小的縫隙，以死者戴虎的體型是根本不可能穿過去的，這就是不可能穿越的由來。但就算戴虎的屍體穿過了窗戶，可接下來竟然就消失不見了，塔底也沒見到戴虎掉下去的屍體，這就是第三件不可能事件——不可能消失。」

「三件不可能事件……默思，聽你這麼一說，我真的快要頭大了……」

「別急，我們這裡還有第四樁不可能犯罪——管家老張的死。在我眼裡，老張的死才真是最最離奇的一樁不可能犯罪，要用怎樣的手法，才能把老張殺死在那麼高的塔頂！要知道，塔裡可沒有什麼直接通往塔頂的通道，雖然有一個天窗，可天窗距離地面還有兩個人的高度，要讓兇手還帶著屍體在不借助任何攀爬工具的情況下爬上去，也幾乎不可能。而通過外側呢？島上也沒有任何可供攀爬的工具來爬上塔頂，更不要考慮什麼推理小說裡出現的直升機、熱氣球等工具了，這裡可是個荒島！任何現代科技都不可能在這裡出現。可老張的屍體就那麼硬生生地出現在塔頂上，像是兇手對我們的挑戰，他在嘲諷我們的無力，嘲諷我們也即將被他無情毀滅的宿命！」

「難道真的是宿命嗎……」

窗外的雨仍然在下著，不時劃過的一道閃電在窗玻璃上投上明暗交錯的影子。我搖了搖發昏的腦袋，呆呆地望著大廳裡的其他兩人。

# 夢境6

一切都是這麼混沌，眼前的白霧絲毫沒有散去的樣子。我的夢境，破碎的片段，一切都源於十年前的那起事件，十年前的海島，十年前的巴別塔，那裡究竟發生了什麼？

夢裡出現的那個小男孩，就是我嗎？還有那個姊姊，又究竟是誰？頭腦一片混亂，什麼都想不起來，這些夢境每晚每晚折磨著我，好像總是就差那麼一點點，我就能找出事情的真相。然而，也正是那麼一點點，永遠都像是被刻意塗改過的樣子，思考的線路總是在那裡就斷掉了。

每次一到關鍵的地方，那場大火，那些呼喊聲，就出現在我的腦海裡。它們折磨著我，讓我渾身痙攣，再從夢中驚醒。不過這些傷痛，都阻擋不了我，我一定會找出十年前的真相，尋回自己的記憶。

記憶中的爸爸，媽媽，還有那位姊姊，請你們相信我！

# 第六章——推理

## 1

第八天了。

昨晚我一夜都沒睡好，現在頭昏昏沉沉的，望著前方的大海，我簡直都有了跳下去的衝動。現在我們三人正坐在海岸的礁石上，等著那虛無縹緲的船隻出現。海浪一陣接著一陣，拍打在光禿禿的礁石上，濺起的水花向岸上飛了過來。我雙眼緊緊盯著海天交界處，期待著有一個陰影出現，這個陰影會逐漸變大，緊接著發出螺旋槳的轟鳴聲。然而，我的希望一直在破滅，除了海浪和海邊不時飛過的海鷗，連一點別的動靜都沒有。

我終於放棄了，雙手抱頭仰躺在身後的礁石上。凹凸不平的石塊把我的後背硌得生疼，可我還是不願意挪動一下，只想這麼待著，身體沉重極了。我的目光掠到了坐在一旁的施然身上，她正在把髮圈從紮好的頭髮上褪下來，海風一吹，那絲絲秀髮頓時便順著風飛舞了起來，美麗極了。

「阿宇，你這小子又在亂看什麼呢？」坐在前邊礁石上的陳默思突然向我打趣道。

我頓時臉一紅，便有點結結巴巴了，「沒，只是想最後看幾眼施然罷了。」雖然已經盡量讓自己保持心平氣和了，但聲音很明顯還是在顫抖著。

施然顯然是聽到了我這句話，回過頭看了我一眼，衝我微微一笑。

「可是，這船，不知道還會不會來啊！」陳默思向前面的大海扔了一顆石塊，白色的水花一閃即逝。

「會來的。」我看了一眼施然，十分肯定地說道。

陳默思「哦」了一聲，饒有趣味地打量了我幾眼，便不再說話了。是的，我內心裡是十分期望船會來的，一方面是為了自己，另一方面也是為了施然，我不希望她出什麼事。她在這座島上已經經歷了夠多，不應該再讓她去承受什麼了。

可是希望也永遠只是希望，船還沒有出現，這個希望便永遠有著破滅的可能。

「對了，方遠怎麼樣了？」默思突然向我問道。

「還好，昨天我去看過他後，便一直在睡著。」我如實說道。

「哎，這個孩子，當初他可是那麼激情澎湃，我們才陪他一起來的，可到了這裡之後，反而就沒怎麼聽他說過話。現在更好，直接病倒了。」默思看了看自己手裡的小石塊，接著把它扔了出去。

「也不知道方遠有沒有想起什麼，來到這裡後，我們先後聽其他幾個人講了那麼多，十年前島上發生的事情，已經基本上全都清楚了。然而方遠，看起來並沒有好多少，反而……像是陷入了更深的痛苦之中。」我想起了方遠那晚突然奔跑出去的場景，還有後來暈倒在地的情況，心裡便不禁產生了一絲同情。

「沒事的，你別看他一直不說話的樣子，方遠那孩子堅強得很呢！這次他也只是陣痛，估計過段時間他就會好了。」陳默思盡量把語調放輕，顯得輕鬆一點。

「不過，那個故事，真的就那麼結束了嗎？」雖然心裡很清楚，那個島上的結局絕對不會是什麼好的消息，但每次一想到這，一想到那上百條人命的逝去，心裡就隱隱作痛。

「不過總算也有一個好的結果，畢竟方遠當時逃出來了。」

「是啊！」我回頭看向了塔的方向，在晴朗的天氣下，整座塔都沐浴在陽光的照耀下，發出白色的柔和的光。

「是啊，還好有方遠逃出來了。」施然也突然感慨了起來，「每當我看到方遠的時候，我就彷彿看到了我姊姊，不知道為什麼，他們兩個明明如此不一樣，甚至可以說是截然相反，我姊姊是個開朗活潑的女生，而方遠則是一個看起來沉默寡言的甚至於內心有點封閉的小男生，可是有時候，我就那麼看著他，有時甚至有種我姊姊還活著的錯覺。」

施然擦了一下有些濕潤的眼角，繼續說道：「小時候，我姊姊總愛帶著我出去玩，可我呢，有時玩得瘋了，經常就會把自己的衣服弄髒，回家自然少不了爸媽的責罵。可這時候，每次姊姊都會出來替我說話，而且把責任都推到自己身上，還幫我洗衣服。有一次，姊姊不在家，我自己跑出去玩了，結果一下子竟然迷了路，找不到家。當時天已經黑了，我獨自一人坐在公園的長椅上哭，這時姊姊出現了，她把我抱起來，親著我，一路上還說了很多話。雖然我現在都記不清了，可我知道，我只有這一個姊姊，所以我發誓我一定要找到她去世的真相。」

「那現在妳找到了嗎？」我問道。

「找到了，可心裡卻沒有一點輕鬆的感覺。」施然用她那紅腫的眼睛看了我一眼，接著說道，「當父母告訴我姊姊已經去世的消息時，我甚至都沒有哭出來，因為我的心裡是不願承認這一事實的。在我來到島上後，就算我心裡知道，姊姊已經死了，可我就是不願意承認！是這種執念一直支撐著我，我才來到這座島上，來探尋十年前的那個真相。可當我越來越接近那個真相的時候，我反而感覺害怕了起來。我怕知道真相，我怕姊姊真的不在了，我怕姊姊不要我了。」

我看向施然，她已經淚流滿面，可她還是堅持說了下去，「現在的我，其實真不知道該怎麼辦了。知道了真相的我，還有什麼動力活下去呢？有時我甚至想到，就讓那個殺手來殺了我吧，讓我去找我的姊姊，這樣我們就能永遠不分開了……」

沒想到施然竟然會有這樣的想法，我一時也說不出話來。施然心裡的悲痛我十分清楚，所以這段時間我對她的狀態也一直很在意，雖然她表面上強裝堅強，可內心裡已經快要被壓垮了。而我，竟然一點也不知情。

我輕輕地拍了拍施然的後背，想給她一點安慰，當我的手掌剛碰到施然的時候，她就徹底嚎啕大哭了起來。我收回手，放在盤坐著的膝蓋上。

「阿宇，你說現在看著這座塔，再看看我們盤坐在這裡的樣子，是不是就有點像他們信徒禱告的樣子？有時候，我就在想，就算過著那種每天單調如一的日子，其實也不賴嘛！總比現在這樣每天提心吊膽的好。」默思苦笑著說道。

我也苦笑了一聲，說：「那也得拿本聖經，而且不光得有這個，塔上還得再弄個木板，上面寫幾個字，這樣我們才能知道要讀哪個地方嘛！」也許這時候也只能這樣苦中作樂了，我想到。

可沒想到我一說完，默思臉上的表情就瞬間僵住了。

「你沒事吧，默思？」我擔心道。

「沒事沒事，你先扶施然回去休息吧。」默思愣了一下，緊接著看了施然一眼，又轉過了頭，不知在想著什麼。

我看了看又發起呆來的陳默思，扶起了一直抽泣不已的施然，轉身向塔的方向走了過去。

等我回來時，陳默思還坐在那裡，似乎連坐的姿勢都是一樣的。我看了一眼海面，此時風浪已經小了一點，還是連一點船的影子都沒有。

「默思，你剛才那是怎麼了嗎？還是說你想到了什麼？」我找了個比較平坦的地方，坐了下來。

「阿宇，你有沒有發現，漲潮了。」默思的眼睛一直盯著眼前的水面，我也看了過去，海水隨著海浪湧過來，拍打在岸邊的礁石上，接著又隨著海浪退去了。不過仔細一看，好像水面是比剛才高了一點。剛才還凸起在外面的一個尖尖的石塊，此時已經有一半都沒在水面之下。

「確實，不過這又怎麼了嗎，默思？」我還是沒有明白陳默思說這句話的意思。

「你還記得杜松在那張信紙上寫的故事吧？」默思突然又提起這件事。當時在我和施然發現這張紙後，我們隨後也把這張紙給陳默思看了。

我點點頭，隨後問道：「怎麼了嗎？」

「那上面提到了一件離奇的事。他們這些信徒每天早上都會來到巴別塔前面靜坐，然後禱告，而禱告的內容就是閱讀聖經上面的某一章節，這個則是由塔頂的一塊木牌來提示的。每天早上，這塊木牌上都會被寫上不同的字元，根據這些字元，信徒們會知道要閱讀哪個章節。但是杜松在那封信上也提到了，這其實是一件很離奇的事。木牌在接近塔頂的位置，而塔高將近三十公尺，塔的表面十分光滑，塔的內部也沒有通道，村莊裡也沒有具有那種高度的類似扶梯的工具，但塔頂的木牌上面的字每天都會改變，這不得不令人感到奇怪。」

確實，杜松當時在信裡確實提到了這個，不過我當時根本就沒注意，完全給忽略掉了。現在默思再次提起這個，我又想了起來。

「那這個究竟是怎麼做到的呢？默思你有什麼想法嗎？」

「想法就在我們的面前——這些海水。」陳默思的話很簡單。

「海水？」

「沒錯，剛剛我也提醒你了，這段時間海水正在漲潮。而我想說的，關於那個塔的秘密，也在這裡。而且，剛才我們說的那句話中，其實有一個是錯的。」

「錯的？哪個？」我問道。

「我們剛才說了村莊裡沒有一個高度接近塔的工具，但是這是有問題的！其實有一個工具，是有這樣的高度的。」

「什麼工具？」

「船。雖然島上沒有這樣的工具，但海裡有啊！杜松在信裡提到了，他們用於採辦貨物的船是一艘不是很常見的帆船，而既然還能搭載供全島上百人一個月生活的日常用品，想必不是什麼很小的船。而且杜松也說了，這艘船也有三十公尺左右長，通常而言，船帆與船體長度不會差得很遠，這樣既能保證船不翻，又能保證最大的航行效率。也就是說船帆也是三十公尺左右，那麼主桅杆的高度就也是這樣了。」

「你是說可以通過桅杆爬上去？這不可能吧！先不說這麼做的難度有多大了，再說雖然塔高三十公尺，而桅杆高度也三十公尺，但是還有岸的高度呢！杜松的信裡描述的海岸可不像我們這裡這麼低的。」

「漲潮。這就是他們要等到每天晚上才去改字的原因了，晚上海水上漲，等達到最高點的時候，這時候只要有人爬上桅杆，自然就能搆得到塔頂的木牌，然後去換字了。」

「等一下，默思，還有一個問題。那個木牌是位於面向島內的這一側的，就算有人爬上了桅杆，可是船也是在海面上的啊，而塔的直徑也那麼大，他就算達到了這個高度，也不可能伸手搆到另一邊的吧？」我發現了這裡的問題。

「哈哈，沒想到還是被你發現了！沒錯，這裡確實是一個問題，不過呢，同樣可以解決。既然爬上去也搆不到塔的另一邊，那就讓那一邊自己轉過來啊！」

「什麼?!」

「阿宇，你聽過潮汐發電嗎？知道它的原理吧。其實很簡單，海水漲潮了，勢能便增大了，我們只要把這些勢能儲存起來，再轉變為動能，便能發電了。這裡也一樣，我們同樣可以利用潮汐來使塔自己旋轉。塔是建在海邊的，我們只要在塔身之下建一個類似於潮汐發電的裝置，通過海水的漲潮落潮來獲取能量使得塔轉動起來。每天晚上，海水漲潮，發電機儲存能量，海水落潮，這部分儲存起來的能量被釋放掉，用於塔的旋轉。而整個過程中，所有的能量剛好夠塔旋轉一整圈，只要那人在桅杆上等著，就總能等到剛好翻轉一百八十度的時候，這時候他就可以接近木牌，更改上面的字元了。之後，塔繼續旋轉，最後恢復原狀。」

「竟然是這樣……」我不禁被默思的這個想法驚呆了，整個推理過程簡直是異想天開，「不過這個教主為什麼要這麼做呢？這麼麻煩的事情……」

「教主要是嫌麻煩，也不會每週都要費盡心思製造各種神蹟了，最後還搭上了性命。他的主要目的恐怕就是通過種種不可思議的事來使自己顯得更加神秘，更加深不可測吧！而且，巴別塔的本來意思就是變亂的意思，這樣的設計，也可謂暗中契合了。不過……」默思話鋒一轉，說道，「不過教主的這個想法，卻被某些不懷好意的人給利用了，從而導致了我們現在的局面。」

「你是說……我們現在的這個局面也和這個有關？」

「沒錯，我已經解開所有的謎題了。」陳默思擲地有聲地說道。

## 2

海風很大，我漸漸感受到了一股涼意，下意識地裹緊了衣衫。

「默思，真的嗎？你解開所有謎題了？」我生怕剛剛聽錯了什麼。

「沒錯，正是這樣。」

「那兇手你也知道是誰了？」

「當然，不過也別急，我們先來看第一樁不可能犯罪——杜松的死。杜松的死亡時間是早上八點到十點，而當時杜松的房間又是被鎖上的，所以兇手就只可能是拿著鑰匙的李敏或老張了。但老張根本沒有作案時間，而李敏又成了下一個受害者，所以我們完全陷入了一個困境。但其實我們都進入了一個意識誤區，要找到有作案時間的人很簡單，剩下的所有人都有作案時間啊！」

「但其他人都沒有鑰匙啊……」我對此還是持懷疑態度。

「錯，其實是有鑰匙的，你想想，鑰匙除了在李敏和老張身上，還會在誰的身上？」默思向我問道。

「不是只有兩把鑰匙嗎，別人身上怎麼會有……」

「你錯了，其實我們每個人身上都有鑰匙！只不過是我們自己房間的。」

「你這不是廢話嗎？我們當時開的可是杜松的房間，沒有他房間的鑰匙，其他人怎麼可能把門鎖上……等等，你是說我和施然當時去的不是杜松的房間？」

「沒錯，我就是這樣想的。」陳默思一臉輕鬆的表情。

「這不可能，我可以肯定，我們當時去的就是杜松的房間。我知道你的意思，你是想說我和施然當時被誤導了，其實我們去的是另一個房間，或者說就是兇手自己的房間，他當然有自己房間的鑰匙了，所以我們其實是打不開兇手的房間，而被誤導成打不開杜松的房間了。這樣一來，兇手就有了不在場證明了，因為他根本沒有杜松房間的鑰匙，所以自然在一開始就被我們排除了嫌疑。但是，默思，我想告訴你的是，這是不可能發生的事，因為我可以確定，我們當時去的確實是杜松的房間。」

「哦？那你給我說說你怎麼個確定法？」

「首先，你也知道，我們這裡的房間其實不多，每層只有一個房間，而我可以肯定我當時去的就是四樓。因為我當時上樓梯時是仔細數了樓層的層數的，我們當時上了三層樓，也確實經過了三個樓梯口，所以是不可能弄錯的，我們當時確實在四樓。而四樓也只有那一個臥室，我們可以確定那就是杜松的房間。」

「哦，如果我說你還是弄錯了呢？」

「不可能！」我斷然否定道。

「好，那我們現在就來好好說說。」默思把身子轉了過來，看著我說道，「你自以為以你的方法可以確定樓層，但其實你恰恰是被誤導了，如果我們當時所在的是二樓呢？」

「二樓？這更不可能了！」我對默思的驚奇言論感到十分震驚。

「你別急，後面我自有解釋，如果先假定當時我們都在二樓，那麼你數了三層之後，就根本不是四樓了，而是四樓上面的五樓！」

「好，那你說說，我們怎麼就在二樓了，先不說我們下樓的時候，我們怎麼會全都走錯了集體來到二樓，我們後來還從大廳的正門走出去了，這就說不通了吧！默思？」我把不合理的地方一一列出。

「好，我先來解答你的第一個問題。就像你所說的，我們這裡的每層樓都沒有標明樓層數，所以上樓的時候必須要仔細地數自己上了多少層才行，才能避免自己不會上錯樓。但有一個人可以例外，那就是戴虎，他在頂樓，所以根本不需要數樓層數的，只要走到頂就行，前面沒樓梯了，自然就意味著他走到最高層了。按這個道理，我們下樓也一樣，你們下樓來到一樓的時候，就從來沒數過樓層數吧，那是因為根本不需要這樣做，走到前面沒樓梯了，自然就到底了。所以我說的使大家都來二樓，其實方法很簡單，只要把通往一樓的樓梯用什麼東西簡單遮擋一下就行。大家見到前面沒樓梯了，自然就以為到了一樓了，再加上他們走進去一看，大家都在，而且和一樓也沒什麼兩樣，根本連一點懷疑的可能都沒有。」

「默思，照你這樣說的話，那住在二樓的管家老張怎麼解釋，還有那些餐桌……難道你是想說老張就是兇手？」

陳默思搖了搖頭，說道：「沒錯，老張確實是知情者，但他並不是兇手。他可能只是收到了塔主的指示，讓他在這一天早上把餐廳移到二樓，讓大家一起來二樓用餐，可是具體是為什麼，他便不得而知了。」

「可即使這樣……二樓畢竟是二樓，雖然空間也很大，但明顯還是和一樓大廳不一樣的吧！」我想都沒想便反駁道。

「好，那你再仔細回想一下兩個樓層的結構，把簡圖畫在這裡的沙灘上。」陳默思

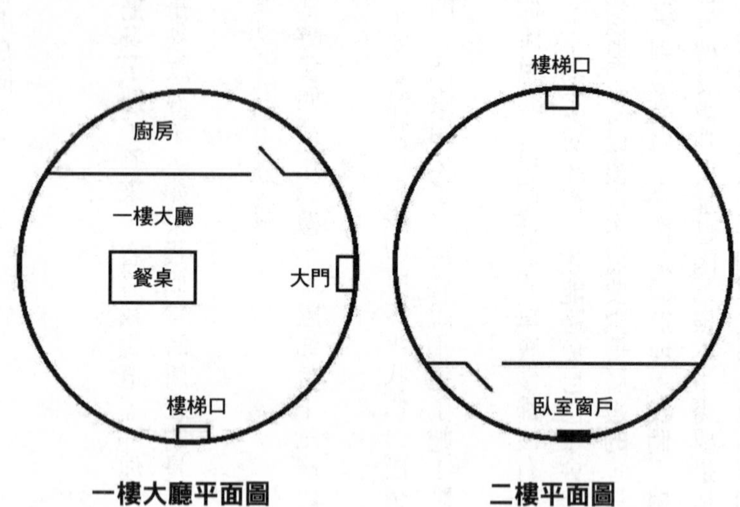

一樓大廳平面圖　　二樓平面圖

向我建議道。

我仔細回想著一樓大廳和二樓的情形，一樓大廳待的時間挺長的，所以具體情況記得很清楚。但二樓就不一樣了，我只是在查看管家老張的臥室時，才進去那裡看過，只看了一遍，所以並不是很清楚，但最後好歹總算是畫出來了。看著沙子裡逐漸顯露出來的兩個圓圈，我最終完成了草圖。

「畫好了，怎麼樣，默思？」看著眼前的兩幅草圖，我對自己的繪畫水平還是挺自豪的。

「確實挺好。」陳默思也點頭稱讚了起來。

「所以，默思，你也知道了吧，你看，最明顯的，樓梯口的位置，一樓的是在南邊，而二樓的是在北邊，這兩個地方明眼人一下就看出來了，我們怎麼可能會分辨不出來一樓和二樓的差別。」

「你再仔細看看，你沒發現什麼問題嗎？」默思笑著說道。

「問題？」我再次仔細觀察了起來，「等等……竟然是對稱的！」我突然發現了這個問題。

「沒錯，正是這樣！一樓和二樓的平面圖其實是呈中心對稱的！只要我們把二樓繞中心旋轉一百八十度，基本構造簡直就能和一樓重疊了！只要再在西邊加個大門，中間擺個長桌，就完全可以欺騙眾人的眼球。」

「但要選擇一百八十度……啊，你的意思是，這個塔……也能旋轉？」想到這一點，我的眼睛突然亮了起來。

「就是這樣的！既然十年前那個島上的塔可以旋轉，那我們這個塔又為何不行？如果塔旋轉一百八十度的話，二樓位於西邊的大門就轉到了東邊，這就和一樓一模一樣了，後來我們再通過這個大門跑出去發現門外的屍體，同樣的方位，所以我們也根本不會發現什麼問題！」

「但默思，按照你這樣說的，我們還是沒有解決一個關鍵的問題啊，我們既然在二樓，那又是如何從二樓的門跑出去的呢？難道不會掉下去嗎……」想到這裡，我竟然有點害怕。

「不會，阿宇，你貌似還忘了一件事，除了會旋轉，我們這座塔其實還有一個特性。」

「什麼特性？」經過這一番討論，我的思維漸漸有點跟不上了。

「我們在談論膠帶密室的時候發現的，當時正處在正午，然而我卻在你的房間裡發現了陽光，由此我得到了一個結論——這座塔是傾斜的。」

「沒錯，確實是這樣的，但和這裡有什麼關係嗎？」我還是沒想通這其中的關聯。

「你看一下這個。」陳默思說完，就開始在沙灘上又寫寫畫畫了起來。我仔細一看，是兩個平行四邊形的形狀，可是由於還沒畫好，我也不知道畫的到底是什麼。

「好了！」沒過多長時間，隨著默思一聲令下，我看向了那兩個圖形。

「左邊是正常情況下的巴別塔，右邊是繞中軸線旋轉了一百八十度之後的塔，你能發現兩者有什麼不同嗎？」陳默思指了指沙子上顯示的兩幅圖，向我問道。

「二樓的門被轉到了一樓！」我大聲驚呼了起來，急忙問道，「默思，你是怎麼做到的？」

「沒有什麼特別的，就是旋轉了一下。在正常情況下，如果一座塔是直立的，繞中軸線旋轉一百八十度並沒有什麼問題。但如果塔是傾斜的，情況就完全不一樣了。塔身是傾斜的，這就說明中軸線也是傾斜的，如果塔旋轉的話，實際上是繞著一個傾斜的軸線在旋轉，而地面又是水平的，這就導致了一個我們之前討論過的一個類似的問題。」

「你是說我們在討論房門傾斜的時候？」

「沒錯，正是那個。當時我們就說了，房門如果是傾斜的，那在旋轉的過程中，房門

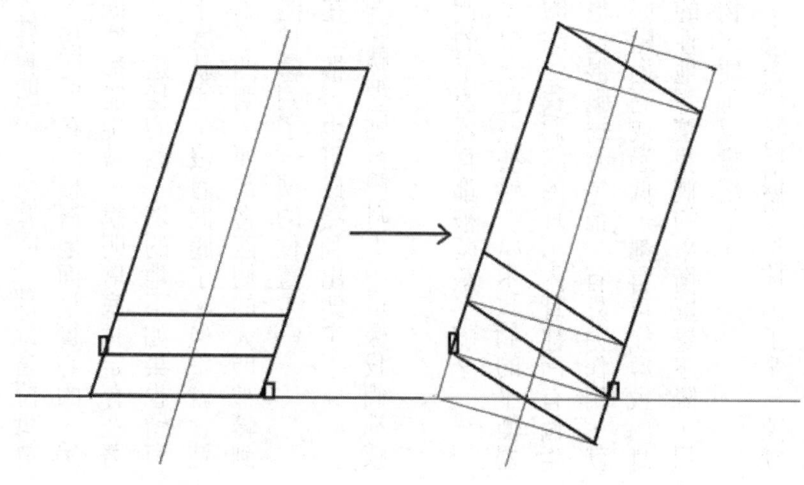

與地面是會發生摩擦的。這裡也是一樣，如果塔身旋轉的話，塔底的一部分會降低高度，與地面也會發生碰撞。但幸好與房門不同的是，房門所在的樓層地面是實心的，房門沒有機會沉入地底。但塔身就不一樣了，塔本身既然都能旋轉，說明塔底肯定存在著一個特殊的結構，而不是我們通常意義上的實心地基。這樣的話，塔的地下如果也留有可以容納一部分塔身的空間，塔身整體旋轉一百八十度就完全沒有問題了。但這就會造成一個很大的改變，原本一樓位於東側的大門被轉到了西側，而二樓西側的大門被轉到了東側，並且更需要注意的是，原本位於二樓的大門被轉到了一樓的位置！」

竟然是這樣！如果這樣的話，那我們當時即使在二樓，也可以順利出門了！

「但是默思，你這樣做的話，本來是水平的地面就被旋轉傾斜了，這樣我們都感覺不到嗎？」

「確實，我們確實會有一些不適應。但如果我們的平衡器官都被蒙蔽了呢？」

經過陳默思的這番解釋，我才大概瞭解了一些這方面的知識。原來我們的平衡器官主要就靠一個位置——我們的耳朵。更精確一點的話是我們的內耳，內耳裡面有個半規管，就是調節我們平衡的器官。但這一部位同樣也是很脆弱的，稍一有外力作用，就會發生問題。比如我們由於感冒、身體感染，甚至血壓過高或過低，都有可能導致內耳的平衡出現問題，導致各種眩暈。而如果兇手有目的性地想讓我們的平衡感覺下降，只要稍微在我們的食物裡放一些影響身體協調感的藥物，便可以實現了。

「阿宇，你有沒有覺得在我們來到這座島後，大家都變得很容易摔倒了？」陳默思再次問道。

「默思，你這麼一說，倒還真是這樣……我在樓梯上摔倒過一次，而李敏屍體上的擦傷又表明她在奔跑的過程中也跌倒過，最後方遠跑出去了之後就直接暈倒了……這些絕不是巧合，而是蓄意的並且有著不可告人的目的！」我十分確定地說道。

「嗯，確實這樣。兇手這樣做的目的就是為了讓我們的平衡感下降，從而對塔身旋轉導致地面傾斜失去最直接的判斷，最終達到他製造不可能犯罪的目的！」

「你等等，讓我再好好想一下。兇手既然這麼做了，就表明一開始我和施然去的就是五樓的房間，那裡是施然的房間，她離開房間後，肯定會好好鎖上的，我們自然就不會輕易從門外擰開了。但這麼說的話，杜松他當時的房間應該是沒有被鎖上的，他被兇手殺害在了房間裡，兇手關上門就走了，但兇手沒有鑰匙，他是不能把門鎖上的，所以他才想了換樓層的詭計。但現在的事實是，杜松的房間沒有被鎖上，那後來發現杜松屍體的人……」

我不禁發現了一個令人驚恐的事實，而這也是我完全不願意相信的一件事。我瞪大了雙眼，緊緊地盯著陳默思。

「不會的，不會的……肯定不會是這樣！」我驚慌地叫著。

「阿宇，你別這樣，兇手就是施然！」

「不會的！你騙我！施然怎麼會是兇手！你告訴我，施然怎麼會是兇手！」我像發瘋了似的向陳默思咆哮道。

不知不覺我已經站起來了，我奮力地搖晃著陳默思的肩膀，口中不斷唸叨著施然的名字。陳默思只是看著我，沒有說話。忽地，我停下了動作，撲通一聲坐倒在了地上。

許久，默思也坐了下來，我看著坐下來的陳默思，心裡竟突然平靜下來。潮水又漲了好多，浪花打在礁岩上，濺出的水花有些黏上了我的運動褲，瞬間便有一圈圈圓點擴大開來。

「默思，你是什麼時候開始懷疑施然的。」

陳默思看著海面的方向，拍了拍褲腳的沙子，「來的時候。」默思的話很是簡短。

「來的時候？」沒想到陳默思這麼早就開始懷疑施然了，這還是讓我始料未及的，「為什麼？」

「因為她和我們不一樣。你沒發現嗎？方遠、杜松、李敏、戴虎還有老張，全都是和十年前那件事有直接關聯的人，我和你則是陪同方遠去的，只有施然她不一樣。她只有一個十年前死在島上的姊姊，如果你細想的話，十年前島上死了上百個人，真要算起來，他們的親屬得有多少，為什麼只有施然收到了這張請柬？為什麼其他人都沒有收到，難道施然是有什麼特殊的地方嗎？沒有。我觀察了施然好一段時間，想從她的字裡行間找到這個，但遺憾的是，我並沒有找到。」

「所以你這時候就懷疑，也可能施然並不是簡簡單單被邀請的一個人，她可能還有著其他什麼目的？」

「沒錯，當時我是這麼覺得的。但真正懷疑施然是兇手，我也是剛剛想通那個才開始意識到的。然而，這似乎已經太遲了。」默思的神色瞬間變得黯淡了下來。

「沒，默思，我們還沒有太遲，至少你現在及時發現了，我們還有機會。」

「機會嗎……」默思喃喃道。

是啊，雖然我嘴上說還有機會，可真的還有嗎？如果沒有船來接我們，我們真的可以活下去？事實總是如此殘酷。

我搖搖頭，把這些悲觀思想甩出腦外，「默思，你再來說說施然在第一起案件中的作用吧。」

一提到這個，默思馬上就稍稍振作了精神，說道：「剛剛我已經知道施然就是兇手，還有她犯案的手法，但即便如此，她還有很多要注意的地方，所以她提前做了很多安排。第一點，也是最重要的一點，房間的安排。你應該也注意到了，施然的房間就在杜松房間的上面，這樣當她使用調換樓層的詭計時，就可以把見證者也就是阿宇你帶到她自己在五樓的房間。這樣有一個好處，那就是她可以確保此時房間是鎖住的，如果是別人的房間，她可不能保證門一定是被鎖住的。萬一那人粗心沒鎖，那可就麻煩了，你們如果真的進去了，那杜松不在房間裡，她的詭計豈不是要露餡？當然，這樣安排房間還有其他的好處，我們後面再說。

「第二點，早餐的準備。剛才我們也說了，老張自己就住在二樓，所以他肯定是知道調換樓層這件事的。我之前解釋是因為他收到了雇用他的塔主的指示，但不要忘了，當時幫忙準備早餐的還有施然，二樓可沒有廚房，雖然通過旋轉一百八十度，老張的房間看起來很像廚房，但畢竟是假的，裡面沒有廚具，是做不了飯菜的，所以早餐只能在一樓的廚房準備。但這時就出現一個問題，施然知道調換了大廳，但她為何什麼都沒說？從這一點我們也可以看出，施然她也是有問題的。而施然冒這麼大的險也要出現，這是為什麼呢？其實很簡單，為了排除老張的作案嫌疑，她的目的很簡單，製造不可能犯罪，所以她才選擇了幫老張來準備早餐，製造老張的不在場證明。而且她還需要在中間找到時間去殺害杜松，而她選擇的就是她在九點左右去樓上拿書的那段時間。

「第三點，塔的第二次旋轉。既然我們在吃早餐的時候，塔是旋轉了一百八十度的，但它又是什麼時候旋轉回去的呢？要知道，如果不及時旋轉回去，一旦有人吃完早餐回到自己的房間，走錯了樓層，這樣可就露餡了。但如果眾人一直待在二樓用餐的話，即使旋轉了，眾人還是在二樓，走錯房間的悲劇不可避免。那麼怎樣做呢？只要讓眾人從塔裡走出去即可，這樣如果塔身再旋轉一百八十度轉回去，眾人再走回塔裡，自然又重新在一樓了。這時又有一個關鍵的工具登場了——第一個被發現的鐘北的屍體。當時是方遠出門散步的時候發現了這個，聽到方遠的慘叫後，我們全都及時趕了出去，也正是這時，塔再次旋轉了回去。而這個步驟其實很關鍵，我想即使方遠沒有發現，施然她自己肯定也會找個理由出去的，然後同樣的步驟，讓我們所有人都離開塔裡。」

沒想到施然為了製造這個不可能犯罪，竟然還費了這麼多心思，她這是得準備多久啊！可當我一想到施然那惹人憐惜的神情，心裡又一陣悲痛。

「那第二起不可能犯罪呢，默思？」

「第二起不可能犯罪，可就利用到你了，阿宇。」

「利用我？」我不禁抬頭看向了陳默思。

## 3

「什麼意思，默思？」對於陳默思剛才的那句話，我還是不能理解。

「你還記得第二起不可能犯罪的核心是什麼嗎？」陳默思向我問道。

沒錯，第二起不可能犯罪的核心就是我們所有人都沒有時間去實施那場犯罪。在眾人出門去尋找李敏的時候，陳默思和方遠兩個人是往東邊去的，這段時間他們都沒有分開過，所以他們兩個也就起到了互相監視的作用，不可能有單獨作案的時間。而陳默思同時也注意到了分別前往南邊和北邊的老張和戴虎的行動，他們在各自的方向走了很遠才消失在陳默思的視線中，這樣他們同樣沒有時間再趕到東邊去作案。

至於施然，本來她是沒有任何證明的，她完全可以假裝往西邊離開，其實是躲在塔的背後，之後等眾人都走遠了她再轉身往東邊過去，這樣她完全有時間殺害李敏。但十分巧合的是，她被身在塔中的我給看到了。確實，這其實真的很巧合，我剛醒，一起床就看到了施然在那裡尋找什麼的樣子，於是我自然便成了她的證人。

「這是個巧合，我也沒辦法。」我攤起手來說道。

「錯，這完全是她精心安排的。」默思搖了搖手指，「她在你吃藥時喝的水裡下了迷藥，只要調控好計量，完全可以讓你昏睡到那個時候，這時藥效減弱，只要她再稍微給一點刺激，你就自然醒了。阿宇，你還記得你當時是怎麼醒的嗎？」

「不知道……反正我起來的時候頭很疼，像是要炸了一樣，之後我就聽到了施然的喊叫聲。」我仔細回憶了一下當時的場景。

「這就對了，你會頭疼，可不僅僅是發燒影響的，安眠藥也起了很大的作用。不過更重要的是，你是被某種聲音叫醒的。」

「你是說施然的聲音？」

「不是的，雖然你能聽到她的聲音，但這個聲音並不能叫醒你。你想，如果她的聲音大到足夠叫醒你的話，我們在外面的其他人怎麼會聽不到，可是後來我們討論的時候並沒有人提到這一點。我的意思是，這種聲音你是聽不到的。」

「聽不到……那你剛才又說我是被叫醒的？」我被默思這種模稜兩可的說法給弄糊塗了。

「阿宇，其實這並不矛盾，自然界中我們人類能聽到的聲音的其實只是一個很窄的範圍，我們聽不到但能影響我們的聲音其實有很多，比如超聲波。雖然我們聽不到超聲波，但是它對我們的影響其實很大，可以造成頭痛、失眠等很多種症狀。」

「你的意思是我當時就是被超聲波給弄醒的？施然在我房間放這個幹嘛……」

「為了定時弄醒你啊，讓你給她做不在場證明。」

「好，就算如此，那施然又是怎麼跑去東邊殺人的，你也知道，我的窗戶在西邊，所以我當時可是清清楚楚看到施然在西邊的，她怎麼可能會有時間去殺人！」我強烈反駁道。

「你當時注意到是幾點了嗎？」

「六點，等等……你是說我房間掛鐘的時間可能被人更改了？這不可能！」我斷然否決道。

按照陳默思的說法，我當時看到施然的時間其實並不是六點，而是其他的時間，這樣我的話就不能當作施然的不在場證明了。但是這個看法也是很有問題的，我記得當時我看向窗外的時候，太陽已經快要接近海平面了，而這幾天天黑的時間都是六點半左右，所以當時我看到施然的時間應該就是六點左右。就算房間的時鐘被調整了，但太陽顯示的時間總是不會出問題的。

「你錯了，其實太陽也出問題了。」默思簡單答道。

「什麼！」默思的想法簡直不可思議。

「你覺得你看到的真的是當天傍晚的太陽嗎？而不是第二天早晨的朝陽？」

「早上……」

「沒錯，正是早上。」默思臉上突然笑了笑，「你當時為什麼就偏認為它是晚上呢？」

「你覺得我連早上還是晚上都會分不清嗎？我可沒有睡糊塗！你知道，我房間的窗戶是朝西的，當時太陽的光線可是直直射在我的床上，而太陽東升西落，你沒聽過嘛！你可別拿什麼塔身是傾斜的，我的房間就不會有陽光這種東西來糊弄我，告訴你，我敢肯定當時就是傍晚！」對於默思這種類似挑釁的行為，我真的快要生氣了。

「如果塔可以旋轉呢？」

「又是這個……」

「沒錯，又是這個。你一直說你看的是西邊的太陽，如果塔身旋轉了一百八十度呢？你看的不就是東邊的太陽了嗎？其實兇手就是利用了人們通常的心理誤區，太陽東升西落，這是一個大家都知道的常識，所以當你看到你以為的『西邊的太陽』時，你就下意識地認為這是夕陽了，而那個時間點自然就是傍晚了。即使這其實是早上的朝陽，而那時太陽剛剛從海平面升起，你也會下意識地認為這是夕陽正在朝海平面落下。」

「如果這真的是早上的話，那施然……」

「沒錯，施然再一次騙了你。她當時給你吃了安眠藥，再通過定時施放超聲波來叫醒你，就是為了讓你在第二天早上六點左右按時醒來，而這個時候塔身已經被旋轉了，你房間窗戶的朝向已經完全相反，是朝東的。施然這個時候早已來到了東邊的礁石上，只等你一醒，她便喊出聲，讓你聽見。而且，她穿著那種顏色比較豔麗的衣服，你只要從窗戶看出去，就必定很快就會發現她。而你此時則會認為你是在傍晚六點看到施然在西邊的，你就自然而然成了施然不在殺人現場的證人。」

「那我如果當時醒了，沒有繼續睡下去怎麼辦？當時如果是早上，天就會慢慢變亮，我自然就會發現這個騙局的。」

「不，你根本就沒有這個機會。我剛剛也說了，施然在你喝的水中放了安眠藥，而你有一個習慣，每次起床都會喝很多水，喝下這麼多安眠藥的你自然過不了多久就會再次睡著，直到你下次醒來。」

沒想到施然連我這個習慣都注意到了，沒錯，我當時一起床便拿起杯子喝了很多水，而我在看到窗外的施然沒多久，便很快又感到頭暈了，直接睡了過去，這一切都很符合陳默思的這番推斷。

「怎麼？想起來了吧？」陳默思笑著說道，「而下次醒來，你就會發現你床邊又坐著施然了，她此時就會告訴你杜松死了，而李敏失蹤了。之後，你就會在討論中替她做那個完美的不在場證明了。」

「施然竟然這樣……」一次又一次地被施然利用，我的心裡頓時難過極了，「施然她為什麼要做這些呢？」

陳默思站了起來，低頭看了一眼地上那幾幅早已被海水撫平的沙刻圖案，說道：「也許，是為了她的姊姊吧。正像她所說的那樣，她是為了找到姊姊去世的真相，才來到了這座島。只不過，她選擇了這樣一種方式，她想通過殺戮，通過一個接一個的死亡來悼念她的姊姊。也許，這也是無可奈何的事情吧。」

我擦了擦眼角滲出的淚水，海風吹拂著，我注視著這一片汪洋大海，強忍著不讓自己嘶喊出來。許久，緊咬的牙齒才鬆開了，我深吸了一口氣，海風灌入，這是屬於大海的氣息。

「默思，我們再來說說第三起不可能犯罪吧。」我看著大海，對陳默思說道。

陳默思看了我一眼，彎腰撿起了一個黑色的小石塊，在手中掂量了幾下。接著，他走了過來，向我說道：「好，那我們就來說說。」說完，他一甩手，那顆小石塊就被拋進了幾十公尺遠的海水中。

第三起不可能犯罪，其實就是戴虎的死。按照之前陳默思的分類，這起不可能犯罪包括三個部分，不可能逃脫，不可能穿越以及不可能消失。首先是不可能逃脫，也就是指那個膠帶密室，其實這個膠帶密室還是很有特點的。首先，房門和窗戶都沒有被鎖，而且膠帶貼的方式也很奇怪，不像通常意義上沿著門縫或窗戶的四周貼上，而都是在垂直於門或窗戶打開的邊上貼上了幾道極長的膠帶。其次，房門後面有一個躺倒的空書櫃，對房門的打開也產生了一點阻礙。再者，停電後窗戶被打開，屍體也消失不見了。

之前通過施然的提示，我曾經提出過一個方法，那就是通過書櫃的背面或者側面來壓住膠帶的，但是後來都被否定了。最關鍵的一個問題就是門打開後，書櫃不應該呈現那樣一個倒下的角度。當時書櫃基本是朝向窗戶那邊倒下的，如果按照我的設想，應該是朝門內倒過去才對。不過，我現在又有了一個想法。

「默思，我們是不是也可以通過塔的旋轉來解決這個膠帶密室的問題呢？」

「哦，怎麼說？」陳默思也露出了好奇的目光。

於是我便把這個想法說了出來。其實方法很簡單，也是根據剛才那個方法的，而主要的創新是基於一個觀點——塔身可以旋轉。首先我們可以想像一下房間地面的變化情況。塔身旋轉，塔原本的東面便會升高，放在九樓的這個房間裡，就是靠近窗戶的那個地面升高，整個地面向左側傾斜。接下來我們來還原一下當時的場景，按照我們之前所推理的，兇手將書櫃傾斜靠在房門上，並把上側櫃門打開，來保持一個平衡，等兇手從房門出去關上房門後，書櫃向房門方向倒下，壓緊房門後的膠帶。這和我們之前所說的一樣，不過接下來就不同了。這時，塔身開始旋轉，而書櫃保持直立的狀態本來就很不穩定，這時它就直接向門後倒下了。之後，塔身繼續傾斜，像我們剛才所推理的那樣，整個地面向左側傾斜，這樣的話，已經倒下的書櫃便會往左傾倒。

我在沙灘上又畫了一個示意圖，標明了整個過程的順序。就像圖中標明的第一個順序一樣，躺倒在房門後的書櫃會向左傾斜，之後靠在房門左側的牆壁上，並產生些許滑移。再之後，當塔身繼續旋轉的時候，向左傾斜的程度又會大大減輕，

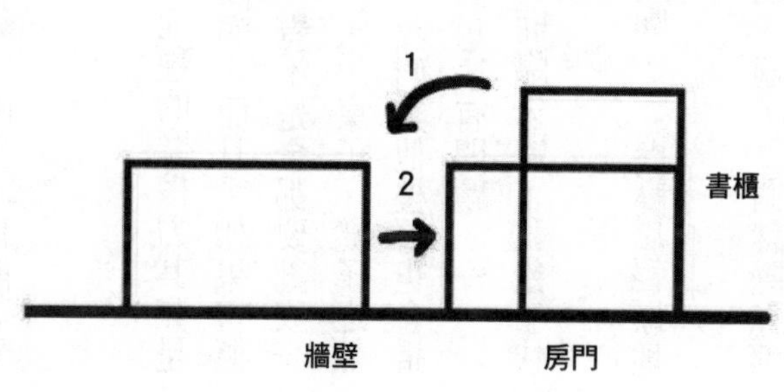

書櫃就會經由圖中第二個順序回到房門後了。

聽完我的解說，陳默思給了我一個讚賞的眼神，「的確很不錯，阿宇，你能想到這裡，其實也很不容易了。」不過隨後他又否決了我的這個方案。

「為什麼？」我不甘心地問道。

「很簡單，你沒發現我們房間的地板上都鋪上了地毯嗎？而地毯的摩擦力其實是很大的，像你這樣讓書櫃在門後滑來滑去的，可真是一點也不實際啊。而且，如果書櫃都能這樣滑動了，那房間裡的其他東西呢？床，書桌，還有凳子，豈不是全都要亂成一團了！可你當時也注意到了吧，戴虎的房間裡除了有一點亂之外，床、桌子、凳子之類的家具並沒有移動分毫。而且不光戴虎的房間，如果說旋轉的話，我們其他樓層也會這樣，可我們各自的房間也沒見有任何東西移動啊。所以說你的這個想法有問題。」

「這樣啊……那到底該怎麼解決啊，這個問題……」又一次面臨失敗，我幾乎快要放棄希望了。

「其實很簡單，只要一個答案，就可以解開所有的三個謎團。」陳默思輕鬆地說道。

「什麼！」我瞪大雙眼，不可思議地看著陳默思，「你再說一遍，三個謎團你都解開了？」

「是。」陳默思點了點頭，接著說道，「你先別這麼激動，我們再來回憶一下當時的場景，看看有沒有什麼遺漏的地方。」

我開始仔細回想了起來。當時，房間裡很亂，書架上的書，床上的被子，還有書桌上的檯燈，全都掉到了地上。房門的後面倒著一個書櫃，屍體倒在床邊，只不過呈一個比較怪異的姿勢。死者雙臂上舉，仰躺在地毯上，而且屍體頭部也被砍掉，頸部的那道圓形的疤痕觸目驚心。突然，燈光一滅，視野頓時黑了起來。黑暗中施然突然驚叫了一聲，緊接著一道閃電劃過，室內亮了起來。而當我們再次看向前方的時候，窗戶被打開，屍體也不翼而飛了，只剩下那兩條長長的膠帶在風中翻捲著。

啪啪啪，一陣掌聲突然響起，「不錯，阿宇，有說書的天分了，我都差點被你嚇到了！」

「哪有哪有！」我不好意思地撓了撓頭，接著說道，「倒是默思，這裡面還有哪些我們沒注意的東西嗎？」

「屍體，我們進來後，你沒發現那個屍體太過顯眼了嗎？」

「顯眼……這有什麼問題嗎？」雖然我本身並沒有感覺哪有什麼需要太過注意的，不過還是聽陳默思來講吧。

「戴虎的屍體上沒有十分明顯的傷痕或者勒痕，也沒有中毒的跡象，其實他的死因我們還是很值得懷疑的。但我們並不是專業法醫，這個問題我們解決不了，但有一點就是，戴虎為什麼會躺倒在地毯上？」

「是不是心肌梗塞還是什麼別的原因？」

「如果是心肌梗塞之類的，戴虎死的時候也會雙手摸著心臟的部位吧，而絕不會像現在這樣的雙手上舉。」

「默思，你的意思是……」

「我的意思是，兇手把屍體弄成這個姿勢，其實是有他的目的的。利用這具屍體，也許我們就可以貼緊膠帶。你應該也知道，屍體在經過一段時間之後，就會產生屍僵的現象，這時候屍體全身的肌肉會僵硬，屍僵是從上往下進行的，先是頭部肌肉，再到頸部，胸腹，最後是下肢。屍僵達到頂峰後，就會緩解，屍體重新變軟。」

「等等，聽你這麼一說，我好像有了一個想法。」我突然眼睛一亮，便對陳默思說道，「完全可以利用屍僵的緩解來製造這個密室啊。你看，在屍僵發生的時候，將屍體背朝窗戶直立靠在窗戶上。過了一段時間，屍僵開始緩解，和屍僵開始的順序相反，屍僵的緩解是從下肢開始的。如果下肢先變軟的話，屍體就會支撐不住，開始往下滑動。而屍體背後恰恰是窗戶，窗戶上直著貼著兩道沒有貼緊的膠帶，這時下滑的屍體背部正好壓在膠帶上，自然就能把它貼緊了。之後屍僵繼續緩解，屍體就倒在地上了。」

「嗯，看來你又有了一個很好的想法。」默思給了我一個鼓勵的眼神，「不過，同樣的，想法雖然好，而且看起來也能行得通，但可惜的是，並不能解釋我們這裡的現象。你也注意到了吧，屍體是腳朝向窗戶仰躺在地面上的，並且距離窗戶下端還是有一定距離的。按照你那個方法，屍體應該是頭朝向窗戶才對，而且頭部也會緊貼在窗戶下端。」

聽了陳默思的這番講解，我才意識到我又考慮不周了，「那默思，你的想法是什麼呢？」

「和你一樣，我的想法，也是從屍體開始的。只不過和你不同的是，我是將屍體彈出去了。」

「彈出去？」我大吃一驚道。

「沒錯，你看看我在這裡畫的這張草圖，就大概能明白了。」

我看向默思剛剛畫好的那張圖，默思接著說道：「除了屍體，我利用的還有那個倒下的書櫃。接下來便是整個實施過程。首先，屍體是在屍僵的狀態下，將其直立，再將書櫃壓在屍體上，這樣直立的屍體便會受到一個壓力使它變彎曲。接著，在外界施加一個擾動，比如房間的旋轉，甚至是我們打開房門的時候，這時書櫃失穩，向下方倒去。而被壓彎的屍體呢，則因為突然失去壓力，在彈力的作用下，向前方彈去，剛好撞在了前面的窗戶上。而窗戶上還有兩道未貼緊的膠帶，正好被這股力量給壓緊了。之後，屍體本身的彈力還未用盡，就會反彈了回去，最後屍體則躺倒在地毯上，並且呈現一個腳朝向窗戶且有一定距離的狀態。」

「這樣真的能貼緊嗎……」對於這種奇怪的想法，我

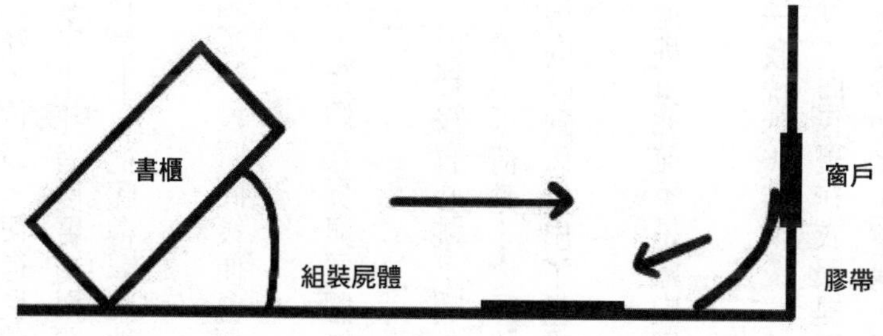

不禁產生了些許懷疑。

「兇手在真正實施之前，肯定經過了多次的測試，直到調整好了位置，使得屍體飛過去恰好能夠貼在膠帶上。而這個時候，屍體的那個怪異的姿勢——死者雙臂上舉，也就派上了用場。在彈過去後，死者舉起的雙手剛好撞在那兩道膠帶上，把膠帶緊緊地貼在窗戶上。」

「等等，默思，我突然有一個問題。剛才你也說了，屍體過了一段時間後便會僵硬，但這樣的屍體會有彈性嗎……」

「你的說法很對，但如果屍體本身就有問題呢？你沒發現嗎，我們其實與屍體的接觸時間也就是剛進來的那幾秒鐘，之後，戴虎的屍體就消失了。」

「你的意思是戴虎沒有死？不會啊，你不是已經去察看了，已經沒有心跳了啊。還是說，這個不是戴虎……不過也不可能啊，明明是戴虎的臉[2]，看得很清楚……」隨著一個接一個的猜測被自己否定，我實在是想不出什麼了，於是便向陳默思投出了乞求的目光。

「戴虎確實死了，而且躺在地上的也確實是戴虎的屍體，但那可能並不是戴虎屍體的全部。」

「不會啊……除了頭，手、腳都在啊……啊！你是說軀幹！」我恍然大悟道。

「沒錯，正是這樣，我們只看到了戴虎屍體露在外面的部分，而包裹在衣服裡面的，我們可就不得而知了。而後來戴虎的屍體消失了，我們就更無從得知了。不過，既然有了這個假設，一切便都好辦了。在不可能穿越這個難題中，戴虎的身材高大，體型臃腫，看起來很難從那麼狹窄的窗縫中間穿過去。但真實的情況是，只有戴虎的那個啤酒肚，才是真正的障礙。如果沒有了那個呢？頭已經被砍掉了，只有四肢需要穿過窗縫，這一切便簡單了很多。當時兇手需要做的便是把戴虎的屍體大卸八塊，其中的軀幹部分早就事先處理掉了，而只是留下了頸部和四肢的部分。兇手再給屍體穿上衣服，在衣服裡填上棉花等柔軟的填充物，等燈一滅，兇手便開始行動了起來。你應該還記得吧，當時燈滅的時候，施然首先就發出了一聲驚叫，接著她就不知道跑哪去了。這個時候她應該就是跑到了戴虎的屍體旁邊，拉起他的『屍體』，再打開窗戶，將這具只有手腳的屍體給扔出了窗外。接著，她便順勢躲在了角落裡，裝作一臉驚慌什麼都不知情的樣子。」

「這樣的話，無頭屍也同樣可以解釋了！」我驚喜地叫道，「窗戶只能打開十多公分的空隙，這樣寬度下，人的頭部是不可以通過的。而人的頭部又裸露在外，也不可能通過塞棉花那種方法隱藏，只好在一開始就把它切除了。」

沒想到這裡的無頭屍詭計竟然有這樣的作用，不過即使這樣，還是有其他的問題，「但是這樣的話，你沒發現嗎，你剛才在解開膠帶密室時使用的方法可就行不通了啊。軀幹都是一團棉花了，能彈得起來嗎……」

2. 編註：此處為作者筆誤，正確應為戴虎的體型。為保留參賽作品原貌，這裡不作修改。

「如果是棉花的話，太軟了彈不起來；如果是真正的軀體的話，又太硬了也彈不起來。那有沒有什麼別的辦法呢？」陳默思笑了笑，說道，「其實很簡單，在棉花裡插入一根木板，木板的形狀和人體軀幹類似，將屍體留下來的頭和四肢都固定在這塊木板上。這樣的話，組裝完成的屍體就具有彈性了。」

「竟然這樣……」兇手竟然想到這麼複雜的辦法，看來也真是費盡心思了，「那麼最後發生的不可能消失呢？就算按照你的這種方法，屍體能夠成功穿越窗縫出去，可最後還是要掉在塔底啊，但我們卻並沒有發現這樣的事。這個你怎麼解釋？」

我還沒說完，陳默思就突然笑了起來，「阿宇，其實最後一個最簡單了。之前你就提過啊，我們的樓是傾斜的，只要把屍體扔出去，不就自動滾進下面的窗戶了嗎？」

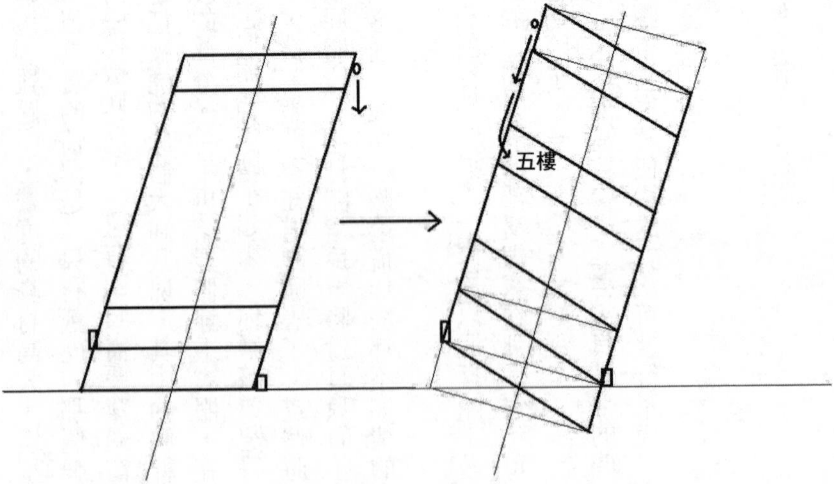

「不過當時不是否定了嘛，牆體是內傾的……等等！」我眼睛頓時亮了起來，「你是說旋轉！」

「沒錯！只要塔身旋轉了一百八十度，原本九樓朝東的窗戶就變成朝西了，這樣內傾的牆壁就剛好反了過來，變成外傾了！如果這時候屍體再被扔出窗外，則會沿著塔身的外壁一直向下滾去，直到遇到一扇打開的窗戶，滾進去。這樣的話，塔底自然就不會有任何屍體存在了。」

「那究竟會滾到哪個樓層窗戶裡面去呢？」我開始思索了起來。

「這還不明顯嗎？我們這裡的窗戶是按旋轉的順序分布的，東南西北依次排列，九樓的窗戶既然是朝東的，那麼下面一個朝東的窗戶自然是五樓了。」

「五樓……施然的房間……」我緩緩地說道。

「而且這裡的窗戶也有個特點，五樓及五樓以下的窗戶是那種普通的推拉式雙扇窗戶，而五樓以上則是這種只能向下開一個小縫的安全窗。施然的房間剛好在五樓，她房間的窗戶就剛好可以打開了，屍體從外面滾進來毫無問題。」

「這樣的話，這起不可能犯罪的三個不可能事件就都被解決了……」我原本以為無解的三個問題竟然都得到了比較圓滿的解答，這是我始料未及的。

我看了一眼陳默思，又看向了波濤洶湧的海面，內心不禁百感交集。

## 4

我看著已經快要沒到鞋底的海水，對陳默思說道：「那麼第四起不可能犯罪呢，老張究竟是怎麼死在那麼高的塔上面的？」

陳默思搖了搖頭，沒有說話，他彎下腰，用手輕輕撫在了水面上，海水立刻浸濕了他的手掌。

「你該問的不是老張怎麼死在那上面的，而是兇手為什麼要把他放在上面殺死。」

「為什麼？難道不是施然的報復嗎？」

「當然，這確實是一場報復，但你不覺得這更像是一場儀式嗎？死者自天空掉下，利器穿過其腹背，是不是很像是來自上帝的懲罰？」陳默思笑了笑，抓起一顆小石子又扔進了海裡，「你說生活在海裡的魚會不會覺得這顆從它們頭頂掉下來的小石子像是一個天外來物呢？對於我們人類來說，對於未知世界的恐懼是我們產生各種幻想產物的根源之一。我們會對各種未知現象安上一個看起來不錯的裝飾，從普羅周天的神祇，到永駐地獄的鬼怪，它們往往神通廣大無所不能，我們人類在它們面前就是渺小的，任何的失敗都是上天對我們的懲罰。可事實呢，就像我剛才向海中扔了一塊石子一樣，這一切看起來不可捉摸的事情，其內在的根本往往都是有跡可循的，只不過有時候我們未曾發現罷了。」

「未曾發現的事……」

「施然選擇讓老張死在巴別塔的最頂端，不更像是來自巴別塔的詛咒嗎？老張十年前的那個無心之過，卻導致了全島上百條人命的終結，難道他不該負一些責任？可他卻選擇了逃跑，留下島上的所有其他人，在噩運來臨前苦苦煎熬。所以，施然這樣做的目的，就是想代替十年前島上死去的所有人，來向他復仇！一切以巴別塔為開端，一切又以巴別塔為終結，這難道不是一件很圓滿的事嗎……」

「圓滿嗎……」難道這樣做就真的圓滿了嗎？我不禁替施然嘆了一口氣，她這樣做，難道不也平添了幾份殺戮嗎？

「那就讓我們也以解決這件事做為整起事件的真正終結吧！」陳默思突然大聲說了這句宣言。

「不過，默思，這個事件我覺得還是很棘手的啊！」我不禁潑了一盆冷水，「首先，讓老張的屍體放到三十多公尺高的塔頂，本來就不是一件容易的事。再說了，你也看到了，當初在戴虎的房間，施然的手受傷了，你讓她昨天怎麼將老張從二樓的臥室搬到塔頂啊，這也是一個問題。」

「的確，問題有很多。」陳默思也點了點頭，不過他隨後說道，「不過最後還是會解決的。你還記得我們在剛開始就提到的十年前高塔上的那個木牌吧？其實那個也是一個不可能登高的事件，只不過借助於船的桅杆，就能輕鬆做到。那我們這裡呢，第一，塔位於島的中央，根本不會有船能靠近塔的任何一面；第二，現在我們連船的影子都沒看到，如果有的話，我們可早就坐船離開了啊！」

「所以，那個方法一點也不適用於我們現在的狀況對吧？」我隨聲附和道。

「對。而且細想的話，十年前那個島上的情況和我們現在有很大的不同。就像我剛才說的那樣，十年前島上的塔位於島的一側，一面靠海，而十年後的島上塔則位於其中央，且兩個塔都能旋轉，但這還是有很大不同的。你應該知道，塔旋轉的動力來源是潮汐，而其前提條件便是塔必須與海水接觸，這樣才能得到來自海水潮汐的能量。十年前的那座塔毫無問題，因為它本身就在海邊，海水上漲，其底部的裝置便能接觸海水獲取勢能。而現在我們這座島的塔在這方面就很有問題了，塔位於整座島的中央，距離任何一邊都有一定距離。而且你也知道島的結構吧，越靠近中央，便越難接觸到海水，從底部貫穿也完全行不通。那麼便只有一個辦法——讓水直接漫上來即可。」

「讓水漫上來？」

「沒錯，水漫金山寺聽過沒有？這裡也是一樣，只要海水漫到了塔底，海水與塔不就接觸上了嗎？下面我就來解釋一下我們這幾天來塔是怎麼旋轉的吧。首先你也很奇

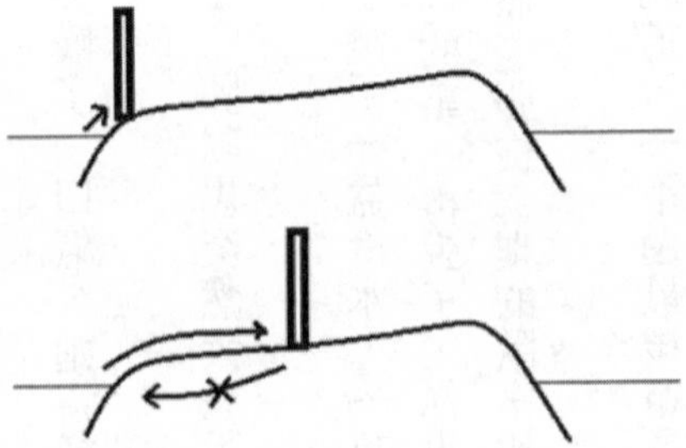

怪既然島上每天都會被水淹沒，但是我們從來沒有見到過是不是？那是因為每次漲潮的時候都是在半夜，我們正在熟睡之中，當然看不到了。」

「默思，要是我沒記錯的話，潮汐每天都有兩次吧？」我突然想到了這一點。

「你說得很對，正常來說，如果半夜有一次漲潮，那麼十二個小時之後的下午也會有一次，就像我們現在這樣。」陳默思指了指我們腳下，當初離我們還有一點距離的海水現在已經快要漫上腳面了，「但是也只是這樣不是嗎？這應該已經是漲潮的最高點了。」

「那為何晚上的潮水會漫到塔底呢？」我再次問道。

「這是因為潮汐的不同種類。」陳默思解釋了起來。原來根據潮汐的週期，我們把潮汐可以分為以下三類。第一類，半日潮型，也就是在一個太陽日內會出現兩次高潮和兩次低潮，而且前一次高潮和低潮的潮差與後一次高潮和低潮的潮差大致相同，漲潮過程和落潮過程的時間也幾乎相等，大概六小時左右，主要分布在我國的渤海、東海和黃海。第二類，全日潮型，一個太陽日內只有一次高潮和一次低潮，我國南海的北部灣便是世界上典型的全日潮海區。第三類，混合潮型，一月內有些日子出現兩次高潮和兩次低潮，但兩次高潮和低潮的潮差相差較大，漲潮過程和落潮過程的時間也不等。

「而這第三類典型的分布區域便是在南海，我們這裡就正好滿足這個條件。所以我們這裡其實就是混合潮，每天雖然有兩次漲潮和落潮，但只有晚上的那次潮差很大，海水可以漫上塔身，但白天的這次則不行。」陳默思緩緩解釋道。

原來是這樣。這樣的話，就只有晚上這一次塔身能夠旋轉了。現在我再仔細想想發生幾次案件時的情況，一切便很明朗了。第一次，杜松死前的一晚，海水漲潮，塔身旋轉一百八十度，並儲蓄了足夠多的能量，第二天白天等我們全都因為釘在十字架上的屍體吸引出門後，塔身再次旋轉一百八十度，恢復原狀，我們回來的時候就自然進入原來的一樓大廳了。第二次，發現李敏屍體的前一晚，海水上漲，塔身旋轉一百八十度，第二天早上等我看到施然並再次昏迷後，儲存的能量再次施放，塔身再次旋轉一百八十度，恢復原狀，我的窗戶也重新面向西邊了。第三次，戴虎屍體消失的前一晚，塔身是已經旋轉了一百八十度的，等屍體沿著塔身滾下去後，我們回到大廳，塔身再次旋轉一百八十度，恢復原狀。所以當我後來想到屍體滾動這個方法並去察看的時候，塔身已經恢復原狀了，窗戶外側的牆壁已經重新內傾，自然不能再次實施這種方法了。

「原來是這樣……那默思照你這麼說，第四次，老張又是怎麼死在塔頂的？」我再次向陳默思詢問起來。

「你還不明白嗎？海水既然漫到塔底了，那如果我們再發揮一下想像力，會怎樣？如果海水繼續上漲呢！」

「你是說海水漫到塔頂了！怎麼可能？塔頂可是有三十公尺高啊！」我驚呼了一聲。

「這也沒什麼不可能的。在每月的朔望之日，也就是農曆每月的初一、十五，太陽地球和月亮處在同一條直線上，這時太陽和月亮的引力重疊，各要發生一次潮差最大的大潮，這時潮水漲得最高，落得最低。而昨天晚上，也正是滿月之時，潮差最大，正是實施這起犯罪最好的時間。再加上昨晚颱風來襲，風力極大，海浪也特別大，要達到塔頂的高度，也不是不可以的。」

「可如果海水都漫到塔頂了，我們住在塔裡的人能一點都不知曉嗎？」我還是不能相信這個。

陳默思看了我一眼，接著說道：「首先，我們每天晚上都會把窗戶關好，這是老張一開始就提醒我們的，而且就算他不提醒我們，我們也基本上會自覺做好，這裡晝夜溫差大，海風也很大，不關上窗戶，基本不能睡個好覺。而且，你也發現了吧，我們這裡窗戶的密封性很好，關上之後，根本就不透氣。所以就算海水上漲，我們的房間也不會進水。再者，你有沒有發現我們這些天每天都起得很晚，這可不是一個好事情，我猜測施然不僅在你房間的水中加入了安眠藥，而且在我們每個人的晚餐中都加入了這個，所以我們晚上才會睡得很沉，就算外面再發生了什麼，我們也很難知曉了。最後就是島上的環境，島上全是礁石，因此也不會出現被海水浸泡後泥土鬆軟的情況。而且島上的植被都是一些能耐鹽的針狀植物，就算在短暫的時間裡被海水浸泡，同樣不會死去。所以在我們看來，島上過了一晚之後也並沒有什麼大的變化。」

「等等，我還有一個問題。默思，你還記得發現李敏屍體時的狀態嗎？李敏屍體所在的四周，血跡遍布，而很關鍵的一點就是李敏是前一天晚上死的，我們在第二天才發現了她的屍體，這樣的話她的遺體就在外面放了一整個晚上。如果像你說的那樣，海水直接把整座島都淹沒了，那她所在的地方，血跡應該早就被沖洗乾淨了。況且在我們發現李敏的時候，她身上可沒有任何被水浸泡的痕跡啊！」我發現了這個很關鍵的問題。

「沒錯，你提的這個問題很好，不過同樣也有個解釋。老張被殺的前天晚上，正好是月圓之夜，此時海水漲潮最大，所以海水才可能漫到全島。但李敏死的時候則不同，她是在前幾天死的，那時候的漲潮可能並沒有這麼大。而且，你應該也注意到了吧，這座島的地勢分布，靠東邊的地勢比較高，而李敏被殺的地方正是這裡，全島地勢最高的地方。如果潮水小了一點，沒被淹到也很正常。而且我還有一點佐證的地方，那就是昨天當我們跑出去的時候，經過了李敏被殺的地方，可是那時她的遺體已經不在了，並且那些血跡也不見了蹤影。其實這就是前天老張被殺的當晚，海水漲潮最大的時候漫上全島所導致的，李敏的屍體也被沖走了。」

「竟然還有這樣……可是默思，就像你說的，那天晚上風浪那麼大，你說的把死者屍體送上塔頂我可以相信，如果運氣夠好。但要把屍體那麼精準地插在避雷針上，我覺得可不只是運氣好這麼簡單了吧……」

「你說的的確很對，所以我剛才也說了，這只是我的一個猜想。」陳默思笑了起來，「而這個猜想的可行性，也確實值得商榷。畢竟據我所知，漲潮最高的錢塘江大潮也只有不到九公尺，而那還是因為特殊的喇叭狀地形的緣故，我們這裡只是一個普通的海島，就算在朔望漲潮最高的時候，也可能只有幾公尺高。讓海水漫到塔底還行，但如果要達到塔頂，也確實太難了點。」

沒想到陳默思竟然承認了自己猜想的問題，「默思，那怎麼辦呢？」

「利用樓梯間。」

「你是說利用那個螺旋的樓梯間？對了，我記得樓梯間在九樓的時候上面好像有一個天窗，會不會可以從那裡爬到塔頂？不對……施然的手受傷了，不說她怎麼將屍體抬上距離地面兩人高的塔頂，就說她要將屍體從二樓搬到九樓，本身就是一個困難。那該怎麼辦呢？」我還是轉而向陳默思問道。

「沒怎麼辦啊，繼續想唄！」陳默思哈哈笑了起來，說道，「其實剛才我們只是簡單地提到了利用漲潮的能量來帶動塔身旋轉，可沒具體提到過怎麼做。」

「怎麼做？不會是什麼發電機之類的東西吧？」

陳默思搖了搖頭，說：「沒有這麼複雜，而且你覺得在這麼荒涼的島上，弄那麼現代化的機器，維護起來還是很麻煩的。其實方法很簡單，不需要任何工具都能完成。阿宇，你之前在樓梯上摔倒了，有沒有發現什麼現象？」

沒想到陳默思此時突然提到了這個，我有點不知所措，不過我還是認真說道：「好像是有點問題，我在樓梯上看到了一些水漬，我當時還以為我是因為這個才險些滑倒的呢！」

「沒錯，我當時其實也注意到了，按理說整座塔的隔水性能很好，不應該出現什麼漏水的情況。我當時也沒注意，可能只是有人不小心弄灑了水吧。不過後來我才發現，似乎整座塔每個樓層的樓梯都是這樣，到處都有未乾的水漬，這才引起了我的注意，直到我得知了塔身旋轉的真相，我才理解了整件事的因果。會不會是海水上漲的時候也漫進了塔裡呢？不過不是塔身裡面，而只是圍繞在塔身外側的樓梯間。」

「海水漫進了樓梯間裡？」又是一個不小的震撼。

「首先要知道的是，整個樓梯間是以螺旋的形式盤繞在塔身外側的。當海水上漲時，我們打開樓梯間底側的閥門，讓海水漫進來，下面幾層的樓梯間將被海水充滿。當海水落潮的時候，這時我們關起樓梯間底側的閥門，樓梯間裡的海水就會暫時儲存下來。之後，當我們想讓塔身旋轉的時候，只需打開閥門，海水被釋放出來，水流向一側的衝擊力便會推動塔身的旋轉。也就是海水的勢能轉化為水流的動能，再轉化為塔身旋轉的能量。」

「默思，照你這麼說的話，只能進行一次旋轉啊。事發時的晚上，確實能使用這種方法使得樓層旋轉，但在第二天白天的時候，還需要再次將樓層旋轉，以恢復原狀啊！但很明顯的是，當時樓梯間裡並沒有海水，那這能量是從哪裡來的呢？」我發現了這裡的問題。

「我們所看到的樓梯間沒有水，但沒代表其他樓梯間沒有啊！」

「你是說還有另一條螺旋的樓梯？」我一時瞪大了雙眼。

「沒錯，其實外側樓層只有一條螺旋樓梯，也未免太過空曠了，就算再有一條並行的螺旋樓梯，空間也很充足。也就是說，塔身外側的樓梯其實是一條雙螺旋結構。每次海水上漲，這兩條螺旋梯下面幾層都會被海水充滿，但晚上只會有一條螺旋梯的閥門打開，裡面的海水沖出，推動塔身的旋轉。第二天白天，另一條螺旋梯的閥門才在合適的時機被打開，這時海水再度流出推動塔身旋轉回去，恢復原狀。」

「好，這些我都明白了，那你現在就說說老張這個不可能犯罪是怎麼發生的吧。」

「這個案件之所以看起來不可能發生，最關鍵的地方在於怎麼把老張的屍體弄到那麼高的塔頂，而且還要特別精準地插在避雷針上。剛才我提到了通過海水上漲直接讓屍體漂上去，可是問題在於海水即便上漲了，但最高也只有幾公尺，根本不可能把屍體沖上那麼高的塔頂。但問題總能想辦法解決的，最好的辦法依然還是借助於漲潮帶來的能量，那麼該使用什麼方法呢？既然漲潮時的海水也不夠高，那怎麼才能繼續使海水升高呢？如果水能繼續往上方流動怎麼樣？」

「你是說『水往高處流』？別說笑了，這怎麼可能！」我笑了起來，對這種超乎常識的想法不屑一顧。

陳默思也笑了，說：「確實聽起來很好笑，但也並不是不可以。」

「你是說這樣真的可行？」我的臉色頓時變了。

「沒錯，你聽過虹吸現象嗎？」陳默思突然說道。

「虹吸？」雖然好像聽過，但我還真不是很瞭解，於是我搖了搖頭。

陳默思想了想，便又開始在沙子上畫起了草圖，「虹吸其實是利用液面高度差的一種現象。最簡單的情況是這樣的，將液體充滿一根倒U形的管狀結構內，將開口高的一端置於裝滿液體的容器中，這樣的話，容器內的液體會持續通過虹吸管從開口於更低的位置流出。」

竟然會有這樣的東西，聽了陳默思接下來的講解，我才大概明白了它的原理。原來虹吸的實質是因為重力和分子間黏聚力而產生的。裝置中管內最高點液體在重力作用下往低位管口處移動，在U型管內部產生負壓，導致高位管口的液體被吸進最高點，從而使液體源源不斷地流入低位置容器。用我們在中學學過的物理知識解釋，就是重力和連通器原理的特殊應用。兩個容器液面高低不同，用管子將兩者液體連通，不論管子什麼形狀，在液體自身重力作用下，總有保持液面相平的運動趨勢，即將流動的液體所受的合力指向下方，因此液體從高處流向低處。所以說，看起來在U型管的一側是水往高處流的，但整體來看還是水從高處的容器流入低處的容器。

「原來是這樣啊……這樣就可以做到水往高處流了。」我邊點頭邊說道。

「如果應用到我們這裡，就是這樣一個模型。」陳默思說著又在沙子上畫起了草圖，我稍作等待，默思邊又說道，「塔裡面有兩個螺旋梯，如果這兩個樓梯在頂部連通會怎樣？是不是就形成了一個倒U型的連通器了。那麼這個連通器連通哪兩個容器呢？高處的則是塔身外側的海水，低處的則是塔底部的地下儲水庫。另外還有一個條件，就是連通器中必須要有水，這是虹吸原理的一個必備條件。那這個水從哪來呢？很簡單，一方面是海水漲潮，螺旋樓梯底下的一部分被海水灌滿，但僅靠這一點海水還是遠遠不夠的，還需要其他水來補充。」

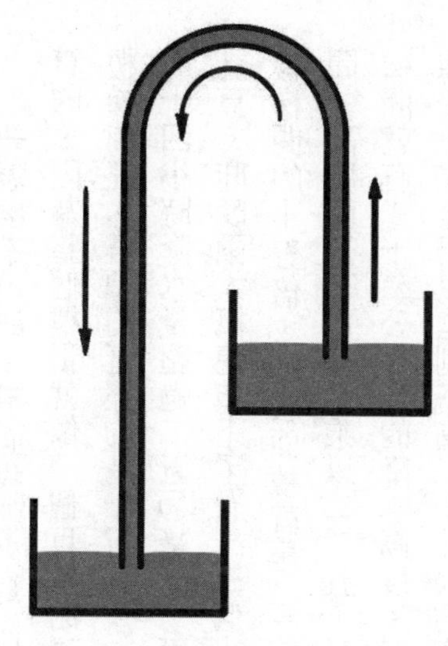

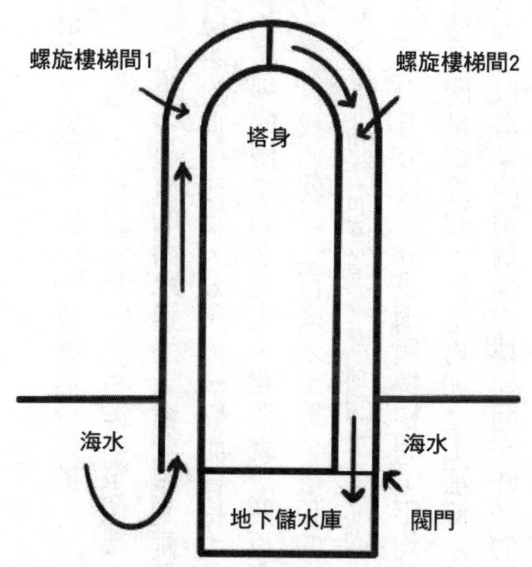


樓梯間虹吸現象示意圖

「其他的水？」我問道。

我一說完，陳默思扭過頭看向了塔的方向，之後他的視線上移，最終定格在了塔頂那裡。「既然有從塔底來的水，當然也有從塔頂來的水了——雨水。」陳默思突然說道。

「雨水，你是說雨水會把整個樓梯間填滿？怎麼可能！」我斷然否定道。

「怎麼不可能，下面我就來幫你算算。首先，我們計算降水量是以整個樓頂來計算的，因為整個樓頂就像一個巨型的漏斗，把集中起來的雨水通過天窗彙聚到兩個螺旋樓梯間裡。塔頂的直徑約為十五公尺，樓梯間的直徑約為一公尺。一般而言特大暴雨的二十四小時降水量超過二五〇毫米，而我們這裡的雨水顯然更大，我們就以四百毫米來計算。昨晚雨大概連續下了有十二個小時，所以我們就以二百毫米來算。塔頂的直徑是樓梯間的十五倍，那麼面積就是二二五倍，這樣的話把塔頂彙聚到的水全部灌入樓梯間，高度就是二百毫米乘以二二五，最後是四十五公尺。分成兩個樓梯間，平均每個樓梯間就有二十二公尺半的降水高度。就算樓梯間是螺旋的，但是再加上上漲潮水提供的海水，完全可以達到塔高三十公尺的高度！所以塔身的兩個螺旋樓梯間在昨晚的那種條件下，是可以被水完全充滿的，也就滿足了做為連通器的必要條件。

「之後，在海水漲潮達到最高點的時候，只要把連通地下儲水庫的閥門打開，這樣一個虹吸裝置便開始運作了。像這張圖所示的那樣，左側樓梯間的海水便開始向上移動，右側樓梯間的海水便開始向下移動。如果此時兇手帶著屍體從二樓潛入左側的樓梯間，便會順著水流一直向頂樓的方向移動。等屍體達到最上面的時候，打開樓梯間裡面位於塔頂的天窗，這樣在強大水壓的作用下水流便會向上噴出，帶著兇手和屍體一起沖上塔頂。」

「這樣啊……」真是一個奇妙的體驗，我不得不歎服了起來。

陳默思看起來也挺高興的，他繼續說道：「剛才你提到的利用天窗爬上樓頂，其實我第一個就想到了。可麻煩的是，細想起來，沒有攀爬工具，即使有墊腳的凳子，以施然那麼瘦小的身子，手還受傷了，其實是很難做到把屍體弄上塔頂的。於是我便想到了利用水的浮力，但很可惜的是海水漲潮並不能達到那個高度。這時我想到了利用水泵抽取海水把樓梯間填滿，可還有一個問題，施然還是沒有那個體力帶著老張的屍體從二樓到達九樓的樓頂。於是我便想到了剛才提到的那個虹吸原理，既然人爬不動，那麼水流呢？在水流的幫助下，即使是位於低處的二樓，施然也能將老張的屍體帶到九樓去，再通過樓頂的天窗，自然就能到達塔頂了。之後她要做的，就是把老張的屍體插進避雷針，來達到她展示詛咒的目的。」

「詛咒……」施然當時心裡想的到底是什麼啊！一想到施然原本在我心裡的形象，她是那樣的善良天真，同時又很執著，也很脆弱……可通過這一系列的舉動，我突然發現我竟然完全不了解施然了。她的內心究竟是怎樣，我已經完全弄不清楚了。心裡頓時又有一股暖流湧了上來。

我找到一塊礁石，坐了下來，看著前方逐漸平靜下來的海面，心裡卻再次掀起了波瀾。我這麼坐著，許久沒有說話。這時，陳默思從背後走過來拍了拍我的肩膀。我回頭看向了他，他扭頭示意我看向旁邊。

「施然！」我大聲喊了出來。

## 5

施然還是穿著那天穿的淡藍色連衣裙，腳上穿著一雙白色的尖頭高跟鞋，不知何時，她已經來到了我的身後。

「施然……妳還好嗎？」心裡一緊張，我竟說出了這樣一句話。

「你們已經知道了吧，我就是兇手。」施然一開口便承認了這個，她臉色顯得很是平靜。

「妳為什麼要這樣做？」我還是把這句話問了出來。

「沒有為什麼，因為我必須這樣做。」施然站在離我幾公尺遠的地方，她的聲音不大，但在我聽來卻像是字字都刻在心上，她繼續說道，「我有必須這樣做的理由，而他們也有他們該死的理由，難道這樣還不夠嘛！」

施然深吸了一口氣，看向了我和陳默思，「我和你們不一樣，對我來說，因為這些人，我失去了唯一的親人！我現在活著的唯一目的就是找到當年事情的真相，並且懲罰這些當年臨陣脫逃的人！就是他們，才導致了整座島最後的毀滅，同時也害死了我的姊姊，還有那麼多無辜人的性命。而他們呢，十年裡，他們卻像完全忘了這件事一樣，忘了曾經有那座島，忘了島上曾經活著的那些人，他們這種人，根本不配活在這個世界上！所以，我要代替上天毀滅他們，給他們應有的懲罰，讓他們到地獄裡去懺悔！」

「施然……」我看著這樣瘋狂的施然，心裡不知道是什麼滋味，只有一種莫名的痛，從心底緩緩升騰起來。

施然突然又把目光投向了我，「阿宇，我知道你喜歡我，可是我呢，我知道，我已經被仇恨蒙蔽了雙眼，我也利用了你很多次，我也想對你說聲對不起。但是，我並沒有感到後悔，自從我姊姊死了之後，我就再也沒有了別的感情，我的心裡就只有一個願望，那就是替姊姊報仇！」

「施然……」我嗓子裡喊著施然的名字，雙眼瞬間模糊了。

施然的話沒有停下來，「為了替姊姊報仇，我花了很多時間來準備這件事，他們這些人，隱藏得可真深啊！戴虎自從那件事後，就完全洗手不幹了，他拿著他得到的那些錢，放一些高利貸，再雇一幫打手，就可以安穩度日了。老張呢，回去後就幹起了他的老本行，他是一個優秀的廚師，在他的行業裡自然混得風生水起。最慘的就是李敏和杜松夫婦了，他們兩個十年來一直都過著一種躲躲藏藏的地下日子，我找到他們的時候，他們竟然都在偷偷謀劃著自殺了，可是這能怪誰，完完全全是他們咎由自取的！他們中的每一個人，都不值得可憐，要是他們不該死，那十年前那座島上的所有人，他們又為何就該死呢！」

施然大聲吼叫著，嗓子都有點啞了，可她依然繼續大聲說著：「所以我要讓他們死，要讓他們來陪葬！而這座島，就是他們最好的墓地。」施然伸出手張了開來，她面向整座島，做出一個環抱的姿勢，「就是這裡，十年前那座島的最好複製品，一切事情的根源從十年前那座島開始，十年後同樣在一座島上結束，這一切不是一個完美的終結嗎？我在幾年前就開始尋找這樣一座島了，皇天不負有心人，我最終找到了！而我要做的，就是創造這樣一個舞臺，創作出最完美的作品，讓他們死在巴別塔的詛咒裡！為此我需要再建一座這樣的塔。」

施然停了下來，我們的目光全都移向了身後那座宏偉的巨塔，而現在那裡已經成為了一個殺人的魔窟。

施然冷笑一聲，繼續說道：「你們一定很奇怪吧，為什麼我有這麼多錢來買下這座島，還能建造出這樣一座高塔。沒錯，我是沒有錢，當時我剛從大學畢業，一個剛畢業的大學生哪來的錢，連自己的飯都吃不飽，怎麼可能來完成這樣一件事情。可我有辦法，我選擇了被一個富豪包養，我其實一點也不喜歡他，可他有的是錢，我們各取所需。我大學學的是建築專業，相關建築圖紙我早已經準備好了，而我找的這個富豪就是一個建築公司的老闆，在我軟磨硬泡之下，他終於答應幫我完成這個夢想。幾年後，當這座塔建好時，我知道我的機會終於來了，而我等待這一刻，已經等了十年。這些年裡，我通過各種管道，得到了他們的地址，找到了他們，並確保他們一直不會離開我的視野。最終，我向他們發出了那封繪有巴別塔的請柬，並且每張請柬都附上了十萬元支票，我非常清楚，他們一定會來的。我瞭解他們，他們有的人想要找出我，有的人想來懺悔，有的人想來賺錢，還有一個人，和我一樣，想來瞭解十年前發生的真相。所以，我敢肯定，他們一定都會來的。最後，他們果然都來了，不過讓我有些意外的是，你們也來了。」

「我們來了，不也是經過了妳的同意嗎？妳需要我們，不是嗎？妳在這座島上，做了這麼多事，犯下了這麼多起案件，弄了這麼多不可能犯罪，目的是什麼，恐怕不僅僅是自娛自樂這麼簡單吧！」陳默思的目光像刀子似的盯著施然，他接著說道，「妳需要我們來做這個見證人，我同樣也知道，妳一定會讓我們活著回去，這樣妳做的這些事才有意義，不是嗎？妳需要我們回去，把在島上發生的這些事說出去，把妳對他們的詛咒給宣揚出去，讓世人都知道他們的下場，以此來安慰十年前那些不明不白死去的冤魂們！」

陳默思頓了一下，「而且我們的存在對妳也有好處，像我最開始說的，我們兩個是局外人，如果兇手準備把所有人都殺光，顯然局外人的存在對兇手是極為不利的。但是如果兇手本來就不打算殺光所有人呢？那我們這兩個局外人的加入，顯然會對兇手是一種保護，因為隨著人數的減少，最後的被害者也根本不知道兇手是誰。施然，我說的對不對？」

「不愧是大偵探，對，你說得很對。我本來就不想殺你們，我說了，你們和他們不一樣，他們是犯了滔天罪孽的人，而你們則對此完全不知情，我為什麼要殺你們，我又不是一個殺人狂。我是一個復仇者！他們犯了那些罪，他們就應該死！」

陳默思不置可否地點了點頭，說道：「所以妳就在這座島上設了這個必死之局，鐘北被妳釘在十字架上，杜松被妳勒死了，李敏被妳砸死了，戴虎被妳分屍了，最後的老張則被妳插在避雷針上。」

施然突然搖了搖頭，說道：「老張不是我殺死的，他是自殺的。昨天晚上我進入他房間的時候，發現他已經死在床上，床頭安眠藥的瓶子已經空了，看來他是服用過量的安眠藥自殺了。沒想到他這種人竟然也這麼脆弱，剛一知道那種結果就選擇了自我了斷，不過他死了也是活該。我後來把他插在避雷針上，也只是為他走了最後一程罷了。但他的這種死法才是有意義的，這是詛咒，是巴別塔的詛咒，是十年前死去的亡靈對他的詛咒！」

施然的聲音不斷向遠處擴散出去，夾雜著海浪的流水聲，海風的呼嘯聲，我的耳朵頓時有一種空靈的感覺。似乎所有的事物都在離我遠去，所有的聲音都漸漸消失，只有一種類似靜電的雜音在耳邊不斷迴響。

「施然，其實妳弄錯了一點，老張選擇了自殺，其實不是因為他不能接受那種結果，而是因為妳。」陳默思看向了施然，突然說道。

「我？」這下連施然也露出了一絲驚訝。

「沒錯。是因為老張知道了妳的身分，他知道了妳才是這幾起謀殺的兇手。在杜松死的時候，妳陪著老張在一樓的廚房裡一起做早餐，在做好之後端到二樓的臨時大廳。雖然老張當時是收到了塔主的指示，才在當天把早餐安排在二樓的，不過想必他心裡也十分奇怪吧。當時早餐還沒吃完，眾人就從二樓的大門跑了出去，當然這時的二樓大門已經被旋轉到地面上。老張當時肯定也是被突然而來的一聲驚叫弄慌了，所以他也沒有發現這一點，但後來回來之後，經過細細琢磨，他總有一天也會發現這一點的。」

「發現這個又能怎樣，我早就多給了他那麼多錢，讓他閉嘴。而且，他的命也不會有多長了。」施然語帶譏諷地說道。

「不錯，妳的想法完全正確，直到最後，老張也沒把這個疑點說出來。但我想說的是，他沒有說出來，並不是因為他愛錢，他最後選擇了自殺，也並不是因為他受了刺激。而他做的這些，其實都是為了妳啊，施然！」

「為了我？」施然的臉上露出了一絲嘲諷，不過隨即她又看了一眼默思，眼裡又多了一些疑惑。

陳默思嘆了一口氣，隨即目光移向了海面。

「妳知道嗎，方遠為什麼還活著？島上的所有人都發生了意外，最後統統自殺了，為什麼獨獨方遠活了下來？其實我剛開始也是以為在最後一刻發生了什麼意外，方遠那時候年紀還小，有沒有可能是他自己根本就沒有推理出在那一天要自殺，又或者是發生了什麼意外，他沒有死成？直到最近，我才想明白了一件事，這一切其實都得回到這件事發生的最開始的地方——教主的死。」

「教主的死……」我喃喃道。

「教主當初不就是因為那起意外，才被毒死的嗎？可細想一下，教主是一個如此小心謹慎的人，他怎麼可能就不小心被毒死了呢？我們來仔細分析一下當時的細節。教主當時想展現的神蹟是他想通過自己的意念力來讓眾人都從面前的孔洞裡取出白色的藥丸，這樣他便可以成功躲過被毒死了。但是當時發生的真實情況是，有一半的人取出了白色藥丸，但也有另一半的人取出了黑色藥丸，這其實才是我們正常邏輯下的情況。孔洞裡只有兩個藥丸，一黑一白，那我們自然取出黑的或白的藥丸的概率各占一半。那麼教主究竟是使用了什麼辦法，才使得所有人都取出白色藥丸的呢？」

陳默思頓了一下，繼續說道：「其實很簡單，這是魔術中一個很簡單的手法——替換。原來的孔洞裡確實有一黑一白兩粒藥丸，但只要將這個孔洞裡的藥丸替換成全是白色的不就行了嗎？比如可以事先在孔洞下的箱子旁

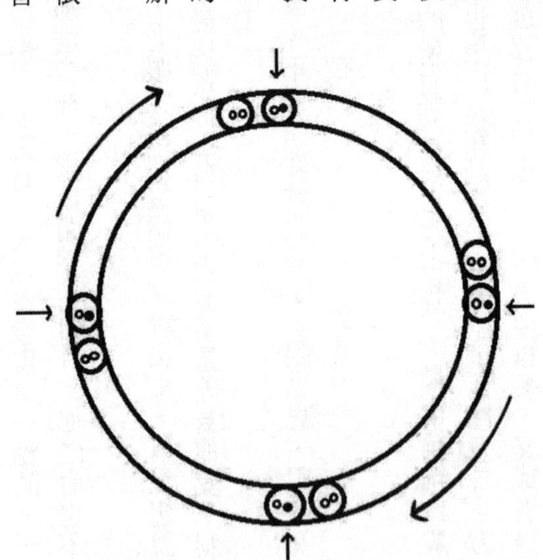

邊再準備一個箱子，裡面裝著兩粒白色藥丸。當信徒們拿到一黑一白兩粒藥丸並且把它們投進箱子裡之後，這時偷偷轉動圓環裡面的隔板，使得所有的箱子都向一個方向旋轉，最後使裝有兩粒白色藥丸的箱子達到孔洞下面即可。」

「原來是使用了這麼簡單的方法啊……」我終於明白了過來，「這麼簡單的方法，那當時教主為什麼又會出現失誤了呢？」

「原因也很簡單，有人故意這麼做的。你想，當時教主在講壇上打坐冥思，是不可能有時間操作圓環旋轉的，那麼實際操作的人會是誰呢？信徒當時都坐在圓環邊，大家互相都看著，除非有好幾個人一起溝通，否則也是根本沒有機會下手的。而當時島上其實還有一個身分特殊的人，一個只是雇來做飯而不是信徒的人——老張。」

「你的意思是老張幫助教主來操作圓環了？」

「沒錯，只有這一種可能。那麼換句話說，教主死了，第一個該懷疑的就是老張。」

「你是說老張殺害了教主！」我驚呼道，「不過這是為什麼呢？老張和教主無冤無仇的……等等，你是說，他要替他朋友報仇？」

陳默思點了點頭，說道：「沒錯，他的動機就是這個。你之前應該也注意到了吧，老張其實對他朋友的死還是很愧疚的，十年過去了，他還是沒有忘記。可以想像得到，他對於教主的仇恨有多強烈了吧。」

「殺得好！」施然也突然大笑了一聲，「不過我可是不會感謝他的，要不是他殺害了教主，後面也就沒有那麼多事了，我的姊姊也就不會因此去世了。」說著，施然慢慢低下了頭。

「所以這一切的一切其實真正的源頭還是老張，不光是因為他在葬禮上說的那句話，而且還有他謀害教主這件事，最後的那場災難，都是老張一手造成的！所以在老張意識到他犯了什麼錯後，他並沒有像他說的那樣逃離這座島，而是作出了另一個決定。」

「難道老張他決定拯救這座島嗎？」我不確定地問道。

「哼！都這個時候了，他還怎麼拯救！而且最後他救成功了嗎？島上的人不還是都死了！」施然冷笑了一聲，大聲嘲諷道。

「不，妳錯了。」陳默思看著施然，緩慢地搖了搖頭，「還有一個人活著——方遠。」

「他?!」施然說這句話的表情中透出了一種莫名的意味。

「默思，你是說方遠是被老張救的？」我也急著問道，「不過，這可能嗎？島上當時都那種狀態了，大家都在等著自殺，這時候還想去救一個人，真的可以嗎……」

「可以。」

「那為何他只救了方遠一個人？」

「因為他只能救一個人。」

「為什麼？」

「因為救這一個人的前提就是殺光其他所有人！」

……

我和施然都被默思的這句話震驚了。我看著陳默思的眼睛，想試著從他眼裡發現什麼，或者說能看到一些他在說笑的證據，可事實證明我失敗了。這確實不是在說笑，這是真的。

在我們仍沉浸在震驚的氛圍中時，陳默思這時又說道：「確實，在那種情況下，如果試著勸說一個人不去自殺，是一件基本不可能完成的任務。而老張也不能收回那句話了，那句話就像是一把打開潘朵拉魔盒的鑰匙，而潘朵拉魔盒一旦打開，這一切便都不可能挽回了。我想，老張當時一定想了很多方法，然而這些方法最後都被他一一否定。他現在就算說自己之前說的那句話是假話，島上的人也根本不會信，因為他們知道，島上的確有人拿了黑色的藥丸，所以他們立刻就能判斷這句話是假的。這時的老張肯定是十分痛苦的，因為他心裡很清楚，由於他的錯誤，全島的人都要面臨死亡。而現在島上的平靜，只是暴風雨來臨前的虛假的和平，只要時機一到，地獄般的現實就會馬上降臨。我該怎麼做？我想這是老張每天坐在海邊看著夕陽西下時都要想的一個問題。而留給老張的時間真的已經不多了，隨著太陽的東升西落，日子也一天天地在減少，五十天的期限馬上就要到了。這時，一個恐怖的想法在他的腦海中浮現了。如果救不了所有人，那只救一個人呢？[3]

「沒錯，只救一個人。只要殺光其他所有人，推理的鏈條就斷了，剩下的那個人就失去了判斷自己究竟是殺人者還是知情者的能力，這樣他就可以活下來了！雖然方法聽起來很簡單，可同樣也是極度殘忍的。要殺光其他所有人，只救活一個人，還是什麼都不做，等著所有人都自殺，老張會怎麼選擇？是謹守著心中的道德觀念，還是做一個殺人的惡魔……老張最終選擇了後者。」

話音一落，一切似乎都再次歸於寂靜了。我跌倒在地上，雙眼無神地看著大海，海水舒捲著，在大海裡來回搖晃。

「可是我的姊姊還是死了……」施然突然失聲痛哭了起來，碩大的淚珠一顆顆地滴落在乾燥的沙子裡，「而且……而且他還殺了我的姊姊！憑什麼，憑什麼！憑什麼他最後為了救這一個人，就殺光了其他所有人！他憑什麼有這樣的權利！憑什麼……」

施然放聲大喊大叫著，四溢出來的淚水早已濡濕了她的面頰。看著施然這樣，我心裡同樣也十分痛苦，我握緊雙拳，狠狠地往沙子裡捶了一拳。

「所以當老張知道妳就是那個來尋找十年前姊姊去世真相的人時，他心裡一定是十分愧疚的。之後再得知妳就是這一系列殺人案的幕後兇手，我真的不知道老張此時心裡有著怎樣的感受，是後悔還會是悲痛？不過老張最後還是作出了一個決定，而他的選擇就是死亡。也許十年前他就應該死了，可是他活了下來，這十年裡他承受的太多太多了。也許死，果然是一個令人輕鬆的選擇呢？」

默思緩緩說著，這一切的一切原來都是一個接一個的錯誤，而伴隨著這些錯誤，則又是一個接一個生命的逝去。不過，按照我們之前的推理，施然應該已經不會再多殺人了，想到這裡我心裡才略微平靜了一些。

「可惜，一切都已經晚了。」施然的表情顯得很是絕望，她仰頭看向了天空，淚水再一次沿著面頰滑下。

不對！還會有什麼事要發生！老張是自殺的，所以並不能算聖經中提到的最後一項燒死的處罰，這麼說還會有一件命案發生！

砰的一聲，身後的方向傳來了一陣爆炸聲，我回頭看過去，只見塔身已經冒起了濃濃黑煙，從窗戶裡還隱隱能看到火光。

「糟了！方遠，方遠還在裡面！」我向陳默思大聲道，胸口像被一個鐵錘重擊了一下。

這時，陳默思突然也大喊了一聲，「施然！妳真的覺得妳的姊姊是被殺的嗎？」

施然目光一滯，緊緊地盯著陳默思。

「她是自願請死的啊！」陳默思再次喊道。

3. 註釋：只殺幾個人是不實際的，因為每個人心中都知道拿黑色藥丸的至少有四十九個人，所以只殺幾個人並不會使得推理鏈條斷裂。唯一的做法是殺了所有其他人，只留下一個人，那麼這個人便不能通過其他人是否自殺來判斷自己手中藥丸的顏色，推理鏈條自然斷裂。本故事改編於著名的藍眼睛紅眼睛問題。

「姊姊，妳編的花環好漂亮，能送給我嗎？」

「當然啦，咯，給你。」

「謝謝姊姊！」

……

這是哪，剛才眼前一閃而過的這位漂亮姊姊又是誰？我摸了摸發疼的右臂，才終於明白我又回到了夢裡。我踟躕著從床上爬了起來，看著右臂上包紮的厚厚的繃帶，只得搖了搖頭。房間和我以前夢裡出現的一樣，低矮的桌凳，昏暗的煤油燈，還有那扇老舊的破門，斜斜地搭在了同樣汙損不堪的牆壁上。

門外的光線很是明亮，我知道那裡坐著一個人，一個穿著明黃色罩衫的女人。她將會背對著我，我一靠近她就會走開，直到最後消失在我的視野裡。我小心翼翼地向門口移動著，注意不發出任何聲響。然而當我走出門外後，我才發現，原來門口並沒有坐著她，甚至沒有任何物件。我失落地呆立在牆邊，看著遠方的一片空白，久久沒有動彈。

「姊姊，為什麼我們要來這裡啊，這裡只有海，我不喜歡。」

「小遠，你為什麼不喜歡海啊？」

「海裡有鯊魚，會吃人的。」

「那姊姊告訴你啊，海裡不僅有鯊魚，還會有很多很多美麗的東西哦！你看，這是什麼？」

「哇！好漂亮的貝殼啊！我要我要！」

……

「小遠，從今天開始不准再講話了哦！」

「為什麼？不要，我最喜歡和姊姊說話了。」

「那我們就來玩個遊戲吧，看誰能一直都不說話，如果小遠你贏了的話，這個就給你吧！」

「這個乾巴巴的草是什麼啊，怎麼還長著四片葉子啊？和姊姊手臂上的那個一樣嗎？」

「不是哦，這個呢多一片葉子，也叫幸運草，據說找到這個的人能一直幸運下去哦！」

……

腦海裡再次迴盪起那個女人和小孩的聲音，我仔細在腦海中搜索著，可那段回憶卻總是那麼模模糊糊，我只要稍一觸及，就馬上像鏡片一樣碎掉。頭昏昏沉沉的，空氣中彌漫著一種燒焦的味道，我看向了仍綁著繃帶的右臂，想起之前我被大火圍困的場景。究竟發生了什麼，我到底在哪？那場大火究竟是怎麼一回事，還有那個女人，那個救我的女人又在哪？

我用還能抬得起來的左手用力拍了拍左側的太陽穴，一切都是這麼混沌不明，這是一個夢境，可是為何我又感覺那麼真實？真實到我竟然覺得它曾經發生過。突然，遠處傳來了一群人跑過的聲音，聲音越來越大，我心裡竟然突然害怕了起來，似乎在那看不見的地方，有什麼可怕的東西。我一下子跌坐在地上。

「小遠，你在哪兒……小遠，你快回答我……」

「哈，姊姊，我在這兒呢！怎麼樣，妳找不到我吧？而且，妳輸了哦！妳剛才說話了！」

「原來你在這兒啊！小遠還真會躲，好，姊姊認輸了。咯，這個給你。」

「啊，姊姊，妳把它弄在這個玻璃球裡啦！怎麼做到的？」

「這個可不是叫玻璃球哦，它叫琥珀！不過怎麼做到的，我可不告訴你，姊姊輸了，不高興了！」

「姊姊，妳就告訴我嘛！我保證不告訴別人！」

「這樣啊……也不是不可以，要不我們再來玩一個遊戲吧，你呢，就繼續躲在這裡，待會兒不管誰喊你，你都不要出來，更不許出聲，好嗎？如果這次你還贏了，我就把這個秘密告訴你！」

「好，姊姊最棒了！我可是很乖的，說不出來就不出來！」

「嗯，快去吧，除了姊姊叫你，誰都不要理哦！」

「嗯，好！」

……

好冷！突然，一陣凜冽的寒意襲擊了我的身體，我凍得蜷縮在角落裡。周圍白色的範圍好像也在擴大，漸漸向我這裡靠近過來。白光所及之處，無論是什麼東西，都立刻消失不見了。怎麼辦？我是不是也會這樣，被這無情的白光給撕碎、吞噬。我用腳蹬著地面向後挪移了幾下，直到我的後背貼在牆上，我才停止了動作。白光依然在穩步地向前推進著。

突然，背後一鬆，原本緊貼著我後背的牆壁突然消失了。我「啊」的一聲，身體便失去了重心，往後方傾倒了過去。然而緊接著地面也消失了，我整個身體都滯在空中，直直地往下墜了下去。

我這是要死了嗎？

「你是誰，姊姊呢？你不要碰我，你身上怎麼這麼髒！我說了，你不要碰我，這些紅色的是什麼，弄在衣服上萬一洗不掉怎麼辦？被姊姊看到了肯定又要罵我了，我才不要呢！好了，我不想玩了，我要去找姊姊了，躲在裡面我腿都痠死了，不好玩！你放開我，我要去找姊姊！你幹嘛啊……放開我！啊，你弄疼我了！都青了！嗚嗚嗚……你弄疼我了，我要回去告訴姊姊……姊姊，妳在哪？妳在哪兒？我要回家……」

我不要死！

我大叫了一聲，猛地睜開了雙眼，那一片白色竟然已經消失了，而呈現在我眼前的，則是又一個十分熟悉的場景——水面。我看著眼前這片無窮無盡的水面，像鏡子一樣，可是這面鏡子裡卻沒有任何東西。沒有想像中的藍天，也沒有天空中那一朵朵的白雲，有的只是一面純粹的鏡面，一塊能反射任何東西的鏡子。

我低頭看了一眼鏡中的自己，頭髮亂糟糟的，身上的衣服也有些地方被劃破了，白色的繃帶也沾上了些許汙漬。鏡中的我頂著一對略有些瘀腫的眼睛，眼神裡透露出些許譏笑，似乎就連那個也在嘲笑著我的無能、譏諷著我的卑微。

我向前走了一步，從腳下泛起的波紋瞬間撕碎了那張面孔，波紋漸漸向遠處蕩漾開來。我在水面上行走著，忽然，就像命中註定似的，那個女人終於出現了。

「你說什麼？姊姊死了，怎麼會！她剛才還在和我說話呢，我不信，我要見她！姊姊不可能會出事的，她答應我會來找我的。對，我要在這裡等她，如果我亂跑開了，她就又找不到了。姊姊很笨的，每次和我打賭她都會輸，對，我就在這裡等她。姊姊一定會來的，我和她打的賭，她一次都沒騙過我。我相信姊姊！」

我漸漸靠近了躺在水面上的那個女人，同樣的亮黃色罩衫，白色長裙，淡藍色小花，和記憶中的一模一樣。會是她嗎？她就這麼躺在這裡，一動不動，宛如一朵明黃色的小花，花瓣被風裹挾著，掉落在水面上。

我走到她背後，蹲了下來，在伸出手的那一瞬間我頓住了，從心底湧起的害怕貫穿了我的全身。

「姊姊……妳在哪兒？快來找我吧！我認輸了，我們不玩這個遊戲了好不好，我想見妳……姊姊，妳不要拋棄我，小遠很乖的，也很聽話的，以後我不惹妳生氣了好不好，也不和妳搶吃的了……妳快回來吧……我想妳了……姊姊！」

終於，我鼓起了勇氣，翻開了那最後一層面紗。

「姊姊！」我大聲喊道。

「姊姊回不來了嗎？」

「是的，她永遠回不來了。」

「那她去哪兒了？」

「她沒去哪兒，她一直待在這裡。」

「那我要去哪兒？」

「我們該去的地方──你新的家。」

# 尾聲

「怎麼，還在想施然啊？」說話的陳默思正端著一杯水，站在船舷處，海風把他敞開的格子衫吹得沙沙作響。

我沒有回答，只是趴在船舷上，久久地看著海，看著海對面的某處。

施然死了，這是最後的結局。當我得知這一消息的時候，我悲痛萬分，蹲在地上，一直哭到我再也哭不出來了。直到最後船來了，我被陳默思死拽著上了船，然後我就變成了這樣，變成了一句話也不說的啞巴。我不想說話，我怕只要一說話，我的眼淚會再次從眼眶落下。

我同樣也感到十分後悔，後悔最後那一刻，我來得太遲太遲了。當我趕到的時候，大火已經困住了整座塔。當我看到只有方遠一個人踉踉蹌蹌地走出已經半塌的大門時，我就已經意識到，也許，剛剛和施然的那一面，會是我們的永別。

我也想過，在前一刻，要是我能拉住她的手該多好，這樣她就不會一個人衝進塔內，闖進火海，去搭救一個病倒在床上的病人。她也就不會有那種機會，在最後一刻選擇了死亡。

如果，在我們得知真相的那一刻，施然並沒有出現在我們背後，事情的發展會不會好一點，她沒有按下那個爆炸的按鈕，一切就都還有挽回的餘地。

又假如，我們從來都沒有上過這座島，在那個小城市依然過著卑微的生活，從來都不參與，從來都不知道，會不會就沒有這些事了。

也許，沒有這座島，沒有十年前的那些事，沒有仇恨，也沒有悲傷，我和施然只是在大學的校園裡偶然相遇。又或者是在一個午後，我們走進同一家書店，翻閱著相同的一本書，坐下來一起喝杯咖啡，聊聊書中的那些故事。這些假如，我在腦海裡想像了無數遍，可是，這些都不是真的，而書中的生離死別卻變成了現實。

我依稀還記得施然最後看我的那一眼，當陳默思說完那句話的時候，施然久久沒有說話。然後她突然抬頭，看向了我，眨了一下眼睛，這一瞬間我想起了很多事，這一眨眼也像是過了很長時間。從施然的眼神裡，我看到了一種憂傷，一種決絕，一種彷彿釋然的感覺。那一刻，我很想把我心裡想的那句話喊出來，可是頓了一下，頭腦一片空白，我只是靜靜看著施然。直到她突然甩過我的手，向身後跑了過去，我才突然意識到，也許，我已經錯過了最後的也是唯一的機會。口中的那三個字，永遠就是吐不出，而現在，只能是永遠沉睡在我的心裡了。

是的，我們三個最終活了下來。可現在我卻感覺活著比死還痛苦，當你失去了什麼你才覺得應該去珍惜，過往的也永遠追不回來了，逝去的就永遠消失了。那座巴別塔的身影一直橫亙在我的心頭，這次的事件難道不就是另一個巴別塔嗎？眾人之間的誤解和猜疑，才最終導致了這一系列的悲劇。

我閉上雙眼，深吸了一口氣，當我再次睜開雙眼的時候，整個世界似乎才重新回到了我的身邊。我看向了右側的方遠，他和我一樣，也趴在船舷上。蒼白的臉色還顯示著病魔並沒有完全離開他的肉體，可他的精神似乎很好，他看著遠方，臉上露出了久違的笑容。胸前掛著的那塊琥珀在陽光下也發出眩目的光芒。

在找回了十年前的記憶之後，方遠整個人就像是變了個人似的，一向不愛說笑的他也開始變得外向了起來。也許，在方遠看來，他的那條命是那個夢中的姊姊給的，是她把活下去的最後機會留給了方遠。我想，他一定會好好珍惜的，他確實是一個好孩子，我敢保證——向他的姊姊，同時也是施然的姊姊。

我嘆了一口氣，隨即抬起了頭，也許，巴別塔的影子終會離我們而去吧，因為這個孩子，因為前方新的希望。

這時陳默思突然拍了一下我的肩膀，我回過頭，看到他左手拿著一杯飲料，右手捏著一塊三明治，看著他那份吃相，我竟噗哧一聲笑了出來。

「哎呦！我們這個憂鬱好青年竟然笑了，可真是難得！來，我們得好好慶祝一下！」說著，他給我遞了一杯飲料，我們將杯子舉到了高處，好好地乾了一杯。

陽光下，右手的那塊ＯＫ繃再次顯露了出來，上面有一株三葉草，似乎正隨著海風，隨著波浪，輕輕搖擺著。

一切，恍如夢境一般。

# 第五屆【金車・島田莊司推理小說獎】決選入圍作品評語

（本文涉及謎底與部分詭計，請在讀完全書後再行閱讀）

日本推理小說之神／島田莊司

在日本本格推理小說文壇，近來某種流行勢力逐漸抬頭，那是因為明白企圖欺騙讀者、讓人迷失方向、讓人大為吃驚的詭計已經利空出盡，所以用之前曾經出現過，而且獲得好評，由前人所構思的詭計或機關加以模組化（部分完成品），加進自己製作的裝置中，並擴充其數量，亦即以量取勝，以此說服讀者的一種作風。

藉由數量，能對使用者產生一種蒙蔽效果，讓他們看不見自己挪用前輩功績的行為，就此發展成無罪意識，進而得到好評。由於有這樣的前例，所以人們想到利用這種借用方式，保證可以提高作品價值。而前例的作品問世後，已過了好一段時間，這項現實也容許作家採取這種行為。那些存在於昔日領域的前例中，應該極力避免借用的這份良知，如今就像隨風飄搖的燭火般，幾乎已蕩然無存。

在這一點上，筆者感到憂慮，以既有的點子，採以量取勝的作戰方式借用的例子，與自行發現前所未見的詭計、發明突出且驚人的結構，以此做為主軸所完成的新作品，當兩者擺在一起時，該如何定出名次，才算是正確的選評呢？我也曾接受過這樣的提問。

身為選評者，我想先在此明確表達我的判斷方式，我會視哪部作品發現前所未見的點子，而給予較高的名次。借用既有的例子，如果只採用一個，不算是盜用。但如果一次借用多個，要說這不是盜用，可就站不住腳了。前面所提的例子，我不得不說一句，像這種構想的連鎖反應，會陷入惡性循環中。而這種傾向是在某種風潮的末期所產生，等日後這股風潮停了，便看不到任何有發展性的遠景。

「詭計貧乏」這句話，從筆者以新人的身分踏入日本文壇的時候起，大家便常這麼說。但筆者從不這麼想，實際上，我自認也一直在各個領域上提出從未見過的點子。不過，筆者歷經將近四十年的寫作時光，對於這樣的主張，也不得不給予相當程度的認同（但老實說，筆者至今仍不認為詭計的可能性已經枯竭）。因此，對於這早在十年前就已隱隱預見的嚴重事態，基於想避免這種情況發生的一份心，我提出了「二十一世紀本格」的想法。

所謂「本格推理」文學，自從范．達因登場後，十九世紀時的科學構想，亦即指紋、血型、不在場證明構想等等，就像棒球規則一樣，逐漸成為推理時的約定事項，固定套用在小說中。因此，既然現在是處在詭計貧乏的狀態，我提議跳脫出一九二〇年代的這種遊戲法，乾脆重回一八四一年的《莫爾格街兇殺案》構想，與活用當時最新科學的愛倫坡和柯南道爾採取同樣的思考方式。

不光只有指紋、血型、聲紋，二十一世紀的科學甚至已發出ＤＮＡ、基因重組、發育生物學、人造骨骼、人造血管、腦科學等，只要將這些要素納入我們的眼界中，可當題材的對象可說是取之不盡。這在向我們暗示，有無數可能等著去發現，前景看好。

話說回來，范．達因的主張，是企圖在仍置身於黎明期混沌裡的新興領域中，呈現出完成品，這並非不容懷疑的神諭。考量到英美領域後來都走進死胡同的這項事實，筆者的主張豈不是顯得很自然並且有其必要嗎？透過這種原本的構想，亞洲的本格推理可以不必步上英美領域衰退的後塵。

然而，這項提案有種略微局限於表面的傾向，對於本格推理創作既有的定型作品，往往被誤以為是一種副領域的試行方案，而在華文世界的本格創作中，也開始出現大量採用模組群的手法。

此外，也有人誤以為二十一世紀本格單純只是科幻創作，或是將活用腦科學視為終極目標。如果是這樣，筆者覺得愈來愈值得擔憂了，恐怕在亞洲也阻止不了這種文藝領域衰退的現象。

不論是「近代自然主義」文學、「科幻」文學，還是「本格推理」，都是十九世紀的科學革命衝擊產下的嬰兒。不論哪一種文藝，若沒有科學與其新思潮的抬頭，都不可能誕生。但這三種文藝，其各自追求的目標都大不相同。

「自然主義」是達爾文進化論督促那些過去宗教強加於人的道德觀進行部分修正，引導出對人類這種動物的自然姿態描寫。「科幻」則著眼於科學引出的嶄新未來社會的樣貌和新思想、光明未來的戀愛和冒險，以及高效率殺戮的未來戰爭、徹底監控和貧困的黑暗世界，再加上出人意表的各種科學道具，全部陳列在讀者面前。

「本格推理」始終著眼於「邏輯推理」，對象主要是刑事罪犯。以走在時代尖端的科學見解做為應證的輔助線，這是基本。本格不論想靠近哪個領域，都不會揚棄邏輯推理。

【金車‧島田莊司推理小說獎】這次同樣也有優秀的挑戰作品登場，但我前面所提到的不安，也有助長的趨勢。今後我也會很仔細的加以說明，同樣出現在日本的不安構造，以及二十一世紀本格所追求的目標，並期望能在不會迷航的領域中持續前進。

＊

這個故事雖說有固定模式的感覺，但也頗具魅力，若用作者獨創模組來建構整體裝置，或許就能在這次的比賽中技壓群雄。

故事分成兩部分。一個是在十年前所經歷的一場和宗教有關，且有人喪命的大案件。然而，經歷過此事的說故事者失去記憶，當時的體驗只在夢中閃現。

另一個是發生在現今的事件，受邀到孤島作客的人們，在九層樓高、名為巴別塔的石造高樓中陸續遭到殺害。說故事者認為這場招待和他十年前的記憶有關，為了解開真相，他邀大學朋友一同前往。不久，舞臺轉往巴別塔，開始像聖經所描述的那樣發生殺人案件。

故事中有圓筒形高塔，我想只要是現今的本格推理迷，每個人都會推測它可能會的「本格」令讀者吃驚。

轉動吧！因此，只要沒避開這樣的推測，或與這樣的推測完全相反，就無法使現今厲害的「本格」令讀者吃驚。

由於高塔傾斜，所以只要轉一圈，室內的人會在沒察覺的情況下上升一層樓，還有兇手從用膠帶封死的密室中消失，而在燈光熄滅的短短時間內，換屍體消失，像這樣的設計雖然有趣，卻是將既有的著名詭計模組化，加進自己的作品中，在創意實踐的程度上，很難給予高度評價。

此外，如果轉一圈就會上升一層樓，高塔的傾斜度應該相當大才對。這樣的話，有點難想像塔內的人會完全沒注意到高塔的傾斜。如果不易察覺，那麼塔的底部面積勢必和臺北一〇一相當。如此一來，各樓層的房間數應該不少，但作品中看不出這樣的說明。受邀的客人是來到塔外後，透過塔的影子，才首度發現塔傾斜的。

當然了，作者會如何解釋，不難預料。這並非露骨地採用既有的例子，而是按照原理加以挪用，再分別加上一些安排——想必會提出這樣的反駁吧？這種爭論能成為創作上的論戰主題。

然而，由於這是原理構想，詭計說明也會變成只是原理說明，有些部分感覺寫實水準下的說服力不夠充分。雖然提到了利用水壓將屍體運往上面樓層的想法，但這要如何進行，卻沒有細部說明。

藉由水壓，水中的屍體應該會沿著管狀的通道上升，這點可以理解，但要如何在上面樓層拉出屍體，加以安排？這裡不需要人力的幫忙嗎？還是說發明了能自動處理此事的裝置？這方面的細節模糊不明，令人費解。如果是利用水壓，就能將屍體往上抬，感覺就只是停留在原理構想的階段，沒有接下來的發展或準備，就急著寫下這部作品。

高塔的旋轉也是，一概沒使用電力的馬達機械，而是用浪潮這種天然的力量，這是作品中的機關，但說明也僅止於此。要如何將浪潮的力量轉換成旋轉力呢？此外，如果高塔會視需要而旋轉，那要如何讓它停下呢？這些問題一樣令人不解。這座塔的特性，是會永遠慢慢地轉動嗎？給人的印象，好像是在初步的原理構想階段，想到憑浪潮的力量應該能轉動石造的巨大高塔，就提筆寫作。

難道非得畫出專家水準的建築設計圖，才能寫出作品嗎——或許作者會提出這樣的反駁，其實不然，選評者並未以寫實的構想來批判。不管怎樣的作品，都必須讓讀者相信其存在，要寫到這樣的程度才行。

在喝咖啡的咖啡廳前，降下一臺幽浮，走出外星人，並用光線槍攻擊，對於寫下這種內容的作品，如果因為只因為這樣的狀況不寫實就給予負評，這種評論愚不可及。若真的發生這種情況，幽浮是伴隨著什麼樣的飛行聲響？咖啡廳裡的人們又是如何因應？光線槍的發射聲響如何？牆壁和玻璃是如何遭到破壞？要巧妙描寫這些細部，讀者才會相信這種狀況。

也就是說，問題不在於寫實，是否有可信度才是評價一部作品的最大關鍵。有一座孤島、一座雄偉的巴別塔，以及狂熱的宗教團體。就算寫出這樣的狀況，其實也沒關係。不過，為了讓擁有各種知識背景的大多數讀者能有相當程度的信服，勢必得作說明不可。

不過，這是在沒有全文翻成日文的情況下被迫理解整體構造，要求給予評價，我擔心這或許是這次大獎的翻譯因素所造成。如果有全文翻譯，或許連這些還不夠充分的部分也都有詳細的描寫。

不過，從整體的構圖到詭計裝置的細部，都強烈感覺到似曾相識，這點令人在意。因為是將前人所達成的成就模組化，大量加進自己的作品中，而且都是頗獲好評的各種模組，所以加以挪用應該能保證作品會有相當的水準——作者這樣的構想正是問題所在，具有爭議。站在選評者的立場，我無法贊同這種想法。

誠如作者對這部作品感到自負一樣，想必會有讀者很喜歡這個故事，覺得有趣。倘若是在《斜屋犯罪》之前發表這部作品，則選評者的評價也會截然不同。因此，這次我希望是以完全原創的構想來創作其他故事，供人閱讀。在二十一世紀的今日，如果是參加新人獎比賽，應該會准許選評者提出這樣的要求。

## 第 1 屆【島田莊司推理小說獎】決選入圍作品

### 虛擬街頭漂流記

寵物先生——著

在這個虛擬幻境裡，所有的感覺都只是假相！只有眼前那具蒼白的軀體，是唯一的真實……

### 冰鏡莊殺人事件

林斯諺——著

陷阱，你或許可以逃開；但，精心編織的謊言呢？

### 快遞幸福不是我的工作

不藍燈——著

這不是阿駒第一次快遞情歌，但肯定是最驚駭的一次！

## 第 2 屆【島田莊司推理小說獎】決選入圍作品

### 遺忘・刑警

陳浩基——著

他遺忘了六年歲月，卻忘不了那抹死前的濃豔笑意……

### 反向演化

冷言——著

如果終生在黑暗中，人類將演化成什麼模樣？

### 設計殺人

陳嘉振——著

殺人，只是另類的商品設計？

## 第 3 屆【島田莊司推理小説獎】決選入圍作品

首獎作品

**我是漫畫大王**

胡杰——著

如果童年可以再來一次，我只想找回我所有的漫畫，不惜一切代價！

首獎作品

**逆向誘拐**

文善——著

這起在真實與虛擬之間擺盪的「誘拐」案，他是唯一能解開謎底的關鍵……

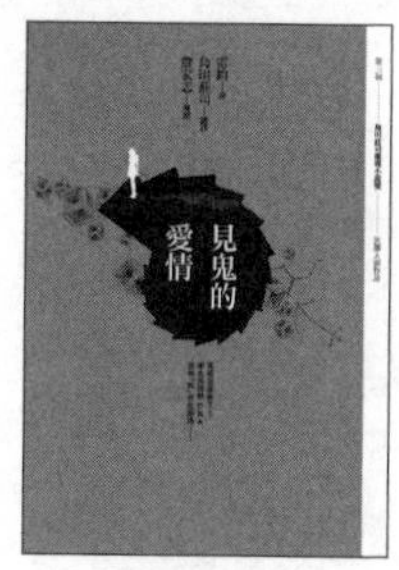

**見鬼的愛情**

雷鈞——著

真是活見鬼了！那具焦屍的DNA，竟與「她」完全相同……

## 第 4 屆【金車・島田莊司推理小説獎】決選入圍作品

首獎作品

**黃**

雷鈞——著

那個被殘忍剜去雙眼的男孩，正逐漸讓他一步步踏入未知的陷阱……

**H.A.**

薛西斯——著

「H. A.」是線上遊戲的革命！然而，在正式問世之前，還得先解決三起謀殺案……

**熱層之密室**

提子墨——著

那些紅色血珠，從他的身體中滲出，彷彿開出一朵朵豔麗的花……

國家圖書館出版品預行編目資料

巴別塔之夢 / 青稞著. -- 初版. -- 臺北市：皇冠, 2017.09 [民106]. 面; 公分. --(皇冠叢書; 第4649種) (JOY ; 205)

ISBN 978-957-33-3330-2 （平裝）

857.81 106014798

皇冠叢書第4649種
JOY 205
巴別塔之夢
作　　者一青稞
發 行 人一平雲
出版發行一皇冠文化出版有限公司
台北市敦化北路120巷50號
電話◎02-27168888
郵撥帳號◎15261516號
皇冠出版社(香港)有限公司
香港上環文咸東街50號寶恒商業中心
23樓2301-3室
電話◎2529-1778　傳真◎2527-0904
總 編 輯一龔橞甄
責任主編一許婷婷
責任編輯一楊惟婷
美術設計一王瓊瑤
著作完成日期—2017年
初版一刷日期—2017年9月


讀者服務傳真專線◎02-27150507
電腦編號◎406205
ISBN◎ 978-957-33-3330-2
Printed in Taiwan
本書定價◎新台幣300元/港幣100元